U1075040

野 草 根 Yecao Gen

时代出版传媒股份有限公司
安 徽 文 艺 出 版 社

徐坤，女，1965年3月出生于沈阳。作家，文学博士。现任中国作家协会《小说选刊》杂志主编，中国作家协会全委会委员。曾任北京作家协会副主席。享受国务院特殊津贴专家，全国宣传文化系统“四个一批”人才。主要从事小说、文学批评及舞台剧创作。已经发表各类文体作品500多万字。代表作有《八月狂想曲》《先锋》《厨房》《狗日的足球》《午夜广场最后的探戈》《春天的二十二个夜晚》《爱你两周半》等。话剧《性情男女》2006年由北京人民艺术剧院上演。

曾获鲁迅文学奖、老舍文学奖、中宣部“五个一工程”优秀长篇小说奖、庄重文文学奖以及《人民文学》《小说月报》等文学期刊优秀作品奖30余次。长篇小说《野草根》被香港《亚洲周刊》评为“2007年十大中文好书”。部分作品被翻译成英、德、法、俄、韩、日、西班牙语。

徐坤文集

Xu Kun Wenji

野草根

Yecao Gen

徐坤 / 著

时代出版传媒股份有限公司
安徽文艺出版社

图书在版编目（C I P）数据

野草根/徐坤著.--合肥：安徽文艺出版社,2021.10
（徐坤文集）
ISBN 978-7-5396-7328-8

Ⅰ. ①野… Ⅱ. ①徐… Ⅲ. ①长篇小说—中国—当代
Ⅳ. ①I247.5

中国版本图书馆CIP数据核字(2021)第222719号

出 版 人：姚　巍
丛书策划：朱寒冬　　　　丛书统筹：姚　巍　　刘姗姗
责任编辑：黄　佳　　　　装帧设计：丁　明

出版发行：时代出版传媒股份有限公司　www.press-mart.com
安徽文艺出版社　www.awpub.com
地　　址：合肥市翡翠路1118号　邮政编码：230071
营 销 部：(0551)63533889
印　　制：安徽新华印刷股份有限公司 (0551)65859551

开本：880×1230　1/32　印张：10.5　字数：300千字
版次：2021年10月第1版
印次：2021年10月第1次印刷
定价：68.00元(精装)

(如发现印装质量问题，影响阅读，请与出版社联系调换)

版权所有，侵权必究

目录

引　子

还没到清明，雨先哭上了。出门的时候，雨还没有下，这会儿，却已经连成了线，密密麻麻，落到地上，很快就浸湿了泥土。人一踏上去，就踩出一脚泥泞。

夏小禾周身颤抖，穿越一片片死去的老树精灵，进入这片人间墓地。武殿新在身后撑的一把宽檐的黑伞，替她挡住了身后细密的雨水，却也仍然遮不住她那光洁明亮前额上的雨水肆虐。水珠顺着刘海儿滴滴答答往下落，流了满腮满脸，她也顾不上抬手擦一把，仍自顾自往前走着。她那年纪轻轻的心里，这会儿，全被忧戚占满了。

武殿新跟在身后，也没有打扰她，只是掏出手帕，体贴地在身后轻轻碰了碰她的胳膊。夏小禾回过手来就势接住，也只是紧攥在手心里，并没有往脸上擦。

墓地位于东陵的山上，要跨越一片茂密的森林，再拐过几道曲里拐弯的斜坡，才能进入那一片高低起伏的谷底。

这一年年景不太好，打一过完年，就狠闹了一阵子禽流感，不光瘟了好多鸡，还瘟死了许多树。树瘟是从东陵山上新开辟的森林道路两旁的杨树上闹起来的，接着蔓延到槐树。死去的多半是那些长了几百年的参天古木，每棵直径有一米多，树干魁伟，枝丫浓密，枯枝在半空里虬曲交接，乌洞洞黑黢黢，哀哀地立着，半空里形成一幅幅尸首的剪影，看着既楚楚可怜，又触目惊心。那光景，好不肃杀！

他们来时，就在路两旁那一排排死树丛中穿行。夏小禾一路看着，惊悚地瞪大了眼睛，将头偎过来，依在武殿新肩上。武殿新一只手把着方向盘，另一只手从她的颈后环绕过来，抚摸着她的长发，似是安抚，也是解忧。

死去的那一批批的树，终归不知是什么毛病。请来农学院的专家会诊，也束手无策。他们给这种病症取名叫“树瘟”，说也许是患病的野山鸡飞到树上，拉泡屎将树给传染上了。

还有一种说法是树们由于不满现状，今春施行集体自杀。开辟这条通往新兴游乐园和富豪别墅区的林中路时，砍伐的正是杨槐生长地带，现今这条笔直宽敞的柏油沥青路下，有许多它们兄弟姐妹的尸体。树族难免伤心绝望，相互传播信号——在这个春天里以威武不能屈的古典姿态自绝于人民。

人世间最为残酷的景象，莫过于病树前头万木春。树殁了，遍地野草却毫发无损，春风吹又绿地恣肆出一片片生死无忧的乐观态度。

他们的奥迪车疾驰无声，穿过枯乱焦黄的密匝匝森林古道，身后溅起一波波水纹后，终于爬上一道山岭。斜坡陡峭，眼前豁然开朗。连绵的山脉，蜿蜒起伏的河流，漫山遍野的粉红色杜鹃花，即使在雨中，也沸腾得耀眼，粉红粉红的一片，仿佛色彩在燃烧。道路在这里开始分岔，往左，是这个城市最有名的温泉山庄和富人别墅区;往右,就是公共墓地。

夏小禾的目光刚从枯萎和焦黄中过来,似乎还一下子不能适应这满眼的粉红。她挺了挺身子,坐正身姿,怔怔地打量着窗外。自从那一年将母亲的骨灰移葬于此之后,她就再也没来过。几年时间,这里大变模样。今儿她是特地让武殿新陪着,来向九泉之下的妈妈告别的。马上她就要离开这座生她养她的沈阳城,到另外一座完全陌生的城市去。对前途的忧戚和忐忑不安似乎都像瘟树的影子一样在她心中挥之不去。

东陵山上这块地界,原本是好几百年前的皇家陵寝,是大清朝第一代皇帝清太祖努尔哈赤和皇后叶赫那拉氏的坟茔,也就是叫作“福陵”的所在地。这里上风上水,是护佑着这座城市吉祥平安一道福脉。老林子也生长了几百年,自成规模气势,大树老得早已经成了精。没想到进了新世纪,一切都以经济利益为先后,这块风水宝地也成了可以开发利用的资源,新修公路活生生把福脉给截断了。皇陵在侧,又岂容百姓安息?老祖宗的遗产,自有它不可随意改动的规矩。改了,必遭报应。只是不承想,这一报,却报到了树身上。倒霉的树们,就做了人类的替死鬼。

瘟死的树,没人敢去收拾残局,既不敢拿来烧火做饭,也不敢用来做家具房梁屋脊书桌。屈死的老树精灵据说会包藏在树干里,若把树干劈开将它引出来,就仿佛打开潘多拉魔盒,魔鬼一出,后果难以预料,搞不好就会瘟人。无奈,人们也就只能由着山间道路两旁的老树尸首一排一排惊天动地地悲恸,威武默哀,让每一个从树下经过的人都产生不寒而栗的惊悚。

夏小禾和武殿新把车子停在山坡下，徒步进入这片墓地。

墓地坐落在山脚下一个缓坡上，占地面积相当庞大，坡体的斜度，正好可以让雨水顺势滑落下来，直接滚落到坡底的垄沟里，足以想见设计者的心思。它的选景也相当独到，站在墓地边上远眺，河流山川尽收眼底，山脚下的田野里残留着一些去年秋收过后余下的高粱玉米茬子和老叶，渗透着人间生动的活力和亲和力。更低处的垄沟里，紫地丁和矢车菊爬满四野，绿色苦艾草发着幽香。半山腰上，几株山楂树、野梨树随风飘舞，豆丁一样的红果和白色梨花煞是好看，花瓣都镶上了淡绿色的牙边，花粉分泌出几丝热烘烘的脆甜。一丛一丛鹅黄的迎春枝条在雨里抽动，更加烘托出墓地的和泰安详。如果没有那些一个挨着一个隆起的圆形土堆和一块块坚硬的墓碑跃入眼帘，这里几乎让人疑为世外桃源。

雨把墓地浇得十分静谧。来上坟扫墓的都是一家一户的，大人带着孩子，忙着添土修坟，摆放他们的供果，顺便教他们的子孙认着墓碑上祖宗的名字。守陵人拿着铁锹和油漆等工具忙不迭地在墓地间走动，忙来忙去。这种天气不用担心人们会烧纸点燃明火，那些草纸点也点不着。他们要做的主要是替人添土修坟、念叨几句吉祥话讨一份赏钱。有几个掘墓人正穿着雨衣，在墓地的一隅艰难地挖着坑。他们骂骂咧咧诅咒这天气，一个说谁家的人死的不是时候，偏偏要在这会子挖坑下葬，湿漉漉的，搞得老子一踩一脚泥。另一个说人要是能自己选时候死，那他也就不死了，闲着没事儿活着该多好。

植物和泥土的清香气味，雨点的潮湿气息，腐殖土的酸气，祭酒淋在地上的酒醺，混合着烧纸燃烧不充分的烟气，在墓地里蔓延。这无数的味道里又混合了他们身上的香水味，她身上的香奈尔5号和他身上的古驰香水的熏香，让这墓地里的气味越发复杂起来，又腐朽，又潮湿，阴森而酣醉。

夏小禾怀里抱着一束白百合，神情肃穆地走进墓群。武殿新撑着伞默默跟在她身后。夏小禾长发飘飘，细眉细眼，20来岁的样子，高高瘦瘦，一袭黑衣黑裙，领口翻衬出一点白，显得凄艳又孤绝。武殿新高大魁伟，长得眉深目阔，50来岁年纪，衣冠楚楚，一身黑色西装，步履迟重地跟在她身后，撑着伞，隔着一段矜持的距离身位。他们按照记下来的墓碑牌位号寻找，穿过一排排面貌相似的碑群，来到西边的一群墓碑中间站下。夏小禾脚步凝重，眼神缓缓掠过墓碑上那一个个相同的姓氏：于忠孝之墓，于忠顺之墓，于树原之墓，于树奇与于叶氏合葬之墓……

就是这里了。她默默地在每块碑前站了一下，最后来到最边上的一块墓碑前停了下来。武殿新也跟在她身后站住。夏小禾惶然无助地站着，抑制住慌乱的心跳，弯腰把鲜花放在墓碑前。接着退后一步，定定地瞧着，眼泪不由自主地"唰唰"流了下来。武殿新跨前一步，撑着伞，左手轻轻揽住她的腰，似要给她注入一些力量。夏小禾像惊着了似的，扭头看他一眼，用手背擦了擦脸上的泪，将身形依赖地侧斜过来，倚靠在他的肩上。

两个年龄差别很大的暧昧男女，如此勾肩搭背、紧密无缝地立于墓前，在这帮扫墓人群中，很是显眼，也容易让人起疑。

墓地里的守陵人很快就闻风而至。守陵人50多岁，弯腰，驼背，瓦骨脸，大鼻子，猫头鹰的眼睛，明亮而尖利，那眼神一眼就能剜死人。他上身穿一件洗得发白的藏蓝工作服，下身是件溅满泥点子的军绿裤子，像个从西域归汉的回鹘人。守陵人来到跟前，一手拎锹，一手撑伞，飞速地剜了武殿新一眼，又把圆而亮的玻璃球鹰眼盯向了夏小禾，转了几转，开口冲夏小禾搭讪道：

清明时节看望亲人，儿女都是孝子贤孙。我说姑娘，把房子上这棵树修一修吧，底下的树枝已经压着屋顶了，人待在里边喘不上气儿。

守陵人一开口，却是一副公鸭嗓，整个一个阉人的声音，细长而尖厉，让人不知他是男是女，是老头还是老太太。

夏小禾一惊，身子往武殿新身上紧靠了一靠。当着外人面，武殿新本能地微微闪动了一下身子，跟夏小禾拉开一些距离。夏小禾有些孤立无助，又有些不知所措地站着，不置可否，没听明白是怎么回事，也不知道该怎么回答。

没等她说话，守陵人已经把他的驼背转过去，冲身后一招手。另外一个守陵老妇人立即拿着铁锹跟了过来。老妇人看样子也有五十来岁，满脸的皱纹，眼睛挤在纹路里几乎看不见，穿着土灰色的布衫，灰不拉叽的裤子，裤腿照样也溅上许多泥点子。从她走的几步道看得出她还是很有力气。老妇人跟这个男的熟络默契得像一家子，也许根本就是一家子。只见她来到跟前，也不说什么话，只是打眼看了看坟头那棵小松树，然后就放下锹，从腰里拔出一把锋利的腰刀，“嚓”“嚓”“嚓”，下刀快速在树上砍起来。

夏小禾莫名惊诧，眼见得老妇人“咔嚓”“咔嚓”几下，就把树底下的赘枝砍掉。像是被斫手断足的小树立马显得枝条利落，压在坟头上那些旁逸斜出的杈条也瞬间皆无。

这是夏小禾当年亲手栽到母亲坟头的一棵小松树，那会儿还高不及她的膝盖，现在却已经长过她的腰。

砍完了树，守陵老妇人似乎意犹未尽，不等吩咐，又麻利地端起锹来给坟头培了几锹土，嘴里还叨咕道：姑娘，把这碑上的字也描一描吧？看这房子也该装修一下，让屋子里鲜亮鲜亮啦。

说着，又没等夏小禾点头，守陵老妪就像生怕抢不到这个生意似的，一把将锹塞到那男人手里，迅速从兜里掏出一应工具：抹布、油漆、小板刷、软毛笔，自己蹲下身去，照着墓碑上的字迹一笔一画地描了起来。

夏小禾有点猝不及防，没有拒绝，也没有阻拦，呆呆地看着她做着这一切。

姑娘，这里是你什么人啊？低处传来守陵老妪的声音。

母亲。

噢。

守陵老妪好像善解人意，不再往下问，又嘟嘟囔囔念起她的祭拜嗑：要说呢，这人有人的命，鬼有鬼的福。老太太你睁眼看看，你女儿看你来了！你看看她吃得好穿得好，天天抱得金元宝；人漂亮，有福气，一钓钓得金龟婿。多子多孙，财源广进，知书达理，贤惠孝悌，老太太你好有福气啊！

她不是老太太。她走的时候，也就跟我现在一般大。

啥？

守陵人惊得直起腰来。

姑娘,你……

守陵老妪又定定地打量姑娘几眼,见她弯弯的眉毛,细细的眼,光洁如玉的小鸭蛋脸,怎么看也就是二十几岁的样子。

让我自己来描吧。

夏小禾醒过味儿来,从守陵老妪手里接过油漆和小板刷,弯下身去,蹲跪在母亲坟前,一笔一画描摹起碑上那几个黑黑粗粗的魏碑字:

母亲于小庄之墓

第一章　北风呼号

1

1968年12月，东北最大的工业城市——沈阳。大地僵硬，北风呼号。从西伯利亚来的一股寒流整晚在城里转悠，折断了老树的枝丫，“扑棱棱”吹掉不少屋瓦。残雪与大字报的碎屑“滴溜溜”在风中打转，跟那些大街上的驴粪蛋、狗粪蛋很快就搅和冻到了一起，变得你我不分，相互体恤。天快亮的时候，狂风的势头减弱了一些，随后而来的小白毛风依旧像刀子一样，“嗞溜嗞溜”的，迎面在人脸上左一道右一道地刮得生疼。天空低垂，万物沉寂，浓重的霜气里见不到一个活物的影子。

未满16岁的初中毕业生于小庄这天早晨是噘嘴赌着气从家里走的，临出门前还和姐姐于小顶吵了一架。于小庄这丫头得理不让人，骂起话来叭叭叭叭，小嘴跟炒蹦豆一般。与之相比，19岁的大姐于小顶显得老成持重，处处想显出老大的威严，说话总要达到板上钉钉、掷地有声的效果。今早一出了这个家门，往后可就是天各一方，命运未卜。高中毕业生于小顶显得忧心忡忡，脑门心儿结成疙瘩。初中毕业生于小庄却是欢蹦乱跳，没心没肺，多少有点傻不拉叽的。

天不亮，小顶、小庄的娘就起来生火做饭，打点两个丫头出门。这一说要上山下乡，两个丫头蛋子就双双出走，着实让她这个当娘的有点揪心窝子。自打门口老槐树上的大喇叭筒子“呜里哇啦”传来最高指示“知识青年到农村去，接受贫下中农的再教育，很有必要”，她家里头就没的消停，两个丫头蛋子都跟吃了枪子儿似的“扑棱扑棱”往外蹦，满大街敲锣打鼓去欢庆游行。最高指示里还说，“要说服城里干部和其他人，把自己初中、高中、大学毕业的子女，送到乡下去，来一个动员。各地农村的同志应当欢迎他们去”。还没等街道公社干部们上门动员，俩丫头就自己做主在学校报名申请下乡，等到生米成了熟饭才回来告诉她们的老娘。那个老大还算略微懂事，知道把话圆乎着说，宽慰她娘说：娘，下乡是出于不得已，不下乡，就连户口和工作都没有，待在城市里成为黑户盲流，人就没法活下去。再说，我是校学生会主席，也应该给同学们做个榜样带个头。

老二小庄则二百五一个，连个人话都不会说，把小辫一支棱，小脖一梗，道：我不走干啥？走！我要走得远远儿的，省得你们整天看我不顺眼。

她娘气得干没辙。她老人家把大脚片子一跺，怒吼一声：滚吧滚吧，臭瘪犊子！你们都走，走！瞧着到时候累成王八羔子样，谁也别给我回家来叫苦！

老大也不无埋怨地对小庄道：咱们都走了，谁在家里照顾娘呢？

老二又小脖一梗:谁照顾?你说谁照顾?你是老大,你应该留在家里孝顺啊!只许你进步就不许我进步?

娘在一旁赶紧拉住:你这个二彪子,只会说彪话!本来不该你去的,偏要跟着去。你才那么点儿大,到时候想家了回不来,你说你可咋整?

小庄说:我才不会想家呢!我要扎根农村干革命,哪还有什么家不家的?

她娘叹口气:唉,我这是养孩子养出孽来了!咋就揍出这么个没心没肺的二瘪犊子?

说归说,当娘的该准备的还得给准备。这一走就走俩,也真够老于家受的。家里穷得叮当响,连个像样的铺盖卷都准备不起来。她又出去跟邻居借了几尺布票,好歹扯了几尺棉布,把她俩的旧棉絮做了个被套缝起来,看着也有个半成新。今早一睁眼,老太太就琢磨着,这最后一顿饭给俩丫头整点啥。

说是“老太太”,实际上她今年虚岁57,守寡八年,生养过十个孩子,有两个夭折,其他八个勇敢地活着。前边四个小子已经出门成家立业,目前还窝手里头四个,他们分别是大女儿于小顶、二女儿于小庄,外加一对10岁的龙凤双胞胎。每逢双胞胎一打架闹哄,老太太就会恶狠狠地说:打!打!打死你们这两个白吃饭的货!

接着她又捶打自己的胸脯,无限懊悔道:唉!这都是那死老头子临死前造的孽啊!

小庄那小瘪羔子这时就会人事不懂地接话说:生生生!谁让

你们生那么多！当初你们就不能把裤裆夹紧点？

她娘抄起一把笤帚疙瘩劈面照着耳根子抽过去：你这个杂种！你那是跟你娘说话啊？我怎么生了你这么个没羞没臊的败家玩意儿？！

小庄原本那跑得飞快的两条山羊腿这时也不跑了，当地一站，举手轻轻一搪，她娘就"噔噔噔"倒退几步，差点一屁股跌坐在地上。老太太手里失了准，嘴里还不服气，骂骂咧咧道：二瘪犊子你还真长能耐了哈！看我还打不动你了呢！说着，又一次气运丹田，举起长柄笤帚疙瘩家法，以简单轻捷的滑步脚法急速趋近前来。

老大于小顶及时推搡老二一把：二狍子你快滚！赶紧躲远点得了！别总没事在家惹咱娘生气。

老二就坡下驴，这才悻悻地闪开，一猫腰钻出屋去，"哧溜"一声，瞬间跑得不见人影。

闺女大了，打不动了。她娘手举笤帚疙瘩，望着二瘪犊子远去的背影，内心涌动好些教子不成的感慨。

于家撑门立户的这位于老太太，一米七几的大个儿，一张铜盆四方脸，两只细长吊梢眼，脑门窄，肩膀宽，脑后灰白相间一团大发髻，腰下一条肥大的黑色抿裆裤，上身一件靛蓝斜襟大布衫，先裹后放的一双大民众脚，走起路来"唰唰唰"，骂起人来"嘎嘎嘎"。虽说眼梢已经些许向下耷拉，但一说话满脸的横肉丝子仍往上立着，乍一看，整个就是一个杀伐决断的老年慈禧，只可惜没人家慈禧太后那个命。从那窄额细眼的长相上看，还真跟老叶赫那拉她们家人有些像，也许上辈子真是哪朝哪代的贵族混血儿，如今流落到贫寒人家，活该一辈子要给一个穷汉人养孩子倒尿看家守寡。说起来，这都是命。一切贫贱，都是命里注定。

于叶氏也就是小庄、小顶她们的娘，身板硬，脸盘宽，额头扁，心肠狠。她看了一下在炕头上呼呼大睡的双胞胎小崽子，再看看炕梢俩未谙世事的大丫头，麻利地穿鞋下炕，开始操持一天喂饱肚子的营生。于老太那一双大民众脚，“噔噔噔噔噔”，从里走到外，“噔噔噔噔噔”，再从外走到里，落地有声，不吵醒几个贪睡的孩子不算完。她老人家还有个习惯，每早起来，顺手就扭开收音机，把音量放大到无论她走到屋里屋外哪个角落，都能跟她手里动作伴奏上的程度。那个破旧的蒙满灰尘的晶体管收音机也真听话，果然每天就“吱吱啦啦”地发出各种音响，有时是高亢的新闻口号，有时是发音“前轱辘不转后轱辘转”的朝鲜话，有时是“滴里嘟噜”俄罗斯语。管他听懂听不懂，有个动静做伴就好。于老太也不挑剔，逮个台就听下去。一个人拉扯着八个孩子，实在是太清苦，实在是太寂寞了。老太太也形成了自己一套打发时光干活的节奏。

于老太把劈柴抱进来，炉灰倒出去，尿桶拎着倒进胡同口的简易便所，顺便拿铁锹拾起一坨冻硬的大粪埋在院子中的黄土堆里。小崽子学校正开展冬季积粪肥活动，交够了一定数量的粪肥才能得“五好”加入红小兵。他们家的炉灰、黄土……凡是跟粪便相像的器物，如今全都派上用场，全都往上面浇上凉水冻硬了，一坨一坨地冒充大粪交公。不光他们家的两个小学生，城里的学生们都用这种办法对付学校的积肥运动。厨房鸡圈里睡眼惺忪的老母鸡被捅醒，“呼——嘘”“呼——嘘”给赶到屋外去。老母鸡很不情愿地“呼啦呼啦”飞上窗台，最后还是被撵回窗根底下的鸡窝里。然后是“哧——啦”“哧——啦”打扫庭院，“噼——啪”“噼——啪”点着引柴。一股红火蹿入炉膛，紧跟着一串浓烟冒将起来。浓烈的橡胶臭味夹杂着劈柴燃烧的阵阵浓烟，从厨房蹿进屋内，把炕上几个孩子呛醒。屋里隔夜的尿臊味、鸡粪味，被烧胶皮的浓臭和劈柴的干烟盖住了。孩子们这才一个个呛得“咳咳”“咔咔”地咳嗽着，不情愿地爬出被窝，起身穿衣。

大姐小顶起床后最要紧的一件事情，就是对镜编她那根油黑发亮的大辫儿。于小顶继承了她爹她娘的优良基因，把爹妈长相中的优点一样不落地全都发扬光大：她娘年轻时的高大、丰满、白皙，她爹山东人后裔的宽额头、薄嘴唇、大眼睛双眼皮，眨巴眨巴真撩人。虽然穿着一身臃肿的棉袄棉裤，可是她的小肩膀端得板板的，仍然透露天生就有的领袖相。二丫头于小庄可就不一样了，完全跟个狐狸和野山猫似的，一起床就不得闲，到处乱蹦乱踅摸，一会儿踩着椅子登高，一会儿又蹲下在炕沿周围打量，她是在踅摸看看家里还有些什么东西可以划拉进行李卷带走的。小庄一双秀媚桃花眼，一对齐肩刷子辫儿，精瘦，贼黑，两条山羊腿，一把小蛮腰，腿上仿佛带弹簧，跑起来眨眼不见影，娘送外号“二狍子”。

炕头那一对10岁的双胞胎兄妹小刚和小芳不知因为什么事情又互相推搡捶打起来。小刚白净粉嫩像个瓷娃娃，小芳混沌粗糙像个小母猪。一般龙凤双胞胎都是这么个下场，男孩子在娘胎里会夺气，总是要比女孩子长得漂亮。

咳嗽声、吵闹声、鸡叫声嘈杂成一片。老大于小顶站在家里唯

——块长满了水锈的小方镜前，一边编辫子，一边埋怨道：娘，你别总用胶皮引火，那东西有毒，时间长了会把人熏出病来。

她们的寡妇娘站在灶台边，一边弯腰往大锅里舀水煮苞米糙子粥，一边嘴里嘟囔道：我倒是想用柴火引火啊，可是城里有吗？上哪儿搂柴火去？

那就不会用纸来引火？

纸？说得好听！纸从哪来？是你爹造纸还是你妈生纸？上下嘴唇一碰，你们站着说话不腰疼。这要不是你三哥在橡胶厂能顺便给家带回来胶皮下脚料，就连胶皮也点不上呢！你点，你点西北风去吧。

你咋净信任我三哥！他拿回来的什么玩意儿你都当成宝。

不当成宝咋的？你就说这烟道一直不畅通，炉膛也该重新盘盘了。这活儿，除了你三哥，你们几个丫头蛋子哪个会做？养你们几个能干啥？啥也指望不上！一个个都是讨债的货！

老二小庄一边洗脸一边回敬她娘道：娘你一天到晚穷嘚啵（东北话，唠叨）个啥！我这不是马上就走了吗？我走了你们就再也不用自己点炉子生火做饭了，以后你们天天下馆子去，天天吃大鱼大肉、大米干饭炒鸡蛋。

她娘一听，气又不打一处来：死丫头你走！你走啊！有能耐你走得远远的，再也别回来。

她们的娘一边叨咕，一边把咸菜丝剁得山响。年复一年的劳累、生育，艰苦贫寒的生活，把她的脾气彻底搞垮了，她的性格乖戾、躁郁，从来就没有个耐烦顺气儿的时候。

两个双胞胎因为一点什么事打得厉害起来。大姐过去劝，小刚说，妹妹小芳跟他抢花。那是他们今天欢送知识青年上山下乡时要用的，那个糊在树枝上的紫色皱纹纸的花束是他的，小芳非要不可。小芳也哭哭啼啼说，小哥把那个黄色不好看的塞给她，抢走了她的紫色的。那是昨天她按老师的要求，自己用皱纹纸糊在树枝上，仿照真花做成的。今天全市的小学生都要手持花束，夹道欢送知识青年上山下乡。昨天因为偷偷舀了一勺金贵的白面打糨糊粘花，小芳还挨了老娘一顿揍。哥哥看她的花颜色好看，就非得过来跟她抢。

二姐于小庄上去一把抢过小刚手里的花，塞给小芳：抢，抢，抢，就知道抢！你是哥哥，让着她点。再抢，再抢让你们两个小鸡崽子也下乡！

在呛人的煤烟和无休止的吵闹声中，一锅早餐终于上桌。一个油渍麻花的小炕桌，几碗苞米楂子粥，一碟玉根头（芥菜）和雪里蕻丝拌的咸菜，几个带眼儿的窝窝头。唯一的奢侈是咸菜上面淋了几滴香油。双胞胎被香气吸引，狼崽子似的眼珠儿直盯着那只碗，筷子不停地往咸菜碗里够。她娘一把打开两只狼爪子：吃，吃！吃多了齁死你们，全都变成盐巴虎！

大姐于小顶艰难地嚼着咸菜条难以下咽，她瞅着这个寒酸的家，瞅着未老先衰的娘，瞅着两个不谙世事的弟妹，嗓子眼哽住了许多伤心和忧愁。于小顶此时正如玫瑰绽芳华，是学校里发展的第一批学生党员，18 岁就入了党，还是校里的“五好”学生、区里的学习《毛选》积极分子，去年还跟着红卫兵队伍大串联，去北京见过毛主席。这是多么了不起的事情啊！出身贫寒但处处要强争气的于小顶，频遭好运气的眷顾，出头露面拔尖的好事全让她一个人摊上了！如果不出意外，毕业以后有个好去向绝对不成问题。虽说“文化大革命”一来，她这个学习尖子做不成大学梦了，但是老师已经许诺，像她这样优秀的学生，毕业以后留在团区委什么的工作岗位没有问题，共青团正缺少人才。于小顶的前途多么光明啊，简直阳光灿烂彩霞满天！她自己也合计着，赶紧能毕业挣钱养家。娘一个人拉扯着他们几个，实在太辛苦了。谁承想，上山下乡运动一来，一片红一窝端，把青年人整个全往下乡撵，让她什么念想都没了。失去了理想和憧憬的大姑娘，未免心有戚戚，黯然神伤。

二丫头小庄“呼噜呼噜”喝粥，毫无感觉，天生不知愁。本来她打小就不爱念书，一捧起书本就头疼，像什么考试、开家长会之类的，更是让她烦得脑袋大，除了多挨一顿老娘的笤帚疙瘩抽打以外，它们不会给她带来任何益处。这回一听说有光荣下乡的美事，她二话没说就报了名。上学没意思，待家里也没劲，下乡有吃有穿有人玩，还不如去广阔天地大有作为疯野去呢！

小顶毕竟是姐姐，想跟娘说点什么贴心的告别话，可是话到嘴边，又实在不知该说点什么。她只有转过头来以大姐的身份对小庄吩咐道：到了乡下，你得积极要求进步，别像在家时老吊儿郎当的。

小庄显然有点不耐烦，故意把苞米楂子粥喝得“稀里呼噜”响。于小顶感到自己的权威遭到挑战，再一次训斥她：挺大个丫头站没站相、坐没坐相，别像个老母猪似的，喝粥发出那么大的响动。

小庄一听就蹦起来:大瘪犊子你少管我！管好你自己得了！

小顶这时也正郁闷,难免气冲脑门,借题发挥,也从桌旁立起来,一手掐腰,以权威声音道:老二你别不知好歹！我管你是为你好！你瞧你那德行,到了乡下不吃亏才怪！

小庄也不服气道:吃亏上当我乐意,你想吃亏也得有人愿意招惹你呀！

她娘气得旁边把碗一蹾:二丫头你给我住嘴！你姐说你两句说错了是怎么着？就你那二尾子性子,走到哪里都不让人省心。

小庄气急败坏道:你还在偏向她！我就知道我不是你亲生的,整天惯着大瘪犊子和两个小瘪犊子！我走！从今天开始我走出这个家门,你们谁也别想再看见我！

说着,饭也不吃了,一抹嘴巴头子蹦下炕,麻利地拎起早已捆好的小行李卷和小网兜,一脚踢开屋门就走出家去。一阵寒风“呼”地灌进来,噎得她身后围着炕桌吃饭的双胞胎一人打了一个响亮的喷嚏。

老娘和姐姐面面相觑。见此情景，小顶也吃不下去了,放下筷子,说:娘,我也走了。娘也无奈,嘱咐说:小顶啊,到那儿就给娘来信。你这一走,娘真是心里没着没落的。

小顶说:娘,你放心。我会照顾好自己。您老人家也要保重身体。

娘说:我就担心你妹妹啊,那个二丫头,一副驴脾气,你说她可怎么整?!

小顶说:娘,我想办法找人照顾她。她下乡的新宾那地儿有我的同学。您老就放心吧。

弟弟妹妹这时也上来牵她的手喊着"大姐""大姐"。小顶说：你们俩在家要好好听话，照顾好娘。

娘掀起衣襟，抹了一把眼泪说：行了，赶紧去吧，可别晚了。

小顶拎起自己的行李和网兜。她网兜里的内容比小庄丰富得多，有厚厚的几本《毛选》，还有一个三哥送给她的新买的脸盆。老二的网兜里，却是家里用旧了的一个破脸盆，一看就知道待遇不一样。老大一掀棉门帘，一股寒风涌进，天光已经大亮了。她一步三回头，走出家门。身后站着穿黑大襟衣服、梳抓髻头、满脸皱纹沟壑的老娘和两个拖着鼻涕一奶同胞的双胞胎弟妹。

飞出窝去的小鸟，从此命运莫测，永不回头。

2

扎着两个刷子辫儿的于小庄出了家门，拎着小行李卷，拽着小网兜，一路上打着出溜滑，热气腾腾地往学校奔。

天亮得不是很透，迷迷蒙蒙的，北风烟雪一个劲儿地往脖领子袖筒子里边灌，嘴里的哈气，转眼间就在眉眼上结成了霜，人一见面，都跟白毛鬼似的。于小庄单薄的身体，穿着时髦的草绿色上衣黄裤子，戴着棉手闷子，脸上严严实实地裹着一条大围脖，把自己裹得像熊一样。那个围脖还是她拆了几副她三哥拿回来的劳保手套，用一股股的白线拼接起来织的，保暖程度相当一般，但架不住她织得长，让那围脖兜头盖脸在脑袋上绕了两个来回，一点风都打不进。于小庄迎着风走，被刮得趔趄歪斜，好像随时都会跌几个跟头。她平衡能力出奇地好，一跤也没跌，还一路蹦蹦跳跳，专拣道上有冰的地方走。看到哪里有一长溜的冰，就先来上一段小小的助跑，跑到冰跟前，一脚在前一脚在后，张开双臂，稳定重心，“哧——溜——”，身体顺势向前溜去，省去一大段走路的腿功，简直像只翻飞的燕子。一开始她还气哼哼的，恨着老大和她娘，没走出多远，她的气就被风刮跑了。她才不生她们的气呢！大瘪犊子、护犊子的老太婆，统统见鬼去吧！她就要自由了！就要走向新生活了！

放眼望去，他们家住的这周围，是城郊接合部的一片开阔地，紧挨着一大片坟地。冬季里，农田和小河全部封冻，一排排低矮的房屋，密密麻麻的油毡纸的小厦子顶上烟囱冒出滚滚黑烟。夏天，臭水沟散发出熏翻人的气味，萤火虫像鬼火一样在坟地周围一闪一闪。街坊邻里吵架之声相闻，抢劫偷盗时有发生。虽说叫城市，其实跟农村没有什么两样，甚至连乡下还不如。

要说呢，这里都已经是他们家进城后搬的第二个住所。他们家祖上是纯粹的乡下人，于小庄娘家的祖上是东北本地的坐地户，在这一片少数民族聚居区里，已经不知经过了几代民族大融合，现在具体是个什么族已经很难考证了；她爹则跟东北那些汉族人一样，祖上是从山东关里家（东北方言，特指山东）那边逃荒过来的。几代人都在地里刨食。1949年东北刚解放那会儿，她爹和她娘携家带口，从昌图乡下来沈阳城时，上无片瓦，下无立身之地，就在沈阳沙山附近一片简易工棚里临时安下身。那时还没有于小庄。沈阳这疙瘩也是一座老工业城了，是东三省的咽喉要道。新中国成立以后，人民政府要打造自己的重工业基地，把这块土地重新收回到人民手里。百废待兴的沈阳城，需要大批劳动力，农民们纷纷被招工进城。于小庄一家就是这么随大流来的。

他们家，先是二小子跟随邻居来沈阳做工，在矿山机械厂，稳定下来后，又从乡下叫来了大哥。爹娘一看，乡下的日子过得也没啥盼头，沈阳城里又被老大老二渲染得那么好，说能住上青砖瓦房，吃上大米白面，到处都有赚钱的机会。爹娘也没有经过实地考察就贸然决定迁居，于是拾掇拾掇卖掉了几亩地，全家老小投奔哥儿俩进城来。那一年，大姐于小顶刚刚出生，是坐在土篮里被她爹给挑进城的。1952 年于小庄呱呱落地，从她开始，他们家才算有了正经出生在城市的城里人。随后几年就是他们的老娘肚皮高产多产的年代，可能是因为进了城，心里高兴吧，她爹一有劲就往她娘的肚皮上使。其结果，就是导致他们的爹英年早逝前，仍将最后一拨种子成功播撒到她娘丰饶的土地上。双胞胎小刚和小芳出生时，他们的娘已经 47 岁整。娘叫苦不迭：一沾身就怀上，这穷苦人家的日子咋就这么雪上加霜呢？

生就生吧。那是她爹娘的问题，不关她于小庄的事儿。于小庄搞不明白的是，同样是从一个娘肚子里蹦出来的，几个孩子为啥差距就那么大？就说她和她大姐吧，简直一个天上一个地下。老大是大头顶，在家里人人宠，据说她爹娘连生四个儿子之后才盼来个闺女，那真是捧在手里怕碰了，含在嘴里怕化了，要什么给什么。小顶真是吸足了父精母血，先天就营养充分，外加后天受宠，聪明伶俐，人小鬼大，从小就学习成绩好，当学生干部，最后都熬到校学生会主席的地步，眼见得远大前程一路顺风。爹活着时就最宠她，爹死了娘继续宠。

等到她于小庄来到人世时就完了，什么待遇都没有了。好像她是完全作为老大的陪衬生下来的，长了一头小黄毛，一双滴溜乱转的桃花眼，瘦黑瘦黑的，站没站相，坐没坐相，不会慢慢走道，见天价总是拔腿就想跑。她娘总说她是属狍子的，屁股上生疔，跑得快，一会儿也坐不住。她跟那个端庄稳重的大姐站一起，正好形成鲜明对照，说她俩是一个妈生的都没人信。

老二处处给掩盖在老大的阴影里，风头全被老大抢去，闹得她到现在连一件出奇冒泡的风光事也没做成。去年老二于小庄干出的最大事件，是撺掇他们学校几个初中同学，偷偷跟在大姐他们学校红卫兵后边去大串联，要到北京见毛主席。结果呢，硬是被她老娘追着屁股撵到火车站，给拎着耳朵拎回来了。掉老价了！搞得她在众人面前颜面皆无！怎么说她那也叫一个15岁的花季少女啊！她恨透了，一直怀疑是老大告的密，同时也恨老太婆不给她留面子。他们家那个识几个数字的爹和这位一个大字不识的农村老太太，教育孩子从来都是用皮带抽，用鞋底子打，用笤帚揍，简直是把孩子不当成人。屈辱啊！

家里那些罄竹难书的罪恶还包括：爹娘偏向大瘪犊子，宠爱双胞胎弟妹，独独她这个当老二的中间受夹板气。晚上在那个十五瓦的灯泡下，一家人围坐着钩手套、糊火柴盒精盐袋，找来各种活计谋生。大姐要写作业，学习好，能成个大学生，不能耽误她的时间,做活的事情自然落在老二身上。到工厂的废煤渣子里捡煤核、捡焦子(炼钢剩下的没有完全烧透的煤块),秋天到合作社商店捡大白菜叶,剁鸡食,捡回骨头棒子剁碎给鸡吃,说是补钙。老二她自己还很缺钙呢!谁给她补了呢?挑水,买粮,买煤,打煤坯,腌酸菜,双胞胎小时候,她娘总命令她给看管着,走到哪儿带到哪儿,人都说她像个小妈……

于小庄觉得她家就像黑暗的旧社会,一点翻身得解放的希望都没有。这回好,热闹终于有她的份!今年一听说动员学生上山下乡,她二话没说就报了名。让她最乐最解气的是,老大也跟自己一样要下乡,而且还是她不愿意去却不得不硬着头皮去的。

这下好, 大瘪犊子,活该!

于小庄一路兴致勃勃,出门不远,她就遇到了同班男生班长谢卫东。小庄"当"地上去给了他一拳:哎呀,谢卫东,你咋来这么早?

谢卫东说:你咋也这么早?

待着没事,早点去呗!哎,你们家没人送你?

谢卫东说:广阔天地炼红心,咱用谁送!

就是的嘛!

于小庄应和着说,一副自得模样。她一抬头,见远处一个戴眼镜的瘦高个,正坐在一个男人的自行车后边往这边走来,走得慢慢吞吞、迟迟疑疑的。那是家庭成分不好的郭子辑。

哎哎,看看看!她指向郭子辑,还真有让人送的。

可不是嘛!谢卫东大喊:郭子辑——

郭子辑乘的自行车栽歪了一下,猛地拐把,左右乱晃了一通,好不容易才停在他们面前。郭子辑从他父亲自行车后座蹦下来。

郭子辑,你跟我们是一个地方吗？于小庄问道。

我……我、我还不知道。郭子辑唯唯诺诺地应着,低头看地,眼皮也不敢往起撩。

算了,不理他,咱走咱的。谢卫东说。

狗崽子,苦大仇深啊！谢卫东突然又冒出这么一句话。

行了吧你,别臭显能耐了。于小庄推搡了他一把。

郭子辑,咱们一块儿走吧！于小庄好心地搭讪。

哦……不不,还是你们先走吧。郭子辑往上扶了扶眼镜,一副战战兢兢的模样。

得了,快别做好人了。跟他这样的人,没法沟通。咱走吧！

谢卫东扯了于小庄一把,于小庄不情愿地把他的手甩开,然后又拎着小行李卷,蹦蹦跳跳,打着小出溜滑向前奔。谢卫东赶紧迈着大步把她追上。他们一路嘻嘻哈哈,朝学校集合地点奔去。

1968年12月的沈阳市府广场,锣鼓喧天,彩旗招展。全市上山下乡知识青年一大早统一在这里集合,接受市革委会领导的动员检阅,然后绕着市中心环城路一周,接受广大市民父老乡亲的送行。他们下乡的地点基本是以学校为单位,按照学校所在区县的管辖分配,有极少部分到外省去插队,沈阳市的学生多数分配到属于辽宁省管辖的本省农村。于小顶的121中学归苏家屯区管辖,直接分配到苏家屯区王家公社向阳大队。于小庄的51中学归沈河区管辖,下乡到遥远的新宾满族自治县。

1968届毕业生们有组织有秩序,按照不同的区县、学校列队在广场上,大包小裹的行李堆在各个队伍的后面。一辆辆扎满鲜花和彩带的大卡车也列队排好。待会儿动员完毕,红卫兵们即将坐车去广阔天地扎根。他们都是统一的红《语录》、绿军装、军用皮带、小军挎包,胸戴大红花,英姿飒爽。有个别爹妈来送孩子,还想依依惜别的,早已经被挡在了队伍之外。红卫兵对这样的同学都满脸不屑。高年级的同学还稍微好管理些,懂得沉静地等待,低年级的简直少不更事,叽叽喳喳,没一会儿安静的时候。于小庄和于小顶这时都在她们各自学校的队伍里,隔着万千红海洋,互相无法打望得上。

漫长的整队、编队、等待过程里,各个学校领队想出了敲锣打鼓拉歌的好主意。

各个红卫兵连连长开始拉歌:下定决心不怕牺牲排除万难去争取胜利……

咚咚锵!咚咚锵!

领导我们事业的核心力量是中国共产党,指导我们思想的理论基础是马克思列宁主义……

团结就是力量,团结就是力量,这力量是铁……

东陵区,尖刀班,来一个,快快快!

沈河区,红卫连,来一个!

大东区,来一个!

皇姑区来一个,一二快快快!

咚咚锵,咚咚锵,咚锵咚锵,咚咚锵!

……

歌声中,他们登上了一辆辆游行告别的敞篷卡车。

沈阳市的革命群众这时早已有组织有秩序地等候在环城路两旁,手拿树枝和彩纸制作的假花,将街道两旁装扮成了鲜花的海洋。车子一过来,他们就有组织有节奏地喊:

热——烈——欢——送,

知——识——青——年,

上——山——下——乡!

咚咚锵,咚咚锵!

每一条道路旁,还都有领喊的,他振臂一高呼,群众就应者云集:

伟大领袖毛主席万岁!

坚决拥护知识青年上山下乡!

如此循环往复。车子一路走来一路呼,磨磨蹭蹭,几乎就是空挡滑行。知识青年们的一张张小脸都要冻两瓣了,也快要笑两瓣了。大家都睁大眼睛在欢送人群里找着自己的亲人。于小庄看到了人群中拖着一挂鼻涕的小刚和小芳。他们使劲晃悠手里的花束,喊着“二姐,二姐”。小庄激动地从车里站起来,摘下胸口的大红花向他们摇晃。

小崽子于小刚忽然想起一句什么需要告诉二姐的一句话,于是他突然跃下马路牙子,一下子冲到路的中心,不管不顾地追着车子跑起来。负责执勤的民兵战士一把将小崽子拎了回来,嘴里呵斥:谁家小孩! 不要命啦?

于小刚被民兵胳肢窝夹得两个小腿直扑腾,红着脸摇着胳膊冲远去的汽车大喊:二姐,二姐！娘告诉你说到了那里就来信！

于小庄远远地看到这一幕,虽然没有听清小刚说些什么,她感觉自己鼻子还是有点酸。她把手拢在嘴边,也是不管不顾大声喊着:

小——刚——回——去——告——诉——娘，让——她——放——心——吧！

咚咚锵,咚咚锵,

咚锵咚锵咚咚锵……

一阵强有力的锣鼓声,把她的话音淹没。

混乱杂沓的歌声、锣鼓声、欢呼声,裹挟着一代人,在冬天冰冷的空气中,渐行渐远。

第二章　我们的战斗生活像诗篇

1

从沈阳到新宾的那一段路，大概是于小庄短短一生中走得最长、最凶险的一段路。

游完了行，喧够了闹，于小庄他们这一行人每人垫补了几口学校发给的黑面包和“八王寺”汽水，换乘了一辆长途大客车，奔新宾的方向上路了。上午还是响晴薄日的，到了下午，天气就阴沉起来，看样子像是要下雪。汽车出了沈阳，直往抚顺的方向奔。辽宁省新宾县归属抚顺市管辖，已经出了沈阳的管辖范围，这也无形中给他们以后的往回抽调造成了困难。但是此时的初中毕业生于小庄他们，根本没有什么“将来”“往后”的概念，他们现在只是一味地向前、向前，战斗、战斗。不管风吹雨打，乌云满天，他们的战斗生活像诗篇。

他们一路上靠在车里唱歌，靠叽叽喳喳欢笑来驱散寂寞和取暖。

阿妈妮，阿妈妮，

为祖国就要离开你，
我要到那三八线上，
参军去杀敌。
你听那炮声正响，
怎能让美帝欺负你？
再见吧，我的阿妈妮，
胜利再见你。

这是朝鲜电影《血海》插曲。唱着唱着，不知谁先惹起的，先是小声呜咽，闷声闷气地抽动鼻子，接着就有哪个女声先哭了起来。紧跟着，车厢里就一片哭声。毕竟还是一群没出过家门的孩子，一见外面世界满眼的陌生，车厢内部满厢的寒冷，他们不免有点吃不住劲了，感伤的离别情绪难免涌上心怀。他们谁也不作声了，默默地在寒冷里煎熬着。车子一出了抚顺，当连绵的山脉像一堵一堵黄泥墙一样打来时，他们更没了情绪，眼神空洞干巴巴地盯着外边。这里是长白山的余脉支系，山不太高，但连绵不绝，没完没了，好像总在前边堵着道，怎么也走不完绕不过去似的。看多了，渐渐就产生视觉上的疲劳。于小庄他们冻得昏昏欲睡。只有在猛一下被汽车颠起老高时，才从瞌睡中惊醒，发现脚底下要冻成坨了，这才赶紧起来围绕座位活动两步。

山包终于落在了后边，眼前已是一大片冬季荒芜的田野，能感觉到寒风使劲掀动地里的积雪。田野边的枯树冻得瑟瑟地胡乱抖动着枝条。远远地见到一座稀稀落落破败的小山村，司机说这里已经是铁岭地界。车子进入一条狭窄的村道，从一座座用秸秆编的小破院门口路过，里边的一座座矮趴趴的茅草屋没有一丝灯光，屋顶歪歪斜斜，像是随时要塌下来的样子。不知怎的，于小庄一下子想到了自己家。这时候，娘在家干什么？双胞胎也该放学了吧？一瞬间，心里的滋味变得特别复杂。不是想，也不是不想，就是，触景生情，临时涌起的有点说不上来的那么一股酸溜溜的劲儿。

出了铁岭的村子，路更狭窄了，车也颠得凶。乡间土路上积攒了许多冰和残雪，司机很谨慎，小心翼翼地放慢了速度。浑身漏风的长途大破车，颤颤巍巍地往前颠簸着。到了一个三岔路口，司机也没了主意，看样子对路也不太熟。这个长着一圈络腮胡子、瘦得跟芦柴棒一样的中年汉子停下车，四处打望一下，乡野四处不见人影。老远终于看见路旁一个正赶着一头猪慢条斯理地往回走的老农，司机赶紧跳下车去打听道儿。回来，司机告诉他们，快了，前边就是南杂木，过了南杂木，就到新宾了。车上的小崽子们以为胜利在望，又是一阵胡乱的欢呼。

车往右拐，驶上了南杂木方向，一座山脉又横亘在面前。长白山支脉又神奇地从哪里拐了个弯冒了出来。车上的哪个知青，一听到“长白山”又来神儿了，领头唱起中朝人民友谊歌曲。车里的知青全都冻得醒过来了，一齐起哄着跟着唱。

然后他们呱唧呱唧鼓掌、跺脚，把冻得麻木的脚在车厢板上乱踹。

他们这么自作多情着，可人家长白山没那么温婉。开始盘山了。要越过这个山头，到达对面的山脚下去，才能抵达新宾。长白山这看似窝窝头似的山包和脊梁，一个接着一个短促的急转弯和凶险盘山道，扭得他们肝肠寸断，心都提到嗓子眼。眼见得支棱的山崖峭壁贴着车帮压过来，又“呼”地一下掠过去，一棵斜刺里杀出的小松树，“哗”地把枝子刮割了一下车窗玻璃，听起来让人牙里往外冒凉风。天空开始飘雪，雪花被风吹打着，形成雪霰，凌凌乱乱地堵在挡风玻璃前，司机开了大灯，能见度仍然不出十米。车子艰难地攀高，又艰难地下降。车上的人吓得七扭八歪、惊呼连连，谁喊了一声：大家都不许叫！让司机师傅集中精神！众人这才闭住嘴巴。

好不容易走完这段盘山道。当车子落到平坦处，看到前方路标写的“新宾”二字时，众人都欢呼起来。这里早已是大雪绵绵，来接站的干部们已经在雪里迎候多时，浑身霜雪披挂，活像长出了一身白毛。这群神情疲惫的沈阳小青年一下车，就感受到了新宾贫下中农的温暖。

他们在队部里与那些来自大连、鞍山、本溪、抚顺、锦州的知青会合。新宾的主人发表了热情洋溢的讲话，表示要坚决贯彻毛主席他老人家的指示，照毛主席的指示办事，要拿出最好的米饭鱼肉、最好的铺盖穿戴，接待好城里的知识青年。

知青这边也选出了一个谢卫东代表大家表决心。他在习惯性地说了几句套话以后，突发奇想，在最后发言表示，我们一定要在广阔天地里努力改造思想炼红心，虚心接受贫下中农再教育，扎根农村一百年不动摇。底下的知青一下子就乐了。一个大连瘦高挑知青立刻指出说：怎么能说扎根一百年呢？我们能活到一百岁吗？

谢卫东被人驳了面子，脸色通红，可是他并不服输，梗着脖子狡辩说：怎么就不能？我们这一代人生在红旗下，长在蜜罐中，享受伟大社会主义祖国的无比幸福，你说，我们怎么就不能活到一百岁？

那个大连的同学仍然操着海蛎子味说：你说你能活到100岁，你就给我活一个看看哪！

谢卫东说：看看就看看！嘿，你怎么着？不信是不是？

大连的还想搭茬，被队长拦住了，队长出来好心打圆场说，你们说得都没错，活到老，扎根到老。你们来了，就别再走了，就一直在咱这儿扎下去吧！我们贫下中农保证好吃好喝地供着你们。

一场风波就这样平息。以后，大连知青和沈阳知青之间的明争暗斗、争风吃醋的各种较量，还在不断长期深入持久地进行着。

吃饭的过程让于小庄大开眼界。当地人民用最正宗的满族欢迎贵宾的仪式招待他们，上了最正宗的满族佳肴"八碟八碗"。至于具体是什么讲究，于小庄也记不得了。在寒冷的北风烟雪的路上颠簸了五六个小时、早已饿得前胸贴后背的于小庄和她的战友们，等不及什么"四冷四热"的八碟、"四荤四素"的八碗全部上齐，来一个干掉一个，风卷残云一般，不一会儿，就叫碟碗全都见了底儿。吃饱喝足了有劲了，他们使劲唱：

东风吹，战鼓擂，
现在世界上究竟谁怕谁。
不是人民怕美帝，

而是美帝怕人民。
得道多助，失道寡助，
历史规律不可抗拒，不可抗拒。
美帝国主义必定灭亡，
全世界人民一定胜利。

2

天性痴顽的16岁初中生于小庄，在新宾这块肥沃的山间林场上，找到了青春恣情旺长的土壤。

位于辽东山区的新宾县，是清王朝的发祥地，1616年努尔哈赤在新宾永陵赫图阿拉城称汗，奠定了大清王朝三百年基业，因此新宾有“满族的故乡”之称。这里还是满、汉、朝鲜、回等多民族聚居的地区。它地处长白山支脉，林业资源丰富，“八山半水一分田，半分道路和庄园”，红松、落叶松、刺槐、杨树、山核桃遍山生长，人参、细辛、黄芪、黄柏、五味子等药材到处都是，林子里还有大量采不完的木耳、蘑菇等食用菌，那些林蛙、驯鹿、狍子等野味常能看得见，真是一个得天独厚的好地方。即便在20世纪60年代末国民经济普遍贫穷落后的年代，它也属于相对富裕的地区，在当时的知青下乡点中也算是很不错的。

于小庄在这里吃“八碟八碗”、整天在林子里乱跑瞎玩的时候，她大姐于小顶却在东陵区王家公社冻得坚硬的地里刨高粱茬玉米茬，每天每人要刨六条垄，数九隆冬也要蹲在地上用䦆头一点一点地剜，几天下来，满手都是血泡。同时给家里娘写的信，于小庄给娘的家信总是愉快歌唱，于小顶却总是哭天抹泪，忧郁抱怨。

新宾知青先是在大队部里打地铺度过了最初几天懵懵懂懂、杂乱无章的日子，接着又被分派到老乡家住。直到开春化冻以后，队上才整来一些砖瓦木料，学着其他地方的样子，在村头西边一片水田边上专门给他们盖起了青年点。他们事先并没做好迎接一大帮城里下来的毛孩子的准备，但是作为一项政治任务，还必须得贯彻落实。

于小庄刚去的时候，还敛着性子，老老实实装着知书达理的城里人模样。她所在的这家房东姓赵，家里有老头老太太，也有好几个孩子，大儿子儿媳单门立户独过，二儿子在林场工作不回来住，家里有一个跟小庄一般大的闺女，下面还有两个弟弟。他们把南屋腾出来让给小庄和自己闺女同住，老两口带俩儿子住北屋。一家子人都和善，好脾气，大妈得知她才 16 岁，还满怀爱怜心疼地说：这么小的孩子就出来受苦遭罪，这让当妈的该有多心疼啊！听了这话，于小庄的心里热乎乎的。还从来没有人这么拿她当上宾看待，没这么高看她一眼。

她的自尊心得到极大的安慰，自我意识也跟着进一步提高。她平常也知道以礼相报，手脚勤快，帮着大妈家里做这做那的，但通常总是被他们家人急忙拦下。他们在饭桌上把她拥为上宾，请教各种与省城沈阳有关的问题，比方说沈阳故宫什么样？皇帝真在那里坐过吗？金銮殿是不是用真金子做的？听说沈阳东陵还埋着一个皇帝和他老婆？真有一个抗美援朝烈士陵园吗？沈阳有很多大百货商店？中街和太原街上到处都是漂亮的衣裳？你们买布要布票吗？

问这些粗浅问题的当然是他家的女儿菊花外加两个小学生。赵大爷感兴趣的是沈阳皇姑屯和柳条营还在吗？当年张大帅被日本鬼子炸死在皇姑屯，逼得张学良反蒋抗日，张学良，那是东北人的骄闹(傲)！赵大妈感兴趣的问题是小庄她家里几个孩，爹娘都是做什么的，人住在省城是不是天天都吃大米白面。听说省城豆油不用限量供应，猪肉瓣随便往家搬，想吃多少买多少，不像咱们这儿猪都是生产队的猪，不许随便宰杀。

所有的问题都令于小庄汗颜，大冬天的只觉得脊背上冷汗都冒出来了。虽说她身为沈阳人，沈阳城里生，沈阳城里长，可是关于沈阳的知识她又有多少呢？他们说的那些个地方她又去过几个呢？16 岁的城市贫民家庭出身的于小庄，她的活动半径几乎没超出过沈阳市从沙山到八王坟乱坟岗子一带。四年级时学校组织过一次清明祭扫抗美援朝烈士陵园，顺便到北陵公园的草丛里玩了一回藏纸条。她成功地找到两张纸条，从老师手里换回一根半自动铅笔。五年级时跟两个女同学去过一次中街，在第二百货商店的四层楼梯上上来下去跑了十个来回。那是她第一次见到楼房和楼梯，才知道房子还可以摞起来盖啊！知道有故宫，但从来没去过，有一次好像坐车从门口路过，窄巴巴、红彤彤的一条小街，一溜红墙挡着，不知道什么意思。初中二年级时，见过一次沈阳火车南站，看到了站前广场上二战胜利纪念碑上的苏联坦克雕塑。也就是那次她偷偷追着大姐要跟着去北京串联，最后被老娘追去给拎了回来。

还有什么？可怜城市姑娘于小庄16岁的生命履历里，一片空白，惨淡无光。

但是她不能辜负赵家一家人的信任和崇拜。面对全家殷殷切切的目光，她真的不忍心让他们失望。于是，她使出浑身解数，篡改历史修正现实，通过想象和虚构，把一个天花乱坠的沈阳口吐莲花般从樱桃小口中献给他们。她同时还塑造给他们一个整日逛商场、逛公园、天天吃大米白面、衣食无忧的城市姑娘形象。

赵家人越发觉得城里姑娘屈尊下乡来改造思想，是受了委屈了，他们对她越来越好，对她的崇拜不断升级无以复加。第一次回家探亲过年时，于小庄的背几乎都要被他们赠送的山货压弯。不光有木耳、蘑菇、榛子等山货，最令人吃惊的是，赵大爷竟然送给她一张狍子皮！那是一整张上好的狍子皮，酡红色，毛色柔软、细腻，是赵大爷去年进山里打的。听说小庄她娘有老寒腿，赵大爷拿出这张狍子皮来非要小庄带回去给她娘不可。小庄一下子惊呆了，忙推搡说：这么贵的东西，我怎么能要呢？赵大爷说，山里的东西，到处都是，不是什么稀罕物，给你娘带回去，想要啊，明年大爷再去打。

于小庄激动得眼泪都要下来了。回到家，将这些跟娘一说，娘也感动得不知说什么好。娘说，二丫头，咱这是祖上积德，摊上了好人好地方啊！你可给我记住喽，人敬咱一尺，咱就得敬人一丈，别让人说出咱一个小气。

果真，她娘以实际行动兑现了诺言，树立起17岁于小庄正确的接人待物观。于小庄临走时，她娘将平时紧紧巴巴省下的几个钱、几尺布票，拿去到商店给赵菊花和赵大娘扯了花布，给赵大爷带了沈阳产的烟卷，给两个上学的孩子买了半斤糖球。

赵大爷一家拿到省城来的礼物时，也是激动得战战兢兢。对于一辈子没出过山里的这户人家来说，有了省城的这层关系，简直就像跟北京建立起了联系一个样啊！

3

就在于小庄把自己那点有限的知识抖搂完，理屈词穷编的谎话也要露馅的时候，他们离开了老乡家，集体搬进了青年点。下乡的第一年几乎是知青跟老乡们之间的蜜月期。这里的贫下中农淳朴、厚道，都很高看他们这些城里来的知青一眼，挺拿他们当回事。知青们也知恩图报，也还懂得尊重当地老乡，一颗红心，踏实肯干，积极准备奉献青春，扎根多少多少年。茫茫林海，白色雪原，秋季的落叶，春花的烂漫，夏天绿色田野，一望无际的山川……都足以让初次离开家门的小青年们惊奇感叹！于小庄他们像小山妖重回山林，那份快活、得意、自在。无论进山伐木砍柴、下田插秧割麦，还是田间打场脱粒、上山采药护林……什么都是第一次，不觉得苦也不觉得累，新鲜好奇好玩蒙蔽住了感官。

及至季节轮回，大自然的面貌总是翻来覆去那一套时，不耐烦的情绪一天天缭绕上来。知识青年们开始苦中取乐，恃宠怙娇，满地撒野，喝酒抽烟，行令猜拳，争风吃醋，打架斗殴，偷鸡摸狗，有点开始招人烦。两年以后，当他们掌握了山间林场的规律，知道山里那些上等木材的价值以后，知青当中有人开始偷偷往家运货，勾搭长途运输司机，把原木和破好的板材往山外拉。这种行为的定性可以叫作“投机倒把”，情节恶劣严重的，前边还可以加上“反革命盗窃”几个字样，罪行非同小可。

艺术高人胆大，闲着也是闲着，不干点啥可怎么得了！还不把人憋爆炸？

长着一双美丽桃花眼的知青于小庄，就勇于搭乘那些土蓝或老绿色长途运输大破车，怡然自得地坐在副驾驶位置，往返穿梭于从新宾到沈阳的崎岖的路上。

大姑娘点头，
进驾驶楼。
小伙儿一摆手，
汽车照样走。

这是20世纪70年代初新宾那些跑长途的司机编的顺口溜。长年跑山道寂寞无聊，他们都巴不得有年轻女子搭车，那可比抽什么老刀牌烟卷都要提神醒脑兴奋。尤其又是于小庄这么个眼珠子滴溜乱转、小嘴甜蜜蜜会说话的城里女子，她要能搭车就更让人亢奋。就见那些嘴上没毛的小伙儿或满脸胡楂的中年汉子，手把方向盘，有于小庄在身边，胸口突突突跳得像揣了小兔子，他们猛打轮，急爬坡，急减速，急起直下，狂颠几下，故意把于小庄吓得“嗷嗷”惊叫！司机这时就使劲咬着牙，憋着腮帮子，以免泄露出暗暗得意的雄性动物的坏笑来。

20世纪70年代初，寂寥的沈阳城八王坟乱坟岗子胡同里，经常出现一个颇为动人的景象：一台解放牌汽车或东方红牌大卡车，停在老于家狭窄肮脏的胡同口。车斗里摞着满满的木料，有时是粗大的原木，圆咕隆咚保持着树干的最初形式，有楠木红松榉木水曲柳，有时是破开的板子，齐生生白花花一摞压一摞，板芯里树木的纹路清晰可见。没有干透的松树皮和木板芯总会散发着来自森林的清香。驾驶楼的车门一开，“吱扭”，右边下来他们家的二闺女，再一“吱扭”，左边走下来一位司机，风尘仆仆的中年汉子，或者是精瘦黑红的山里小伙。他们就会吆喝家里人出来，忙不迭地把车上大包小裹的东西往下卸。小庄、小芳和老太太忙着拎豆油、木耳和榛子，小刚和司机忙着抬木料。一次也就是卸下一根原木，或一两块板子，拿得多了，被随后的接货单位看出来，容易出事儿。

那个老太太呼扇着大脚忙里忙外，张罗着把客人里边让，给客人沏水倒茶点烟，又忙着让小刚、小芳到合作社买酒买肉买花生豆，回来炒上一桌子菜招待客人。等到小庄闺女陪司机喝完茶抽完烟，老太太这边菜也麻利地炒好，通常是二两烧酒、木须肉、炸花生米、猪肉炖粉条、焖大米干饭。香喷喷的饭菜摆上炕桌，司机和小庄是主宾，坐在上首，老太太坐在下首陪着。双胞胎来人不得上桌，得等到大人吃完走了以后，他们才能捡一点残羹剩饭。小刚自尊心极强，面对这种场面，他看也不看，扭头就走。小芳吃着手指头，眼巴巴地躲在门角偷看，还吸溜着鼻子。她娘就呵斥她：去，外面看着，别让小孩子们鼓捣你二姐的车。

你二姐的车！瞧瞧！说得多自豪！多美滋滋的！好像他们家二丫头真趁了一台车似的。小芳老大不情愿，扭搭扭搭来到屋外，见到那些好奇的胡同里的野孩子，果然一个个猴儿一样地爬上了汽车，有的攀上车帮，有的钻上车斗，有的吊在车门外，拽着把手当秋千打。小芳急得“哇哇”乱叫，撵也撵不走，赶也赶不尽，上去跟野孩子们一通撕扯，最后给打得披头散发，哭哭咧咧去找她小哥。小哥于小刚闻讯赶来，不由分说，上去三下五除二，几个飞脚加“电炮”（握紧拳头从下颌处往上用力一击），小崽子们纷纷倒地作鸟兽散，有个别年龄小挨打重的哭着鼻子回家找家长告状。

等到邻家挨打的小孩被家长拖着找上门来说理时，于家这时恰巧已经宴请完毕，司机和随行人员小庄都吃饱喝足，小庄又随车走，跟车驶上下一段征程。邻家小孩的妈起先还是期期艾艾，指着孩子脑袋上肿起的大包，控诉他们家小刚下手太狠，打架没轻没重的。于老太太正沉浸在姑娘拉山货回来的喜悦里，漫不经心地说：都是孩子，哪有舌头不碰牙的，要我说，小孩子打架，打也就打了，待会儿扭头抹脸又照样一块儿玩。咱们大人家，最好别跟着掺和。

邻家小孩的妈，叫作“张大列巴”那个，据说是一个俄罗斯的混血娘儿们，混到她这儿只剩了八分之一血统，就这点基因也足以让她到了中年后把身体膨胀成个大列巴面包样子。她也不是个吃素的主，一连串生了五个丫头，好不容易到了小六，这才冒出一个带把的来，平白无故遭人打，那还了得！她眼见得对门老于家那个穷寡妇家门口总是隔不长时段就停一辆车，每回往下卸大包小裹，都是她想象不出的山珍海味无数好货。她这回之所以借机找上门来，是假设于老太太能知错认错，顺手把木耳、蘑菇等山珍分她一点，小崽子挨打这事，就算了结，谁也不提了。木耳那玩意儿可是个细菜，逢年过节都买不起吃不上一回。可谁承想，死老婆子非但不认错，还把她给数落一顿。张大列巴一股火腾地就蹿脑门子上，只听她“嗷——”的一声，跳起脚、指着鼻子就破口大骂：

啊，你个死老太太，你家小崽子打人你反倒还有理了哈！有娘养活没娘教育的玩意儿！你们老于家一大家都是流氓寡妇偷人养汉的货！你那小兔崽子儿子将来也没好，长大就进监狱！你那乡下闺女也是一个王八犊子，她不偷人养汉哪来那么多好货总往你家里运？

这时候，就见这一生杀伐决断的于老太太，也“嗷——”的一声蹦将起来，这一下蹦得比张大列巴还要高！60来岁的了，哪儿来的如此好的弹性？身子骨足足赛过40多岁的胖大老娘们！就见于老太太用手将张大列巴一指：我说你这个老娘儿们，你今天必须把话给我说明白喽！看见人家发财你眼红是不是？有能耐，有本事，你也去偷啊！你也养啊！看你那浑身肥肉嘟噜得像大汽缸，想偷人养汉也没人要你啊！

大列巴气得浑身抽搐，嘴唇嘎巴了几下，没说出话来，“嗷——”的一声背过气去，躺在地上就抽起羊角风来。闻讯赶来的街坊四邻赶紧喊来她家老爷们，连掐人中带捏鼻孔，把大列巴整醒过来，架肩头硬拖回家去。就见那于老太太，似乎意犹未尽，不依不饶，见人都走了，就脚跟脚从屋里冲到院子，面对苍天，面对大地，面对四邻，面对虚无，跳着脚，拍着手，捶打着胸，开始骂大街。那一通劈头盖脸、畅快淋漓的骂！那一通指桑骂槐、狗血喷头的骂！从薄暮一直骂到天黑，从太阳变成西天一团大火球一直骂到鸟入林鸡上架星斗满天，直骂得日月无光、天地昏暗、飞沙走石、闪电惊雷：

你欺负我一个孤寡老婆子啊！你不得好死啊！出门被汽车轧死！上茅房被大粪淹死！走路撞南墙碰死！

开始还有人听声赶来劝，说大娘，行了，不禁儿不离儿的，叨咕两句出出气就得了，进屋吧，小心气大伤身。于老太太却来了劲儿，索性一屁股坐下，以掌抚地，撒泼打滚，边拍打地面边有节奏号啕：

毛主席啊毛主席！您英明神武，快来看看哪！“地富反坏右”要变天了啊！连一个二毛子三毛子也敢欺负我一个贫下中农孤老太婆！我不活啦！我家三代贫农出身，房无一间地无一垄，从小我吃糠咽菜，对您老人家忠心耿耿，牢记您的恩情，您老人家可得为我做主啊！

骂来骂去，到后来把劝骂的人都给骂走了，直骂得四周围邻居哑么悄悄大气不敢出，张大列巴家更像死人家一样。于老太太这才志得意满，鸣金收兵，自个儿从地上爬起来，用手指拢了拢头发，掸了掸大布衫上的土，没事人一样回屋，忙着捅火给两个小崽子热菜热饭。

这通骂，简直气贯长虹，笑傲江湖，初步取得了对那些羡慕诽谤者的第一阶段斗争的胜利，以后再也没有谁敢当面挑衅、找碴、说坏话。偶有流言蜚语，也不敢顺畅地往老于家于老太太的耳朵里抵达。

于小庄倒腾回来的那些木料，的确是用钱买下的。说是买，其实是以低廉价格从司机手里套弄出来，另外再送司机烟和酒什么的一点好处。反正木材是国家的，只要不被发现，这种交易做得过。在这方面，于小庄可谓无师自通，颇有些经济头脑和交际手腕。她那个娘更胜一筹，充分显示出姜还是老的辣。她娘把那些木料以高出几倍的价格偷偷倒手卖掉，主要是卖给老家昌图那边来串门的亲戚们。这一切她都做得极其谨慎，不显山不露水，并且还合理有效地解决了木材的再次转手运输问题。甚至连木耳、蘑菇她也没舍得吃几顿，一并转手给老家人换成人民币。在外人看来，这么复杂的贸易，在那个年代几乎是难以做到的。于老太太的生产交易成功足以证明人民群众的伟大生存智慧。难怪毛主席他老人家要及时指出，小生产是每时每日自发地、大批地产生着资本主义，不控制不行，不控制一下就要变“修”。

除了换成钱贴补家用外，她娘还将一部分木料自己留了下来，给儿子娶媳妇、给闺女出门用。果然，几年之后，新宾林场的木料除了给她四哥结婚时打了全套炕柜饭桌五斗橱外，后来还成就了她大姐和自己的嫁妆，结婚出嫁时她哥给两个妹妹一人打了一对樟木箱子。

初中毕业生于小庄在新宾大地度着她一生中最快乐无邪的青春时光。高中毕业生于小顶却在沈阳的近郊东陵区忧郁徘徊，忍受着郊区人民对城里人羡慕嫉妒怨恨的白眼。于小顶每次回家来，非但带不回什么山货，还要可怜巴巴地让她娘给往回带咸菜，再买上五毛钱的肉馅，给她炸上满满一罐头肉酱，带回乡下去解馋。于小庄每次回家来，好像不带东西不进门。于小庄在家里的地位陡升。过年过节，她除了带年货，带回来分红的现金也比老大的多，在各方面活活把老大比了下去。有了礼物和好嚼谷，弟弟妹妹当然围着她转。老娘也贪财爱物，见钱眼开，对子女的偏爱明显趋向于二丫头。十七八岁的于小庄在农村广阔天地里走上了她身体发育的黄金期。她20来岁的大姐于小顶的命运却在经受着几番起承转合。

4

当1968届初中毕业生于小庄在新宾大地上吃“八碟八碟”、整天在林子里乱跑瞎玩的时候，沈阳市第121中学的学生会主席于小顶，此时在乡下过着寄人篱下、前途无望、改变命运成泡影的煎熬日子。

高中毕业生于小顶心情郁闷地在苏家屯区王家公社冻得坚硬的地里刨着高粱茬玉米茬，每天又累又冻，满腹委屈，未免要暗自饮泣。数九隆冬，北风烟雪，当地生产队的社员们都在家里暖暖和和地猫冬、耍钱、玩牌，他们一行知青却要蹲在冻得硬邦邦的田埂上用镘头一点一点地刨着玉米割剩下的根茎，每人每天要刨六条垄，几天下来，知青们细嫩的小手个个满手血泡。用生产队队长初次见面的话来说就是，你们是来接受贫下中农再教育的，不是来当大爷享福的！你们都必须给我在这里好好改造。

队长为什么对他们这帮人劲儿这么大，他们谁也不清楚。只是看到这位40来岁胡子拉楂的汉子，每天通红着脸膛，大声斥责吆吆喝喝地喊他们出工，他们心里觉得老大不得劲。他们唯一能感觉的是，队长对城乡差别充满怨怼和仇恨，动不动挂嘴边的是：你们奉天城里一群小崽子，有什么了不起的？生在城里就显得高摆了是怎的？

他们也不接茬，搞不懂什么意思。什么奉天不奉天的，哪一年的老皇历？他们就想也许新中国成立前那会儿队长他们家跟沈阳城里有什么过节吧，到如今找到机会，把气全撒在他们身上。本来冬天里没什么农活，队长也要硬给找活派活，把他们全都赶到大野地里去喝西北风受罪。他们不明白自己这究竟是遭谁惹谁了。

残破的乡村，荒败的景象，贫下中农不友好的口气，都让于小顶这帮人难以接受，心生怨怼。同时给家里写的信，新宾于小庄给娘的家信总是天生痴顽愉快歌唱，而苏家屯于小顶给娘的信里却总是哭天抹泪忧郁抱怨。当于小庄他们那拨初中知青在那方没心没肺地高唱“巍巍长白山滚滚鸭绿江”时，于小顶他们这拨高中知青却在满怀心事忧郁地低吟：

茫茫九派流中国，
沉沉一线穿南北……

于小顶这个出身贫农，根红苗正，思想积极要求进步，各方面表现拔尖，在高三时就成了学校里第一批学生党员，曾经光彩夺目大好前程在望的“苗子”，眼见着即将毕业到团区委工作踏上仕途，即将走上解放全人类、为全世界的受苦人谋求幸福的光辉道路，没想到理想一下子搁浅，突然之间就被裹挟在上山下乡的人流里，锄大地，插大秧，平凡平庸，暗淡无光，远大的革命理想到了广阔天地这里就被卡住了。以她那天生要强、各方面总要咬尖的性格，怎肯轻易服输？

烟雨莽苍苍，龟蛇锁大江。黄鹤知何去？剩有游人处。绝处逢生际，青年当自强。这是毛主席在《菩萨蛮》里教导他们的，当然，后两句“绝处逢生际，青年当自强”是她自己和着词牌名私自添上的。她在伟大领袖的教导中找到了当年在学校当红卫兵时的冲天豪气和壮志。于小顶说“青年当自强”，却从不会去说“女儿当自强”。对于她这个红卫兵领袖、时代宠儿、天之骄子来说，男女之别是不存在的，世界上只有剥削阶级和被压迫阶级两大人类集团，她的使命，就是帮助后者推翻前者，取得解放和平等。生逢乱世的红卫兵于小顶身上，注定带着不屈的斗志、悲天悯人的深切情怀和满腔的救世豪情，还带着压不垮打不烂的伟大意志。她不能如此颓唐下去，要奋斗，要前进，要战斗到底！与天斗，与地斗，与人斗，其乐无穷，斗争到底！

她决意从最基本的工作做起，从那些扎根农村的英雄人物身上找榜样，找动力，找出人头地的一线生机。她忍受了队长的歧视和傲慢，忍受贫下中农对他们的不解和不公，拼命表现，玩命干活，打算还像从前在学校时那样，以自己各方面的优异表现赢得赞赏。夏天插秧，她早出工晚收工，比别人干得多，插得好，双腿水肿，腰弯得要折断；冬天兴修水利，修建农田大坝，她挑土挑得往返次数多，被冻得手脚皲裂，满脸吹开口子，肩膀头肿起老高。晚上，回到青年点的土窝窝里，浑身累得像散了架，特别想一头栽到炕上睡死过去。可是，不行！强大的意志力告诉她，她必须警醒，必须学习，必须努力用毛泽东思想武装自己，一天不学，跟不上形势；两天不学，心里发慌；三天不学，迷失方向。所以，尽管她每天收工都累得三孙子样，可还是洗洗脚、洗洗脸，等到别人都在青年点一长溜土炕上睡着了，她还仍手不释卷，身披大衣，躲在靠墙的角落里，就着昏暗的灯光，写着学习毛主席著作的思想体会。把酒酹滔滔，心潮逐浪高！

毛主席的著作给了她力量，是金子无论在哪里都会闪闪发光。于小顶以不屈的精神、顽强的意志，吃苦在前，享受在后，以种种接近于自虐的行为，劳自己筋骨，伤自己脾肾，终于赢得了天之降大任于斯人。她很快脱颖而出，当上了青年点的“点长”。这个“点长”主要由生产队队长指派，而不是由民主选举产生的。其实在她刚一下乡来时，就带着一个光荣的档案袋，那里面有学校军管组给写的推荐语：该生有很好的组织领导能力，建议放到干部岗位上进一步培养使用。

按理说她刚一下乡来的那时候就应该按档案里说的，被乡下基层领导“培养使用”了。青年点的点长，本来应该由青年中的优秀人才自己担任。可是，偏偏他们这个队长喜欢独揽大权，什么权力都要掌控在自己手里，再加之他对这帮知青比较陌生、反感，就想自己敲山震虎先折腾折腾他们，杀一杀这些城里来的学生娃的威风和志气。

于小顶下乡这个地区属于沈阳城郊，这里的人们既有城里市民的奸猾，又有农民的狡黠，对城乡差别有着很大的不满和愤懑，不像于小庄待的新宾林场偏远农村农民那么善良淳朴。以队长为代表，这会儿他的嫉妒和敌视情绪终于找到了排气口，全都撒到这伙知青身上，最苦最累的活儿全都派给知青干，夏天插秧拔稻，冬天刨垄修田，千方百计折腾他们，使用廉价劳动力。用队长的话说，俺们这疙瘩本来就劳力过剩，一下子又整来这么多白吃饭的人，不能让他们天天躺炕上睡大觉啊，不把活儿匀乎给他们干那可咋整？

知青和老乡的敌对情绪一直充盈着。刚开始磨合阶段，知青还不熟悉情况，受了欺负也敢怒不敢言。后来慢慢摸清了地形和形势之后，知青明白了全国革命形势总体上是利于他们而不利于当地百姓的。胆儿大的知青开始报复，偷了老乡家的菜，老乡站在当院破口大骂指桑骂槐。到了第二天天一亮，却见满园子的菜一宿工夫被拔得一棵不剩。查也无从查起。农民就晓得知青的厉害了，下次不再招惹。知青还想出种种招数来反抗作乱，下地干活磨洋工穷对付，垄沟锄得像狗啃的，插秧插得像那块水田得了癞痢头，秃一块漫一块。谁要批评他们那等于白说，全当耳旁风不在乎，年底扣工分更无所谓，时不时就有人请假回趟城。他们想反正自己就要在这里当一辈子农民了，再糟糕谁又能把自个儿怎么样？

死猪不怕开水烫。

俗话说,横的怕愣的,愣的怕不要命的。一群血气方刚的城市小青年,充满反抗叛逆和破罐子破摔劲头,在广阔天地里愤懑搅和着。他们当中还有人通过什么关系向上奏了一本,说当地贫下中农生产队队长对他们强行压制,破坏伟大领袖毛主席倡导的知识青年上山下乡运动。这高帽子扣的,任谁也受不了。这立刻引起了上头重视,在要求基层负责人汇报当地知青工作情况时,不点名地批评了某些地区知青政策贯彻落实不到位,并点到了于小顶他们这个队长的一些偏激言行。队长也知道这是说自己,上头没有点名,那是给自己留面子。回来以后他也有所收敛,改变策略,尽量做到人不犯我我不犯人,不遭灾不惹祸就两厢平安。另外,管了这么久,他也嫌累了,该出的气儿也出过,该收拾他们的也收拾得差不多,比起刚来时节,他对这帮知青的兴致已经大减。这时,也正逢上边知青办公室的领导会后找他谈,说你该撒手就撒手,还是要推举出知青自己的领导,让他们自己管理自己。人家别的生产队早都这么做了。

队长于是就顺水推舟,把管理青年点的职责出让,于小顶就是这样顺应时势,接上了这个领导岗位的班。

有些权力,落在一个人的身上可能毫无用处,然而,一旦落在另外一个人的身上,那就立刻势比千钧,发挥出最大效益。这个“点长”的职务之于于小顶,就是这样,等于是给了她一个支点,下一步,她就会想法去撬动地球。

别看她只是一个小小的“点长”,也毕竟是个“长”,与普通百姓知青拉开了档次和距离。多种好处，时时落到“点长”这个最基层干部头上不说，依仗着这么个小小的“点长”身份，通过开着大大小小的公社和地区级会议，她结交了各级头头脑脑人物，眼光高了，视野开阔了。现在她逢事可以直接跟上级知青办领导联系，原先的生产队长这一级机构，很快就被她越过，不放在眼里，不再向他请示汇报。

这样一来，无异于把生产队长架空了。这可是队长当初让权时绝没有想到的。

队长能够选上于小顶当接班人，觉得她谦虚谨慎、不骄不躁、表现好肯吃苦是一方面，另一方面，她那双眼皮儿、大高个儿、红里透白的美丽长相，一来就被他看上了！他心里惊诧之余还在想：老天爷哩，世上咋有这么俊俏的女子！怎么看怎么喜兴，周围十里八乡也挑不出来一个！真是，真是，这城里闺女跟乡下婆姨就是不一样啊！队长是个40出头、正当壮年的汉子，正是荷尔蒙分泌最旺盛的阶段，见到美女，自然怦然心动。要说人家队长，长得也不赖，一脸络腮胡子，大高个儿，眼睛细长，上眼皮厚，像是略微浮肿，鼻梁挺括，两只大耳朵招风，挺典型的东北大老爷们样儿。尤其是他随时代潮流装扮，一件不知从哪儿讨弄来的褪了色的军大衣，总是披在身上，衣角在屁股后头呼扇呼扇的，显得挺有气魄，让人一看不是县委书记就是队长。他上过初小，属于农村有文化阶层，一直大权在握，有地头蛇的优越感，也有小官僚的霸道作风。

他最先一眼往众知青堆里一觑眯，一眼就瞄上了唇红齿白的于小顶。接着就是有事儿没事儿往小顶身边靠，暧昧地喜欢着，暗暗对小顶示好。于小顶那时正心怀忧戚,总觉自己像个落难的凤凰,根本没把一个土了吧唧的队长放在眼里,哪有心思理会这玩意儿?况且她作为毛主席的红卫兵,一心想为解放全人类而奋斗,只知道自己是一名战士,而从不把自己当女人看,当然也就根本不把身边这个披军大衣的人当成个男人。队长就是队长,就是掌握权力的那个人,就是掌握着生杀大权、令他们眼下只能服从而不敢忤逆的那个顶头上司。队长的一切,在她看来都是蛮横的领导发号施令,她犯不着去招他惹他,也没必要跟他套近乎。富贵不能淫,威武不能屈,贫贱不能移,她自己端端正正做人,辛辛苦苦劳动,靠自己的成绩和能力往前冲。而对于队长的带有雄性荷尔蒙气息的骚扰示好举动她根本没有感觉,基本上是视而不见,充耳不闻。

而队长不这么看。队长把她的客气、疏远看成了软弱和默许,队长的心眼活动得更厉害了。这回推荐她当了青年点点长,把权力交接给小顶后,更加觉得自己施恩于她,有了求回报的天然权利,于是总想找她单独在一起开个会、谈个工作,想找借口零距离近身来摸摸掐掐。那于小顶是谁?虽是尚未出名的铁姑娘,但也继承了于老太太的基因,生性刚烈,自己不认可的东西,谁也无法逼迫她。原先她还出于礼貌,逢队长找她谈工作,总是随叫随到,该谈还是谈,但是,每逢只有两人单独在场,队长就要假装鼓励式地说着话,那手臂就情不自禁地落到她的身上,在肩膀头、后背上拍拍打打。这种拍打让她感到非常突兀,非常不舒服。而且,她发现,实际每次他们俩的单独见面都完全没必要,队长说的全是废话,车轱辘话,说不说都没啥。于小顶逐渐地对队长一而再、再而三的行为有了警惕和厌烦。但她也是尽量克制着，没想得罪他，也没有公开表示什么，躲避他的办法无非是找由头绕开而已。

事情的急转直下，发生在有一天召开青年点知青全体会议的时候。会议先是由队长例行讲话。队长那天兴奋，可能是刚从哪里喝了二两酒的缘故吧，话多，大舌头，披着军大衣，摇头晃脑，劈掌挥拳，口沫横飞。讲着讲着，又滑入忘乎所以的惯性，不知怎么着，当着众人面，就把手搭在了坐在一旁的于小顶肩上。

如果他的手掌沾一下她的肩膀头就立刻起来，那也叫个“拍”，其动作的范围、幅度还可以归结到领导通常都有的欣赏下属的性质之内。然而，他的那个“拍”滞留的时间也太长了，见于小顶没动，索性大巴掌全按在她的肩膀头上，并且还有了一点掌心暗中用力、摩挲的缠绵意味，似乎就是诚心想展示给众人他对于小顶的占有和暧昧。

当时下面的知青都看傻了！他们都眼光一致，直愣愣、痴呆呆地盯着于小顶肩上的那只手。于小顶窘得要命，满脸通红，心怦怦乱跳，像被按在老鹰魔爪底下的一只小鸡似的，先也是片刻地惊呆。

当那张大爪子在小顶肩上有了几秒的停留还不肯拿下去，就见于小顶眼皮一抹搭，涨着通红的小脸，抬手一巴掌，就把大爪子给扒拉下去。然后站起身来，一边打着圆场道，刚才，啊，队长的讲话很好，给我们做了一次深刻的政治思想动员……一边开始了自己的讲话。

只见一旁队长的脸立刻变紫了，由紫到青，由青到绿，脸色简直比发霉的猪肝还难看！

座下知青们立刻感到振奋，简直像看了西洋景似的，对于小顶暗暗佩服！原来他们以为，但凡能爬到那个高枝上的，都没有什么好鸟，肯定都是趋炎附势之徒。“点长”于小顶也不例外，他们对她都敬而远之。这回，见于小顶在他们面前狠狠表演了一把威武不能屈，她敢于这么不给队长面子，他们还是开了眼了，服了她。尤其男生，对她更加服气！他们回头一想，自己的捣蛋反抗行动只能在夜里，在暗中，在无人处。你看人家！一个女流之辈，敢于当面顶撞，让队长下不来台，啧啧！

从这以后，他们比较喜欢她了。这个比较清高、自傲、不合群的点长，看来有她诚挚正直的一面，可以交朋友！以后每逢大田里干活锄地插秧的时候，干得快的男生还从垄那边接她一下。就连以前嫉妒她的女生，也慢慢解除了芥蒂，前来认她做朋友。

那个队长，当官这么多年，何曾受过这样当面的忤逆顶撞？队长要是不想着伺机报复，那就不叫个队长了。队长还没来得及找碴，转天见公社负责知青工作的副书记来队里检查工作，却见于小顶跟他的那种亲密状，恨不能勾肩搭背。队长心里先就矮了，略微明白了于小顶敢跟他叫板的原因，原来是已经跟上边勾勾搭搭有人给罩着！队长心里暗暗郁闷，心说这小娘儿们！我好不容易把她扶植起来，哪承想却是为虎添翼？她跑出去把翅膀磨硬了，回来却是专门为来跟我对着干的！呸！这小骚壳子！我就不信，还真制服不了你了！君子报仇，十年不晚！眼下骚扰虽然是骚不成，队长心想你只要不出我这个生产队，早晚有一天得落到我手里。

哼！走着瞧吧！哼！

队长好汉不吃眼前亏，不敢造次，慌忙调整姿态，对上级来人卑躬屈膝，笑脸相迎。

他堵着心里的一口恶气，想着该从哪里把这口气放出去。于小顶这儿暂时碰不得，队长就把他的关怀挥洒到另一个出身不好的、受气包似的娇小玲珑的女生身上，致使该女生怀孕堕胎。后来那女生被他推荐招工回城以免后患。那是后话。

经过一年时间的青年点工作锻炼，于小顶的能力增强，在群众中地位已经很稳固了。这时上边下来指标，要求他们队里出一个扎根农村的知青典型。指标是戴帽下来的，点名要于小顶。队长一看就又生愤懑，一看这事自己做不了主，还假装表格在手上过一回，说就点名要得了呗，还指什么标？脱裤子放屁，费二遍劲。

他的气愤和郁闷不免层层叠加起来。说归说，牢骚归牢骚，无奈他还得把表格乖乖交给于小顶，乖乖按要求把她推荐上去。

当了扎根典型的于小顶从此可真是美丽大雁天上飞，也不用再辛苦在队里耕田劳作，她跟随知青先进人物报告团到处巡回演讲、做报告、介绍个人先进事迹，广阔天地炼红心，扎根农村一辈子，内心充满激情，心潮汹涌澎湃。她讲遍了大队和公社，讲遍了城市和郊区，很快就成了那一带知青中远近闻名的先进人物。她讲她如何在贫下中农的带领下战天斗地，在艰苦的劳动中培养了与劳动人民深厚的无产阶级的感情。过去看见大粪躲着走，如今手托粪块子心里亲。没有大粪臭，拿来粮食香？在与贫下中农的共同战斗中，她克服了自己身上的小资产阶级思想，树立起正确的无产阶级世界观。她的报告感动得城市乡村热血青年热泪盈眶，他们贴标语喊口号写血书请愿，也要像她一样扎根农村六十年。又有好多城里应届毕业生自愿来农村插队落户。

扎根典型于小顶自己也被自己感动了。在台上，她的热泪一遍又一遍盈润了自己的眼眶。她的眼界开阔了，她的心思更重了，她的优越感也更强。知青忙完农活闲极无聊时，都走庄串户处去看电影，《海岸风雷》《看不见的战线》《地道战》《地雷战》《南征北战》……一遍一遍追着看，她则自觉在灯下学《毛泽东选集》，学邢燕子、柴春泽的光辉事迹；夏天的夜晚，热得睡不着的知青们，在屋檐下坐在一堆儿，遥望满天星斗，无聊而谵妄地打发时光，互相拉歌唱：红军不怕远征难，万水千山只等闲……她却仍在小屋里，顶着蚊虫的叮咬，点着艾蒿写日记，写学习毛著体会，写讲用稿。

她的扎根典型道路顺风顺水，一路明亮地往前走着，却不承想，革命形势风起云涌，每天时时刻刻都在起着变化，变得他们无法分辨，也让他们无所适从。

5

日月穿梭，斗转星移。

几年时间过去，上山下乡知识青年们无知无妄的上进心和天真无邪的新鲜感已经被消磨殆尽。代之而起的，却是动物成熟求偶期的狂郁躁动，以及看不见前途和未来的寂寞无聊。

知青们消极怠工，打架滋事，没事就往城里跑的多了起来。

于小庄他们青年点内部也频频闹起了纠纷，大连知青和沈阳知青从来的那天开始，就一直在互相叫板，都想要当老大。一些暗结的矛盾一天天集起来，终于全面爆发，导致最后双方动了刀子。按理说，来自省城的沈阳知青有着天然的地域优势和政治优越感，凡事老大第一是理所当然的。但是，在整个辽宁省地界，能够和敢于瞧不起沈阳人的，非大连人莫属。这座渤海湾边的依山傍海的城市，仗着自己货栈码头的南来北往见多识广，到哪儿都觉得自己穿得好吃得好得风气之先。第一天报到时跟谢卫东吵架的那个说话带有海蛎子味的王立棍，经过几年的卧薪尝胆察言观色，开始挺身而出，跟青年点的点长谢卫东争领导权。后来，也有知情人说，他们俩实际是为争夺丹东来的那个女生而打起来的，就是媚眼乱飞、整天装娇作嗲的那个女的。她的荷尔蒙分泌旺盛，一会儿对这个男生好，给送点糖果钩个手套，一会儿又跟那个男生悄悄出去，在深山老林棵子里滚来滚去不知干些什么。看来若是不把全世界的雄性动物科男人群搅乱，她就不肯善罢甘休。

打架发生在那年冬天的一个月黑风高夜。看得出王立棍蓄谋已久早有准备，不光纠结了本地大连男生，还把邻县的知青老乡也拉来加入战斗。当谢卫东他们一行人披霜冒雪神情疲惫从林场收工回来时，半道上就被王立棍他们截住了。他们先是来几段《毛主席语录》，诸如“革命不是请客吃饭”作为开场白掀斗词，然后就开始大打出手。已经在广阔天地里吃大葱蘸大酱、喝鹿血灌烧酒长得满身都是阳刚之气的谢卫东，也不甘示弱，带领他的一批人马开始奋勇还击。最后结局当然不难预料，谢卫东脑袋瓜子被打开瓢，抬到医院缝了十五针，沈阳知青也跟着负伤不老少。要不是从队里到公社上上下下捂着盖着，托人挖洞帮助给压着不让上报，队里还主动揽下了全部赔偿道歉赔付医疗费事宜，这起事件的性质非被定性成破坏知青上山下乡政策的反革命案件不可。王立棍等为首打架的人肯定得蹲大狱坐监牢。

这场架打得影响极其恶劣。事情虽然压下去了，但是他们这里还是成了被重点监管整治的青年点。尤其不妙的是，当地人对他们的厌烦又增加了一层。本来，在度过最初的蜜月期后，老乡们已经对他们不待见了，这些城里来的半大孩子，到俺们这疙瘩干啥来了？你说他们不是成年人吧，可也老大不小，一站起来都老高了，腿比队长的还粗；可你说他们是成年人吧，却又不懂得负责任，就像是被宠坏的任性的一群毛孩子，动不动偷鸡摸狗，摘瓜偷桃，恶作剧不断，祸害完了就走，把村里搞得鸡犬不宁。

知青跟老乡的关系一点点降到冰点。如果不是靠政策硬性维持，老乡们早把他们撵得远远的。打架事件过后，谢卫东回城养伤，一去就是半年多不回来。王立棍也给转移到别的点上。丹东女生人缘立即臭了，整天蔫不唧儿，行为收敛了许多。青年点里人心浮动，气氛压抑低沉。即便没有这一架，他们也热情消退，琢磨着出路。眼见得年龄一天天见长，前途又是如此渺茫，总不见得在这山沟里蹲一辈子，重新做回农民吧？知青他们的父母也多半是刚刚摆脱农民身份、新中国成立后进城没几年的城市贫民，如今，他们怎么能又走回头路倒退回去？

他们有点郁闷，想不通。他们一边想不通，一边却开始纷纷讨论从山沟返回城里的出路。

当大喇叭筒子里大表特表、大树特树扎根农村六十年的柴春泽、邢燕子等典型时，新宾大地的小青年们却在开始胜利大逃亡。

回城的路都堵死了。那时候上边有政策，沈阳市的知青坚决不让回城。不仅不让已经下乡的回城，而且还在动员一拨又一拨应届毕业生，源源不断地奔赴乡下。城里正在挖防空壕反帝反修，备战备荒闹革命。

沈阳不让回，他们只能曲线调动回城。于小庄在1973年秋天，通过招工调动的形式，来到了辽宁南部的盘锦辽河油田，投奔她二哥。她大姐于小顶却由于发过誓扎根，给自己设置了回城的种种障碍，还在广阔天地里苦守着，一待就待了八年。

八年哪！用后来一位几经沉浮的领袖人物传记的话说，人生能有几个八年？

况且，这八年正是她人生鲜花盛开的时候。

她们的青春，总是一夜怒放如玫瑰，转瞬凋零如芦苇。

6

1972年以后，大姐于小顶她们那地方的知青的招工潮也开始了。规模不大，指标有限，但毕竟汹涌起一股离乡返城的暗流。附近的矿山、钢铁厂都来乡下青年点要人。眼见得知青们都激情踊跃，上蹿下跳，凡是有门路的，都赶紧找人活动，谁不想当工人早日离开农村？谁真想做一辈子农民？那些上边关系硬的、家长是有头有面的人物的，或者跟掌握指标的基层实权人物比方说队长之类关系好的人，都得到了推荐。每逢走成一个人，青年点里都有一次民间的欢送聚会，每次总是喝倒一大批人喝醉一大帮人，走成的人心存得意和侥幸，没路子可走只能滞留农村的，则带着艳羡和晦暗哭哭啼啼。众人一醉方休。一场一场的告别聚会，成了人们借酒撒疯借酒浇愁的大会。

于小顶的心里百味杂陈。眼见着同来的人奋力挣扎着，一个个要走了。她呢？她真的要按照自己在台上发誓表态时说的那样，扎根农村六十年吗？

刚刚建立没几天的信仰，发生了动摇。

她的内心激烈地煎熬着。

她跟别人不一样，她是典型。典型心中的矛盾和痛楚却无法与人诉说。

有了这层隐忧和彷徨，以后再出去讲用时，她明显觉得自己说话的底气不足了。

她所在的生产队，推荐招工的过程，充满黑暗，花样百出。附近阜新煤矿来要人，有两个指标下到她所属的连队，控制在队长手里。许多知青听说后，纷纷前去送礼给队长，希望得到推荐。后来听说，这两个名额，一个让队长给了本家的一个侄子，让他冒充回乡知青占指标；一个给了那个跟他关系暧昧的出身不好的女生。众人皆不服，还想去上告，但生米已经煮成熟饭，不可更改。后来听说是那女生要挟他，如果不推荐她去当工人，她就把她怀孕流产的事捅出去，告他强奸。他这才赶紧把烫手山芋甩掉。

于小顶听后,心里边十分黯然。她头一次睁开眼真正认识到这就是社会,这就是残酷的人生。人生本来就不是她在台上讲用时看到听到的那些简单的鲜花和掌声,人生还有更复杂的本相等着她一天天学会去睁了眼睛看。单纯的于小顶还不知道要运用她的“典型”身份做资本,去赢取更大的利益空间。她还以为承诺了一件事情,就要做到底。自己当众说过要扎根农村六十年,那就必须得把这六十年扎根完。否则不就食言了吗?

直到她看到那个光荣的巡回讲用团七零八落,一起在舞台上慷慨激昂过的扎根典型们,纷纷找到办法逃离农村被推荐回城,她才有点失落有点蒙了。讲用团里那个叫彭国庆的有一天雇车回来拉东西,在公社门口碰见她,见她还是一副老样子,不免有些奇怪地问她:于小顶你怎么不活动活动,还在这傻待着?你看咱们这些人,还剩下几个?你都是苗子了,当然有好事要先轮上,咱们辛辛苦苦当典型劳模是为了啥?招工招干,本来就应该首先推荐我们这些表现好的。胜者王侯败者贼,这没什么不好意思的。再见喽!祝你有好运气!

彭国庆的车得意而且张狂地扬尘而去。于小顶在他车后的灰尘中沉思良久,世界观激烈地搏战,最终却不得要领。

1973年,由工农兵推荐上大学的消息传来,知青群体中又是一阵骚动。报纸上用巨大篇幅,发表了辽宁知青张铁生在参加高校入学文化考试时写在理化试卷背后的一封信。领导人看到了这封信,做了批示。从此学制要缩短,教育要革命,以后上大学不用考试,直接由工农兵推荐。知青们竞相找来报纸传看,想从字缝里找到一点跟自己有关的讯息。

他们读着报纸上的公开信,感觉着形势又要变化。可形势将有怎样的变化呢?是真是假?对他们有利有弊?他们全不知道,都在紧张地猜测、打探。这几年的政治方向变得太快,知青下乡、返城运动潮起潮落,搞得他们已经不知所以。不管怎么说,凡是对自己有利的消息尽量不要错过。

于小顶也在灯下夜读,认真学习公开信,希望能从中看到类似自己这样人前途的亮光。

读完信,于小顶长出一口气,然后又紧憋一口气。像张铁生这样的人都可以上大学,她怎么就不可以呢?要说上一回招工她还羞羞答答,惶然失措,不知何去何从,为了自己曾经的诺言而不得不在农村坚守;这回,她主意已定,坚决想走!这回她明白无误地想上大学!大学,多么美好的字眼!一想起来,也要让她心跳老半天。那曾经也是她的梦,如果不是因为"文化大革命"的阻断,她也许早就成了北大清华的高才生。虽然这会儿的工农兵大学生学制也缩短到那么两三年时间,学得到东西学不到东西还很难说,但那也毕竟是上了大学!大学啊!

破碎的梦,如何复原?这上大学又不同于招工,听说是要求更严,指标更紧,她如何才能得到那种幸运?说是由工农兵推荐,这一推荐,就无异于说是开了走后门的口子,最后好处不还是落到那些家长有门路,或者能够拉关系的人头上吗?

于小顶左思右想,殚精竭虑,也想不出能够帮这个忙推荐她的人来。作为一个普通贫民的孩子,没有任何人能帮助她,她所认识的公社、地区里的那些人物，也都是泛泛之交，工作上的交往，顶多是看着她年轻、漂亮、养眼，见面多跟她打几句招呼说几句话，到了真正用得着的时候，却没有一个是实打实、能借上力的。再说了，上大学可不同于先前选扎根典型，当典型时人们还没看到有些什么太大的好处，谁先当了都行，而上大学不同，大学指标竞争这么厉害，凭什么人家要帮她的忙？她能给人什么样的回报？

还没去求人，她兀自先气短，思来想去，越想，心里越空落落的。贫贱家庭百事哀啊。有什么办法呢？也只能靠自己。可自己又要去靠谁？她费尽脑筋想半天，说到底，权力最实在、最大的人竟然还是那个被她所不齿的生产队队长！前几次招工的实践证明，指标名额还是掌握在队长手里。

怎么办呢？怎么办？难道她要摧眉折腰事权贵，使她不得开心颜？

经过艰苦卓绝的思想斗争，最后，还是想上大学的心愿占了上风。她决定，低下头来去求那个讨厌的队长。无论怎样屈辱、不屑，好坏也就求他这一回。只要能走得了，付出什么代价都无所谓。迈出这一步，往后永远都不会再见这个人。

她买了两瓶酒、两条烟，准备去求见。

此时的队长，早已非彼时的队长，见过许多世面，胃口大。尤其在掌握知青抽调、招工回城这些权力以后，更加独断专行。若说知青们以前还对他不在乎，无所谓，如今，却对他手里的权力产生了认同和惧怕，都对他笑脸相迎，客客气气的。这无形之中更加助长他的气焰。一听于小顶说要找他谈谈，他把脸一抹搭，爱搭不理地说:好啊,你这个典型也有事要找我谈哪?行啊,我今儿白天没空。等晚上吧,晚上到我大队部来谈。嘴里这样说着,心里一边冷笑:你终于也有求着我的这一天啊!

自从于小顶当众扒拉开他的手臂那时候起,俩人之间的梁子就已经结下。他等着,寻找着报仇的机会,暗暗等着于小顶到他这里来服软。时间很快过去,中间大事小事接连不断,他早已经干过更多的坏事,整过更多的好人,渐渐把对小顶的仇恨淡忘了。如今,于小顶已经全然不新鲜,24 岁的大姑娘,在他眼里已是老处女,胴体已经没有吸引力。他已经尝过更嫩的。但是于小顶这么一提,又把他的复仇心勾起了。他想要狎昵戏耍她一回,要玩,要看,要报复,要羞辱她,为了她当年的不从,为了她当众扒拉掉他手臂给他的难堪。

风四起,夜晚的大队部四周阒寂无声,连狗都蜷缩在窝里,懒得叫唤。于小顶怀着十二分的忐忑,也怀着最后一搏的决心,拎了两瓶酒、两条烟,脚步沉重地走进了大队部。

进去一看,队长正在一个人喝酒,就着一碟腌萝卜条、一小盘花生米,乜斜着眼,脸通红,看上去有一会子了。

队长披着衣服,坐在炕沿,一条腿蹬在凳子上高跷着。于小顶挨着炕桌,拣了炕沿帮坐下。

你……过来,一起喝一杯。

两人这么久没打交道,大队长好像也不显得见外,一进门就给她也倒上一盅酒,请她一起喝。

她推说不会。

得了吧，还装啥装！我还不知道你？这几年，出名出大了，到处讲用宴请，吃香的喝辣的，啥场面没见过？你还能不会？来来来。

说着，他把酒盅“咣”地往她这头炕桌上一蹾，用手指着她：喝……喝了这杯！

她这时才转过身来，跟他对坐，抬眼看了他一眼。不知是真喝多了，还是佯醉，他脸膛已经发红，眼睛有点觑眯，里面有道道红血丝，说话吐字不清，舌头也有点大。

她说：队长，你看我今天找你是为了……

他却猛一拍桌子，断喝一声：喝！你……你先给我干了这杯，再……再说话……

她愣了一下，又一次望向他，直瞅了他足足几秒钟，眼光无比锋利，挑战性地直瞄着他。然后，二话不说，端起酒盅，“哗”，一仰脖，全倒进嘴里，咽了下去。就觉得一条火舌，“吱溜”从嗓子眼里钻进去，顺着喉咙，一直燎到心口窝。

65 度的老苞谷烧，几乎点根火柴就能着。

于小顶勉力控制着，没有表现出难受的样子。她把酒一口干掉，然后也“咣”地把酒盅一蹾，挑战性地直视着他。

那种眼神，纯净、清亮、无知、无邪，充满士兵叫阵气息，不但没有把他盯倒、盯弱，反倒让他借酒盖脸，坦然回视，满心欢喜，心里边十分受用。现在，本村本队敢于反抗他的，没几个人了。他就喜欢她这样不服的，她一叫阵，反倒激起了他的快感。上次那个出身不好的女知青太顺从了，而且那个女生有心眼，已经留了他的证据,对他进行要挟,扬言要告他强奸。没办法,阜新招工时他只好给了她名额放了她去。

今天,他要换换口味,要尝尝这个爱反抗的是个什么味道。

给我倒,倒酒……

他又卷着大舌头说。

他根本不主动去碰她,只是发号施令,让她一步一步服侍到位,最后达到她主动宽衣解带、对他献上肉体的效果。

于小顶来之前,可以说是有了心理准备的,也想过万一他要是要求那事,她该怎么办。她毕竟还年轻,对“那事”的了解程度还是懵懵懂懂,也不知具体的过程应该怎样的,只想着到时候随机应变,总归是有办法摆脱的。如果自己不愿意的话,那他也应该没辙吧?

可怜这个24岁的大姑娘,她把事情想得太简单了。

队长把自己的身子往炕里挪了挪,腾出他这头炕沿帮的位置,拍拍,说:过……过来,到这边坐。

于小顶犹豫了一下,还是挪了身子,坐了过去。

两个人现在紧挨着坐到一起。队长又把她的酒盅拿过来,倒满,说:看……看出来了,你有量。再喝,喝……

小顶推辞说:队长,我真的有话要跟你说……

队长又拦下她:喝……喝,干……干下这杯,咱们有……有什么话都好商量。

于小顶还认真地说:你说话算数?

队长说:算,算数……

小顶说:那好,我喝,不过,这是最后一杯了。

队长说:好,好。干……

两人酒盅一碰,又是一口干掉。

这第二杯一下去,于小顶就开始酒气返头了。她没吃什么饭,上来就被硬灌,吞下去的酒精很快就往血里涌。她感到头略微有点晕,身体也有点打晃。不过,还好,意志力还在可以控制的范围内。

她说:队长,我……听……听说这次推荐上大学,咱队有两个名额……

队长一把把她搂过来说:有,有啊,谁说没有……

于小顶身体被他从后紧紧地箍着,闻着他嘴里热烘烘的酒气,她略微挣扎着,还在说:你看我……能不能得到推荐……

队长这时的动作幅度已经相当大了,双手齐下,一只从后面搂住,一只撩起衣襟,直接伸到她怀里:能,有什么不能的?我倒要看看你这个大学生是个啥样子的……

于小顶不看他,扭过头去,心想如果仅仅是摸一下就忍了他吧。只要他能答应把指标给自己,就算没白来。

还好,他并没进行下一步动作。他一边在她胸上揉捏着,一边又要她倒酒。她勉强又给他倒满一杯,他说:不行,两、两杯全斟上。她推说不行,自己实在不能喝了,再喝就要醉。他说:连这点酒都不能喝,你还想当大学生?

这话又激将了她,让她不喝不行。没办法,被困在他怀里,说别的也没用,只有用别扭的姿势跟他碰杯。这第三杯酒从喉咙眼儿里灌下去后，她就感觉身体有点飘，没有着落，在水上浮着似的。恍惚间听得那个男人又开口了：要……要当大学生？你还没看过男人的……的家伙什儿是啥样吧？我今儿个就让你看看，开……开眼。说着，竟拽她的手放到他裤门上，责令她解开。

于小顶在半晕眩之中摸到他裆间唰地一下吓醒了！一股血气腾地直冲脑瓜顶。

咋的？还有啥不好意思？跟我来假正经？别装了，快来吧！

他一边说，一边自己腾出手来，一手拽她的手，一手解自己裤门。

于小顶火冲气门，半扑倒在他身上，往回拽手也拽不出来，被他死死攥着。她急切地挣扎，慌忙之中也顾不了那么多，返回来的右手触到了桌上的酒瓶子，便二话不说，顺手抄起来就照他脑门子上砸过去！

只听“哎哟”一声，他的手松开了，紧接着去捂脸。血顺着他的手指缝流了出来。也不知是哪儿出血了，大概是眉骨。他一愣，她也一愣。他手一捂，口里大叫：你还真敢打啊?!

她啥话也没说，慌张地逃到屋外，一口气冲到大野地里。直到再也跑不动了，才蹲下身来，在田埂上哇哇大吐，然后又是哇哇大哭。

第二天下地，队长脑袋上缠着纱布出现在社员面前，吆吆喝喝喊众人出工，就像什么事情也没发生过。于小顶则连夜跑到相邻公社的青年点借宿，躲了好几天也没敢回来。

她以最快速度嫁给了另外一个公社副书记的儿子，是个回乡青年。那个青年早对她有好感,拐弯抹角表达过爱慕心意,但是她爱搭不理。一来是没瞧上眼儿,二来虽然嘴上说要扎根农村,但那是她的浪漫想象,真要嫁到农村当一辈子村妇,说实在的,她还没想过。

这会儿,逃出队长的魔爪是她唯一的需求。摆在她面前的,只有最简单便捷的嫁人这一条路。

她没有想到,脱了苦海,她又落火坑。在几年之后回城考学时,她又面临一番艰苦的婚姻大战。

第三章　月光下的金达莱

1

在新宾广阔天地里虚长了5岁的于小庄无忧无喜，随波逐流，反正是人家来她也来，人家走她也走，永远都在随大流。是待在沈阳的她的亲娘，看着左邻右舍下乡的孩子都讨路子回城了，心疼惦记自己乡下的两个女儿，总在问她们什么时候也能回来。自己虽然没有什么能力帮助女儿，但是每天街道上的老太太们东家来西家去地串门子聊天，各种信息却交换得很灵敏。不知从哪个老太太的儿女嘴里听说，国家要开始石油大会战，盘锦的辽河油田正式改为"辽河石油勘探局"，正在招人招劳动力。老太太立刻想起自己在盘锦的二儿子，于是立刻口授并让小儿子于小刚记录，发出特快家书一封，责令老二必须解决妹妹小庄的抽调回城问题。

为什么不让她们二哥帮助老大而是帮助老二，这于老太太自有主张。一来，老太太是觉得老二小庄这么些年来对家里的贡献大，倒腾木材、豆油什么的，家里人得了不少接济；二来，小庄的身体不好，在乡下把身子骨搞坏了，得赶紧回城休养看病。至于那个大丫头于小顶，一贯能干，有能耐，从小到大就一直当个小官什么的，为人处世有一套，用不着为娘的操心帮忙。她愿意扑腾就自己扑腾去吧。

老娘的家书一到，可把于家二哥难住了。母命不可违。可他们一个穷人家庭，能去求谁？求人办事哪那么容易？他想啊想啊想啊想，想得牙花子冒火，腮帮子都愁肿了，也没想出一个好办法来。

要说老于家这二儿子，原本也是一个大孝子，就是他最先从老家昌图乡下出来到沈阳做工，然后带出他大哥、他爹他妈他全家。十几年来，辛辛苦苦，拉扯着一家老小安居落户。1968年在媳妇的撺弄下，他才匿良心扔下老娘和一双弟妹不管，带着媳妇和自己三个儿子仓皇去了盘锦油田。媳妇的理由倒也很简单，指着犹犹豫豫的于老二的鼻子说：老二你说你啊！自打你挣钱就开始养家，养了老的你又养小的，如今你们老于家兄弟姐妹都已经长大成人了，也该他们负负责任养活你娘，你该专心管管自己儿子了吧？老牛拉辕累断筋，总不能你一个人累。

二哥就说：行了行了，你个老娘儿们家家的，少嘚啵几句吧！要不为了你，我能扔下我娘不管啊？

二嫂说：哎，我说于老二，你说话也不能匿良心啊！我这一晃快50的人了哈，给你带大三个瘪犊子，如今，还要管你那喉咙气喘的气管炎妹妹，你说，我这辈子为你们家做牛做马，什么时候能有个完？

二嫂说的"喉咙气喘"，是指于小庄在新宾下乡时不小心患上的支气管炎。其实最初也不过是数九隆冬着凉引发的一次重感冒，连带引起支气管炎。于小庄没当回事，没认真养，结果一直没见好，慢慢转成了慢性支气管炎。在东北那个冰冷严寒地带，肺气肿、哮喘病等属于常见病，由其所在纬度和高寒气候所导致，得了也就得了，基本上断不了根，可也不至于像当时的肺结核、霍乱、天花那样令人致死。尤其是它并不传染，所以得这病也并不招人烦，只不过是自已平常出气儿有点费劲罢了。于小庄之所以能比较顺利地从乡下抽调上来，就是她二哥找人给开了证明，把小庄的病夸张到肺心病那么邪乎，说这种病已不宜于再接受教育，随时会有生命危险，必须尽快回城里治疗。于小庄于是就顺当地用上了病退回城指标。

但是，他们哪里想到，就是这个病历诊断，却一语成谶，日后断送了她芳龄 29 岁的年轻生命。

那是后话。

就说眼下于小庄落户到盘锦吧，招工体检表上却明明白白写着身体健康。否则，一个病胎子，谁人敢要？

俗话说，缺心眼的人有好命。像于小庄这么个什么也不争什么也不抢，没有什么理想，也没有人生远大目标的人，到目前为止，却总是能摊上个好地方。像她大姐于小顶那样事事争先的人，却不得志，走上社会以后从东陵区王家公社到本溪钢铁公司，一直受挤对，给娘家的信中从来就没对现状说出一个“好”字。

于小庄刚到盘锦那天，正是秋高气爽。成群的野鹤，大片的芦苇滩，数不清的鸟儿在欢唱。风吹苇低，潮润润的空气里飘来稻香。她还头一次见到这么宽广辽阔的苇塘，头一次见到颗粒长得这么饱满，据说有160多天生长期的稻子呢！这里跟她所见的新宾大地林海雪原又完全不一样！

盘锦湿地位于辽河三角洲上，多水无山，温暖湿润。这里20世纪50年代开始兴建国有农场，成立农垦局；60年代末地底发现了丰富的石油天然气储藏。1970年3月经国务院批准，石油工业部正式决定在辽河盆地进行石油勘探会战，从大庆油田抽调3个钻井队、2个作业队以及其他辅助生产队伍在673厂基础上成立了322油田。1973年经辽宁省委批准，322油田改称“辽河石油勘探局”。现在，盘锦地区的常住人口，一半是老垦区的居民，一半是油田后来的新兵。

于小庄去的时候，正是辽河油田大会战打得火热之时。她惊奇地发现，不光她一个人作为知青身份招工到那里，周围竟然有一大批与她同样身份的沈阳市插队知青从全省各个青年点辗转会集到这里。原来他们曲线回城的道路，不期然都是到这里就被截止了，再往前就半点都走不动了。毕竟，这里离沈阳城已经很近，不过是100千米的路程，以今天小轿车的速度，高速路上跑个一小时也就到了。而在那个困难的70年代初期，100千米的路途，却如同天堑。

两年以后，盘锦成了闻名全国的沈阳知青集散点。越来越多的回不了城的青年滞留在这里，组成了一支人数可观的队伍。正是从这一片井架林立、鹤飞苇舞、钻台高耸的低洼湿地上，传出了响彻70年代的缠绵忧郁的动人知青歌曲：

沈阳啊，沈阳啊，我的故乡，
马路上灯火辉煌。
大街小巷是人来人往，
披上了节日的盛装。

社会主义的高楼大厦，
耸立在古老的沈阳。
那是我常年居住的地方，
自力更生重建家乡。

抽调上来的知识青年们被分配到各个不同的勘探队、钻井队、筑路队、机修班、运输连。于小庄被分配到了盘锦汽车大修厂，当起了汽车修理工。她二哥事先给她敲警钟说：你要自己好好干，这种肥地方，不是谁都进得了的，整天风吹不着雨淋不着，还能学一门吃饭手艺。这还是求了人送了礼才能进得来。否则的话，把你分配到勘探队你愿意去吗？

于小庄则不置可否。勘探队是干什么的她也不太清楚。反正摊上啥算啥，让干什么就干什么。她的脸上连一丝对她二哥感恩戴德的表情都没有。气得她二嫂把牙根咬得痒痒，回家揪着她二哥的耳根子说：你看看你们老于家一个一个的德行！连句感谢的话都不会说，好像别人为她做事都是该她的欠她的！

她二哥一甩身说：那你说咋办？都是一个妈生的，就这副瘪犊子样！你要是看不惯你就连我一起撵出去。

她二嫂气得用鼻子哼了一声。

每天，于小庄都跟那些男人一样，穿上那身油渍麻花的藏蓝色工作服，戴上工作帽，藏蓝色前边有帽檐的那种，把两根撅翘翘的小辫子，塞到帽子里边，再带上一个喝水大茶缸，跟师傅进车间劳动。她的任务是给那些运输车查机油、修底盘、喷油漆、疏通油嘴、连接火花塞、检查四轮定位。一次，修理一辆“大解放”，要查车底部的刮伤。车间查底盘用的地沟排不开，于小庄就在屋外用千斤顶把车支起来，身下垫块麻袋片，仰躺着钻到车下面去，不停地伸手出来更换手边的板子、钳子。一会儿，开车的司机端着大茶缸子回来，一边“吱溜吱溜”呷着茶，一边蹲下身来和车底的小庄闲聊：嘿，我说，哥们儿，行啊，技术不错啊！看你的样子，干活挺利索啊！

见小庄没搭腔，司机又闲极无聊地捏捏她的腿说：哎我说，你这小腿儿也忒细了点吧，简直还没有我的胳膊粗，新来的吧？就这小样儿还能干活？

小庄一急，刺溜，从车底下滑溜出来，一巴掌打在那小子手上：干啥你！手往哪儿摸！

小司机一惊：哎呀妈呀！这咋还冒出了大姑娘呢！我还当是个小老爷们呢！

小庄把手一甩：哼，不干了！你的破车我是不管了！谁愿意修谁修！说完一转身，气哼哼地往大修车间里走。

小司机也急了：哎哎哎，你咋骂人哪你！你给我回来！

听到响动，那位一直带她的胡师傅闻讯前来，替小庄接下了那个活。完事以后，好心的师傅告诉她，下次钻车底查底盘的事情尽量别去，尽量让那些男的去。要去，也要把露在外面的两条腿并拢。一个姑娘家，不同于大老爷儿们，别总四脚朝天、仰巴咔嚓的。

于小庄听得脸涨得通红。

汽修场里永远是一些枯燥的活计。二哥二嫂家也只是星期天放假时偶尔一去，她实在不愿见二嫂那一张冷脸子。她住在厂里的单身宿舍，下班后，最大的消遣，是跟那些知青混在一起，吹拉弹唱，打发寂寞时光。他们这时已经不叫知青，已经是名正言顺的工人阶级，生活上自由得多，闲暇时间也比从前多出许多倍。多少个月明星稀的夜晚，那些由知青转变过来的青年工人围坐在芦苇荡旁，听着沙沙的苇声，望着明媚的月光，唱起他们心中那首思乡的歌曲：

沈阳啊，沈阳啊，我的故乡，
马路上灯火辉煌。
大街小巷是人来人往，
披上了节日的盛装。

只要有人起头，就会有多少沈阳知青，眼含热泪，跟上合唱：

亲人啊，朋友啊，慈祥的母亲，
愿你在平安的路上。
生活的道路是多么漫长，
而今我向往的地方。

有朝一日我重返沈阳，
回到我久别的故乡。
我和那亲人欢聚一堂，
共度那美好的时光。

这是一首根据朝鲜族长调改编的歌曲，据说是来自当时的朝鲜族电影《鲜花盛开的村庄》。于小庄的歌喉最为动听。慢性支气管炎非但没能使她的喉头沙哑，反倒是换气略微有点气喘的间歇，使得她的气声更有韵味，更接近于朝鲜族歌曲一唱三叹的尖团音的回旋。尤其当她载歌载舞，将身体隐藏在宽大的朝鲜族长裙里，两只飘摆的手臂像水母的触须，脸上圣洁的笑容像天上的仙女，轻盈游动的脚步像鸟儿的飞翼时，在场的人无不为她性感的舞姿着迷。她在乡下时就会跳朝鲜舞，是闲极无聊时跟当地朝鲜老乡学的，只是一起聚会喝酒时跳跳唱唱解闷，没想到，在这里却有了用武之地。她的这个业余爱好，使她很快成为油田系统“毛泽东思想文艺宣传队”的骨干台柱子。每次有演出，于小庄的朝鲜族歌舞表演唱几乎成为压场保留节目，赢得一次又一次满堂彩。辽河油田方圆几百里之外，都知道有个会跳朝鲜舞的漂亮姑娘名叫于小庄。

已经过了20岁、天性快乐的于小庄，起舞在盘锦大地上，唱歌跳舞，修理汽车，业余时间再跟女知青交流交流钩织编织的活计，日子过得倒也自得其乐。直到有一天，在配电厂当工人的二哥给她捎来一个口信，说配电厂有个小伙子想跟她搞对象，让她找时间去相看相看。小庄一听，觉得挺可笑，大大咧咧地说：搞什么对象？

谁愿意搞谁搞,我不搞。她二哥一听,就气炸了:我说你挺大的丫头,正经事不干,整天疯疯癫癫,跳跳唱唱到处跑,你不嫌寒碜哪?你说说,有几个像你?都多大了还不张罗着搞?等到老大闺女嫁不出去,你那脸能挂得住是咋的?

小庄一听也急了:我就不找,能咋的!

她二哥哪想到,他这个妹妹天性懵懂,情窦未开,属于发情期滞后类型的。下乡那会子也有男生试探过她,那阵儿都时兴送钩针做定情礼物,谢卫东就曾送过她一枚用白铁精心打铸的钩针,手柄处还打出一个梅花图饰。谢卫东下了好大决心,红头涨脸地送给她了,哪承想,于小庄接到以后,第二天转手就送给了人。谢卫东问起时,她还言之凿凿地说,自己手里那个旧的铝钩针使着更顺手。把谢卫东那个气啊!转头就去追求别的女生。

还有那个跟小庄一个学校来的出身不好的郭子辑,也曾对她用过心思。他受不了于小庄朝鲜舞姿的诱惑和吸引,思来想去,终于决定把他偷偷从家里带来的几本"黄书"借给她看,以表衷肠。那都是《红楼梦》《火焰》《青春之歌》什么的,一看意思就很明显。于小庄拿到手后看了半天,不知其所以然。古典章回小说像天书;外国人名情节太难记;《青春之歌》名气很大,据说是写搞破鞋的书。翻了几页,见里面写余永泽临出门把林道静抱在怀里,在她嘴唇上轻轻"勿(吻)了几勿(吻)"。这"勿了几勿"是啥意思?没看懂。没意思。就把书扔一边睡觉。第二天,她把书又还给了郭子辑,还告诉人家"不好看"。整得郭子辑这个没趣。以后也就没有男的再从这个方面惦记她了。他们都把她当哥儿们、酒友或是好搭档。

就这样一个让人没脾气的傻大姐，平白无故让她去搞对象，她怎么能服从呢？

二哥一看奈何不了她，就直接写信，搬动老娘亲自给小庄施加压力。想要跟小庄搞对象的那个小伙子叫何传奎，他父亲原来是农垦局副局长，现在是当地组织部部长。人家何传奎那可是当地高干家庭子弟，在二哥看来，揪着自己头发根儿往上攀亲都攀不上，人却主动提出来了，这简直是天上掉馅饼，让人受宠若惊的好事情。

二哥就在信里把何家吹得天花乱坠，把小庄在这里不及时找婆家的后果说得耸人听闻。远在100千米之外的老娘亲果然受了蛊惑，严重表扬了二哥这种为妹妹认真负责的行为。同时敦促小庄，不得擅自妄为，一切听她二哥的吩咐安排。

二哥拿到尚方宝剑，更是不可一世，命令小庄必须完成家庭使命。见来硬的不行，就来软的，哄骗着妹妹去跟那小伙子见个面，说：就见个面怕啥？他又不能把你吃了。你不是爱交际吗？借机会锻炼一下交际能力。

于小庄混沌未开，不辨利害，模棱两可，她想既然见个面也损失不了什么，那就见吧。还是那句话：反正闲着也是闲着。

第一次见面，安排在二哥家里。二嫂几乎使出浑身解数，把脸上的谄笑堆积到一起都笑成了肉包子，还嫌自己笑得不够似的，还使劲挤。她倒不是冲着于小庄，主要冲着何传奎，顺带着抖一点笑纹余波给于小庄。家里的瓜果梨桃全摆上，像模像样的，不知道的，还以为是佛龛前面摆供果。

这第一面见的，有点没感觉。小伙儿长得挺白，中等个儿，黄眼珠，大下巴，说话有点大舌头。他很满意小庄，小庄不仅人长得漂亮，家又在省城，这可真是他高攀人家了呢！尽管他爸是个当地组织部部长，可毕竟管的只是盘锦地区。而省城有多远？又有多大？对他一个从盘锦湿地土生土长的后生来说，没法衡量，也没法打望。只是从于小庄那不冷不热、不卑不亢的态度中咂摸出点省城人的高摆滋味来。

于小庄越是没感觉，爱搭不理，大下巴就越对她好，越产生强烈接近的渴望，没事儿就颠巴颠巴来看她，每次都不空手，她喜欢的朝鲜府绸，她爱吃的当地特产——那种长着大大钳子的绒螯蟹，简直是喜欢什么给什么，提到什么送什么，不喜欢也要硬往她怀里塞。于小庄这个人呢，态度也是有点暧昧，有点虚荣心，爱贪小便宜，好东西接得多了，似乎也就处在了随风摇摆、听天由命之间。大下巴来看她，带好吃的，她就收，带来礼物，给就留，从不拒绝。轧马路，就跟着出去。要领回家见父母，于小庄也跟着去了。组织部部长和夫人对她都很满意。一时间，谁都知道，于小庄要成为组织部部长的儿媳妇。

大下巴心里的喜悦，一层一层往上积攒。于小庄的不置可否，也一层层地往上翻涌。于是，经常出现这样奇怪的场面：夕阳西下，大地铺彩。迷人的盘锦大地芦苇荡边，一对快要谈婚论嫁的青年男女悠闲地漫步。男的穿着崭新的三接头皮鞋，凡立丁裤子，裤线笔直，小头儿抹得倍儿亮。女的穿小碎花短袖衬衫，雪白的棉布长裙,秀发随风飘荡。两人步调基本一致,隔着不远不近的身体距离,说着不闲不淡的无聊话语,挂着不喜不忧的淡漠表情。通常都是男的说得多,女的话少。男的倾诉,女的倾听。男的指着稻田边的河沟问:你知道俺们盘锦的绒螯蟹长在哪疙瘩的最肥吗?

女的说:不知道,是稻田里吧?听说是用浇稻子的水来养螃蟹。

男的说:你错了。是乱坟岗子那里的最肥。因为那些蟹必须吃了死人肉,才能长肥里面的黄儿。

就听女的"嗷——"的一声,蹲在田坎边上就大声呕吐起来,直吐了个天翻地覆。临出门前,她刚刚吃了男的送来的两个巨型螃蟹,每一个的黄儿都特别肥。

女的一边吐,一边在考虑跟他"黄"的问题。这也未免太没有共同语言了吧?今后咋还能一起过日子?

但是,自己要真提跟他吹了,收他的那些东西怎么办?他会不会也让她给吐出来呢?有些东西她已经用了,有一些,则寄回了娘家送给了妹妹小芳。说到底,她还是一个知道顾家的闺女。

女的这时产生了无比的张皇和犹疑。

她那个二哥,求成心切,贪功报喜,偏偏这时一纸家书,给远在100千米外的老太太带去了二妹搞对象即将大功告成的消息。

于家老太太听着老闺女小芳给自己念完了信,咂摸来咂摸去,总觉得这事不放心。于是,就在临近冬季的某一天,于老太太让小儿子小刚带着,坐了几个小时的长途大汽车,亲自来盘锦考察。

老太太事先也没跟儿子女儿打招呼,不是不想打,而是通讯联系多有不便。那时家里还没有电话，一封信走起来也要三四天的时间。老太太又是个说做就做的人，容不得延迟。屁股一扭，拐嗒拐嗒就上车了。经过几小时的颠簸，才晃悠到了老二那个瘪犊子的“逃窜”之地。你就说呗，这事情都过去多少年了，她娘咋还老是念念不忘于老二不打招呼就逃离沈阳的过错呢？还有，这么些年来，那个老二，一分钱也没给家里寄过。他们的爹死时有过嘱咐，以后每个孩子参加工作挣钱后，都必须每月按时给家里寄钱，养活他们没工作的娘。于老二这一点做得不好，无论他今后为家里做多少好事，在他娘看来那也都是虚的，也弥补不了这个过错。

老太太自打一进了盘锦这地面，就不满意。老太太可不是下乡知青，没有于小庄那些诗情画意。她打眼从车窗一望，秋天干枯的苇塘，一个一个的水泡子，遍地萧萧落木，支棱八翘的钻井架，要啥啥没有，看啥啥没劲，几乎就是满目荒芜，满目疮痍啊！跟乡下也没啥两样。虽说自己家穷，但是，毕竟这么些年在省城生活，盘锦这么个小地方，没法跟沈阳比。把闺女扔在这儿一辈子，让为娘的有点不放心。

对盘锦这个小地方的看不上眼，直接影响到接下来对大下巴的审美打量。

猛不丁一撩门帘，露头在老二家门口时，着实把老二吓了一跳！老二当时给吓得，顾不得吃晚饭的儿子媳妇一家子都在场，“扑通”一下，就按旧理儿给老娘跪下了，泪涟涟的，直号啕着说：娘啊！娘！这么些年，我可是真想您啊！我对不起您老人家啊！

他娘一看老二这副熊样，心说，哼，只要自己知道问心有愧就算好。只见他娘把脸一抹搭，也不说话，先坐上了炕盘着腿，然后掏出须臾不离身的烟袋锅，从贴身荷包里捻出烟末子，把烟袋填满。这一切都做得慢条斯理，不动声色。老二知趣地忙从地上起身，战战兢兢哈腰下去，替娘把手里的烟袋点上火。

他娘"吧嗒吧嗒"，嘴一瘪一松，一瘪一松，吞云吐雾享受够了，这才开口威严道：我今儿来，不是来找你要钱的。你当初干下什么昧良心事，你自己心里也应该有个谱。

老二又嗓音哽咽道：娘，我错了。

他娘说：行，知错就成。现在，你把二丫头给我找回来，让她把对象也领来，让我相看相看。

二儿子二儿媳忙叫自家大小子骑车去厂里宿舍找她二姑。

等到于小庄领着大舌头来拜见过她娘之后的第二天，他娘趁着家里没外人，劈头盖脸把二儿子臭骂一顿：我说你个二瘪犊子！当初你就是抛弃一家老小，逃跑到盘锦来过自己的小日子，从来不想着寄钱养家，你还算个人哪你！我一个孤老婆子是怎么拉扯你两个弟妹长大的，你知道不？你爹临死前嘱咐的话你早忘脑勺后边去了吧？你个臭瘪犊子！自己不忠不孝，如今还要把你妹妹往火坑里推，只顾着攀结权贵，也不看看你给你妹妹找的是什么人家！

几句话骂完，老太太也没解释，扭脸拉上小刚就奔向长途大客车站。

二儿子被骂得懵懵懂懂蒙在鼓里呢，还是二儿媳妇有心眼，她使劲拧了老二一把：死样的你还愣着个啥？还不快去追！

老二还是傻愣愣的,说:咱娘她这是咋回事?

他媳妇说:还咋回事?咋回事?这还不明白?没瞧上眼儿呗!完了,这门亲事算瞎了。

于小庄把沈阳娘家不同意的事情婉转地传给大下巴,小伙儿相当受打击。他听于小庄讲她是必须听娘的话的。言外之意,只要她娘不同意,于小庄也就不得不跟他黄了。大下巴这下急的,高干家庭出身的架子这时也不要了,头油也不抹了,急赤白脸,委曲求全,去求他妈去当老太太面给说个情。

那个部长夫人也是爱子心切,一看儿子小脸蜡黄愁成那个样,心疼不已。借着于小庄回沈阳探亲之机,大下巴和他妈妈背上一大麻袋螃蟹还有两袋盘锦大米,跟随于小庄一起来到沈阳。

要说这于老太太可真行。女儿这门亲事,不同意归不同意,人来了,依旧以礼相待,不能折了面子。老太太拿出家里最好的酒菜,又煮了一锅他们带来的螃蟹招待。天黑,没地方找旅店,于老太太按照农村人惯常的待客习惯,将客人留宿。一铺炕上睡觉,怕授受不亲,街坊四邻说闲话,就叫客人住自己家,叫小庄到隔壁邻居家借宿。

那是多么奇怪的场面!晚上,躺在同一铺火炕上,老于家挨排睡觉的顺序是这样的:小芳睡炕头,然后是她娘,挨着的是未来亲家母,然后是小刚,最后是炕梢的大下巴。两位亲家母在熄灯之前亲亲热热说上一些家长里短风土人情的话。大下巴没话找话,挖空心思问了问小刚学校里念书的一些事情,算是打破尴尬。

这一晚,到隔壁邻居家借宿的于小庄,可曾想到什么吗?

她什么也没想。走累了一天,又好不容易将两个客人全移交给她娘,知道娘有能力摆平这一切。小庄可算卸了负担,简直无梦一身轻,脑袋一沾枕头边,就呼呼睡着了。

于老太太款待归款待,干涉婚姻的警告仍然有效。她就是死活不吐口,坚决不同意。

消息反馈回盘锦,于小庄不得不跟大下巴断绝关系。大下巴那叫一个痛不欲生啊!在于小庄面前哭天抹泪,直问于小庄他哪点不好?哪点不好说出来他改!

于小庄不敢说他的长相让娘没看上,也不敢说她娘瞧不起盘锦这个小地方。她只是跟大下巴说,家里的事情,一向是娘做主,她打小就害怕她娘。娘说不同意,他们就没法再处下去。

可怜大下巴不是个现代青年,也不是个什么都不吝的坏孩子,他只是个小地方成长起来的老实面瓜,既不敢忤逆家长,也不敢霸王硬上弓对于小庄做点什么出格的事。他就暗暗地哭啊哭啊,委屈的话一点也不敢对谁讲。

大下巴的妈,也就是那个组织部部长夫人,恨铁不成钢地数落儿子说:你说你看中她什么啦!看中她家什么啦啊你说!长得那对叽里咕噜不安分的桃花眼,将来不叫你操心才怪呢!就她那个家,瞧那破的,简直像个捡破烂的乞丐要饭花子的家!我看了,她家最值钱的家当就是那两个樟木箱子。还穷装沈阳人呢!呸!简直给我们家提鞋都不配!

处于极度失恋打击之中的大下巴哪里听得进去这些啊!班也不上了,整天就在家里呆呆的,以泪洗面,把自己搞得好一阵子抑郁。

于小庄她二哥一看,完了,脸面挂不住了。把组织部部长的儿子整成这样,在盘锦这个地界是没法做人了!完了,赶紧跑吧!

胆小如鼠的平民于老二一方面暗暗筹划着自己领全家再次逃跑避难的事,另一方面细心打探张罗把这个惹祸不知愁的二妹妹往哪里弄走。

小祖宗,你还是离我远点,赶紧给我滚犊子吧!于老二在心里说。你搅得我全家不得安宁,我的脸算是叫你给丢尽了!

他自己全家那边还没找到机会,小庄这边却正好有个调走机会,他们的汽车大修厂在沈阳设了个留守部,正在筹建。她二哥赶忙千方百计帮小庄调动回了沈阳,撵走了身边这个小姑奶奶。

不久,那个组织部部长退休了。老二家又在盘锦湿地放心大胆地继续安营驻扎下去。

第四章　野蜂飞舞

1

20 出头的汽修女工于小庄，在中国地图东北方向的某个角落里，绕了个不太大的半圈后，又转回了出生地沈阳。谁能想到她是以初次搞对象失败为由，被她二哥打发得滚回来了呢？

每次想到这里，于小庄都不由得咧嘴直乐。太滑稽了！多少人挖门盗洞想回都回不来，她怎么就随随便便返回家乡？

她想她这就叫因祸得福吧?！灿烂的太阳从此又在她的心头上照耀。

当她真的踏上家乡土地上时，她却发现这里远不是自己想的那么回事。歌里唱的那些，简直要啥啥没有，社会主义的高楼大厦，并没有在沈阳到处耸立，更没有落实到她们家的屋顶上。城市里的灯光还是那柱昏黄的灯光，照着一排排低矮的平房，每个窗口透出 15 瓦小灯泡的亮光，电压不稳，忽闪忽闪眨得都像黄鼠狼的小眼睛。乱坟岗子依旧是乱坟岗子，残雪肮脏，垃圾飘飞，清晨收垃圾工人的摇铃声，从乡下来的淘粪农民毛驴车的驴叫，还是按时按点唤醒这座沉睡的城市工厂。为了反抗“帝修反”，广大人民群众动员起来,在城市的大街小巷、居民的院落里到处挖了战备壕。挖出来的黄土没处运,就堆放在壕沟边上,搞得道路表面坑坑洼洼、满目疮痍。家家户户的窗玻璃上还用白纸条贴了“米”字,说是为了防震。冷不丁什么时候,街上就会响起防空警报搞演练,市民一听到警报声,就赶紧拖家带口跑出来,到就近的防空洞里躲藏。根本没有什么鲜花盛开,连大街小巷也少了许多人来人往。城市里有文化的人都给下放到“五七”干校,没学好文化的小青年们也都给撵到了农村上山下乡。两头这一走,城市里就空了大半片。剩下驻守的多半是老弱病残,以及工人阶级老大哥。

人民正忙着抓革命,促生产,备战备荒广积粮。人民根本没法注重生活。人民把生活给忽略了。

于小庄就纳闷:他们在乡下时,为什么就能把沈阳编得像天堂一样,还一个个眼泪吧嚓,唱得都跟真的一样呢?

于小庄家的日子,比起她下乡走时基本没有什么变化,稍微有点长进的是,他们又搬了一次家,成功地住进了一间砖瓦房。那是在她三哥的帮助下,借着厂子里调整工房宿舍之机,用原来的一间油毡纸房,又多添了点钱,五马倒六羊跟人调换的。原来的房子分给了新来的更穷的职工。娘领着两个弟妹住的新家在大东区小河沿一带,也是沈阳的穷人聚居区,看看他们家周遭住的邻居就知道了。

他们家后趟房住了一家大傻子, 爹不傻,妈很精,就是家里三个儿子一女儿全是智障者。听说是表兄妹结婚,近亲血缘相配导致的。傻子他妈从前夫那儿带来的一个大女儿贼奸八怪,跟后来生的这一堆一点都不像，这就足以证明她妈二婚嫁给表哥是嫁错了。傻子家整天鸡飞狗跳，打架吵骂之声不绝于耳。邻居们起先还战战兢兢生怕受到傻子们的袭击骚扰，经过一段观察后，发现傻子们的战争只局限于自己家里，并且他们的施暴对象只是他们善良的爹和妈，邻居们悬着的心终于得以放下，同时又不免可怜起这一家人。平时看到街上小孩子扔砖块砸他们家小傻子，邻居们都会主动上前给轰走，见到在垃圾堆里捡东西吃的大傻子小傻子，也会心怀怜悯赶紧给扯开送回家去。

房子位于一条胡同里，独门独院。所谓“门”和“院”，也就是用泥巴和碎砖头草草垒起来的、几间相挨相连的房子间的间壁，至少，比以前的一览无余的木条栅栏门有所进步，起码有了“隐私”的概念。屋子也不大，也就 12 平方米左右，大通炕，打了隔断，里间是厨房，出了屋门，外边有个狭长的小院子，只能供三人并排走道那么宽。即便这样，仍物尽其用，院子里用油毡纸和木板搭起个小偏厦，遮雨挡雪，用来放置煤球、劈柴等杂物。

她家左边是一户老绝户，右边是一家摊山东大煎饼的。厕所就在胡同口，男女各一个蹲坑，中间间壁着木头板子。板子条被男的这边抠出无数个洞，以方便朝女厕所这边扒眼偷窥。女的这边就用草纸什么的堵，堵上一次又被抠开一次。经过无数回合的较量，最后众人一致向街道上反映情况。街道居民委（那时还叫革委会）小脚老太太派基干民兵，找些碎砖头瓦块砌起一堵墙，代替了原来的木板屏障。胡同对面，是一家加工玻璃丝的小工厂，整天机器轰隆隆，毒丝满天飞。那种丝是什么东西邻居们没人说得清楚，有点像编织蛇皮袋子的那种化学纤维,亮闪闪的化学绒毛,落在身上弄不掉,尤其夏天,一接触皮肤,浑身无比刺痒。小工厂里的工人们做工时套着紧口紧腿的工作服,戴着白帽子,罩上大口罩,上上下下捂得严严实实,就差戴上防毒面具了。

你别看家里还是穷成这样,可人家那于老太太,跟从前可是大不一样了！只见她精神面貌焕然一新,抬起头,挺起腰板,走东家,串西家,一天到晚上蹿下跳,无比奔忙。那气度,那做派,仿佛年轻了10岁!

干什么呀?

演节目!

参加街道里组织的"老大娘毛泽东思想革命文艺宣传队"!

革命激情已被点燃,于老太太已经进入自己人生的辉煌。

胡同里啊,砖墙上,
条条街道是战场,
老大娘啊斗志昂,
带头写稿贴墙上。
咚咚锵,咚咚锵,
咚锵咚锵,咚咚锵……

不知是从哪儿兴起的,一夜之间,"老大娘毛泽东思想革命文艺宣传队"这种组织形式迅速传遍了大江南北。戏匣子里每天都能听到播放各地"老大娘宣传队"先进事迹的消息。说是一些上了年纪的街道老太太自觉组织起来，以马列主义学习小组的形式，时不时地聚到一块儿，举行文艺演唱，学大寨，学小靳庄，尊法批儒，批林批孔批宋江。经过广播里的这种发动颂扬以后，这样的队伍越来越多，全国各地的老太太争先仿效着把机构成立起来，围在一起宣传毛泽东思想的干劲十分高昂。

于家所在的小河沿街道革委会当然不甘落后，也仿效着成立起这一级地方文艺组织。

就说那于老太太，自打在公社汇报自己一下子送走两个女儿下乡的光辉事迹后，口才和名声大为显露，从此就在社区名人榜里挂了一号。在组织宣传队伍挑选演员时，她理所当然被排在前几位人选当中。其他像小脚老太太、玻璃花眼老太太、发肉票老太太、小耗他奶奶、小红她姥姥、老王太太、老吕太太等等，都没她有名气，远远排在她之后。

挑选这些老太太演员，首先要选出身好的、苦大仇深、旧社会的贫雇农。那些出身不好的，像那几个富农婆、地主婆，眼下正一个个弯腰低头扫大街、掏厕所，接受劳动监督改造。

而这些贫苦出身的草根老太太，算是又一次找到自己的社会位置啦！那叫一个翻身农奴把歌唱，乐得又是癫又是狂！别看她们没有自己的名字，总被人从身体上的特征叫，从她们子孙的名字叫，从她们丈夫的姓氏叫，她们也根本不在乎那个，一辈子被这样称呼惯了，依旧其乐陶陶，简直整天不着家，聚一块儿，今天她家明天你家，要不就占用一下街道办公室，排队形，练嗓子，走台步，正儿八经地排练，跟专业剧团一样。

团长由街道居委会那个王主任担任，一个中等个儿准老太太，每到月初，还负责发肉票、布票、油票什么的。为什么叫“准老太太”呢？因为看她脸上褶子的话已经够当老太太，但是她独领风骚剪短了头发，拿掉了绾在后脑勺上的发髻，显得英姿飒爽，令人琢磨不出真实年纪来。到了发各种票证的时候，王主任就派她上小学的小孙子到几条街上一喊：发肉票啦！各家各户拿上手戳到王主任家领肉票！

听到喊声的广大居民就乖乖地拿着户主的印章到主任家领肉票、布票、棉花票。

宣传队副团长就是我们尊敬的于老太太。能够仅次于街道主任，很了不起啦！所以于老太太很高兴，很荣耀，很尽职尽责。每次排练，谁来谁不来，她都要挨家吆喝去。遇到谁家老头子阻碍老伴儿出来的，她还要上去跟人讲理，干一架，批评对方老头拖后腿。整到最后，谁家都害怕这个得理不让人的于老太太。一听说老大娘宣传队要排练，那些老头子、儿女不敢阻拦，马上对他们自个儿家的老太太说：去吧去吧，快走吧您，晚饭我们自己做。别待会儿又惹那个老刁婆扯着嗓子来咱家闹啦！

于老太太一听说这些，不但不生气，反倒有些得意！

于老太太麾下的老大娘宣传队，人数一般在十个左右。不停地有人半道退出去，又不断地有人中途加进来。基本的革命力量保持在四五员干将。这也都是正常现象。“总会有革命意志不坚定者要脱离组织嘛！但也总会不断增加新的血液！”这是王主任的嘴边话，于老太太也学会说了。说说唱唱，她还学会了说更多时髦的符合形势的话。

别看我们脚小啊岁数大，

学习毛主席著作啊要掀高潮，

嘚呀么依呼嘿，

嘚呀么依呼嘿，

掀呀么掀高潮。

唱的是山东柳琴调。哼哼呀呀，从一道道被烟熏火燎过的老嗓子里出来，就有点像哭丧调门。但韵律悠长，不把一个尾音哼到极致，拉长，延续，直至拖长到上不来气儿不停嗓。

于老太太竟然担任领唱！你能想象吗？

最初的演唱，是在街道空场里临时搭起的舞台上，用长条板子和砖头搭起的长方形简陋的舞台，老太太们打起竹板，踮起小脚，唱起颂歌，沙沙哑哑，热情洋溢。

那是北方夏季无所事事、百无聊赖的夜晚，也是轰轰烈烈、南风送爽的夜晚，“嘎斯灯”一点亮，这些老太太就兴高采烈粉墨登场了！

“嘎斯灯”就是学名“瓦斯灯”的那个。把一块块臭烘烘的青白色石头样的东西，放到一个洋铁皮水桶里，这些石块就开始跟水产生反应，“咕嘟咕嘟”冒出带臭气的泡泡。这些臭臭的气泡能够燃烧。往洋铁皮水桶当中插上一根铁管，再把四周围盖严，就如同在屋顶立起一根烟囱那样，臭气便会集中从这一根铁管里冒出来，火柴一划,“嚓”的一声,亮啦! 蓝色的火苗向四面八方照亮开去,闪耀开去! 光明,灿烂,照亮了贫苦出身的老大娘们的余生!

那是蓝色的火苗耶! 一层蓝色的火芯,还镶着橘黄色的金边,柔柔地向高处蹿升,向远处荡漾开去。风一吹来,忽闪忽闪,带有一种瓦斯燃烧的臭臭的气息,飘动游弋出一股股梦幻般的色彩。

舞台下候场的老太太们一闻到这种臭臭的气息,免不了心旌摇荡! 她们仿佛看到了自己年华开花,枯树发芽!

等到台上的节目结束,报幕员(那是谁家的半大姑娘)就走上去,用憋在嗓子眼里的小细声,尖声报幕道:

下一个节目,表演唱:《老大娘批宋江》。演出单位:小河沿三委五组老大娘毛泽东思想文艺宣传队。

然后,她撇了撇腿,哈了哈腰,扭扭摆摆地走下去。台下响起零零落落的掌声。

老太太们这时就排成一路纵队,从舞台一侧袅袅登场。有时候谁的腿脚不利落,难免在上台阶时磕磕绊绊摔一个跟头,但是,她们现在已经是有着光荣的革命目标和坚强的革命意志的毛泽东思想宣传员,哪有摔上一跤就倒下不起来之理? 她们已经事先规定好,无论遇到什么临时情况,都要克服困难,都要把演出进行好! 戏比天大! 宣传毛泽东思想的任务也比天大! 想到这些,她们通常会一骨碌从地上爬起来,拍拍屁股,像没事人一样,立刻激情饱满,投入演唱中去。

你说那会儿那帮老太太走台步摔了那么多跤,怎么就没听说有哪个中老年妇女因缺钙而摔骨折的呢?

而现在的女人，一旦过了40岁，没事自己坐在家里炕头上，打个喷嚏都震得自己骨折。据说都是因为吃得太好，营养不良，缺铁缺钙。极其荒谬。

甭说别的，就说当年那些腿脚不利落的老太太，只要她们队形齐了，往那舞台上一站，一亮相，立马就有威慑力，有震撼力！就晃得台下观众眼前一亮，想蜂拥到前边去看仔细，一不小心还撞前边人身上流鼻血！

可不是嘛！你到哪里去见这么多老太太，这么多祖母级的齐刷刷、一排排一行行、着装整齐矗立台上的？

原先她们可都是头发灰白，面有菜色，满脸褶子，小不点个儿，罗圈儿腿，解放脚，胸前奶袋子像两个布口袋，瘪瘪地耷拉在肋前腔。带补丁的裤子，中间还是个大抿裆。随便拉出去一个，都像旧社会的要饭花子。

这会儿，嘿，简直是另一群人！就见她们一水儿的立领带大襟黑平绒布衫，横“S”形的中式如意纽襻，下身是黑色凡立丁裤子，脚穿统一的黑平绒窝口鞋，简直就是时髦的唐装！头发呢，也都梳得溜光水滑，还用自来水抹了几把，在灯光下湿漉漉的，闪闪发亮！脸上也是统一化的妆，街道里出资给她们团队备的化妆品很有限，一盒“面友”雪花膏、一支眉笔，外加一盒胭脂和一管口红。就这么简单的几样，也让她们变得粗眉大眼、脸颊粉红、嘴唇如血，熠熠生辉！

到哪里去见这样一群搽脂抹粉的老太太呢？

她们呢，她们此时掩饰着自己剧烈的心跳，一个个紧抿着红嘴唇，站在舞台的高处，极目四望。但见黑漆漆的夜幕之中，芸芸众生皆在她们的俯视之下！

这种感觉，爽啊！

远处走来的是谁家的老爷们儿，光脚趿拉着鞋，鞋后跟儿早已经被踩扁，光着大膀子，手里摇动一把“噗噗”漏风的大蒲扇，把满嘴的大葱大蒜味儿很顽强地往四周扇；那又是谁家的老娘们儿，紫红色奶头上正吊着一个贪婪吸吮的孩子，一股股奶香或奶馊味冲出半敞着的怀，嘻嘻哈哈也跟着挤进夏天傍晚舞台下方看热闹的人群；小孩子们的嬉闹更不用提了，左一群右一群，一没瞅见，就钻进台板下的缝隙里藏猫猫玩，害得街道民兵不停地把他们揪出来撵走维持秩序。风把满地的废纸和尘屑吹得优柔飘拂，悠悠扬扬灌进台下观众的鼻腔。“嘎斯灯”的闪烁和人声喧哗敲打着老大娘演出者们的视觉和耳膜。

她们的心里嗵嗵乱跳，她们的眼睛几乎不太够使。其实她们已经如此登台许多次了，可是不知怎的，每次演出还都像是第一次，还都是那么新鲜、刺激，充满活力。这是舞台，她们脚下的舞台。

这个阔大幽深的、木头长条搭起的舞台，凝滞不动又仿佛总在随风起舞。

沉静，骚动，仿佛欲言又止地静默于她们的脚下。仿佛暗夜里沉浮的一艘大船，摇曳不定，不知道方向。它是从来就有的，还是人们后搭上去的呢？她们不知道，谁也不知道，好像在她们出生之前就已经立在这里，好像她们出生之前几百年、几千年它就已经存在了，只不过，这是头一次由她们来登临，来践踏，来把握。

这个黑黢黢、阴沉沉、无边无际、无缘无故、无遮无拦、无怨无悔的人生大舞台，像个魔障，像个梦魇，像个磁场，像个旋涡，她们这些老太太不由自主地被吸附进去，被搁置、被竖立在舞台上，谁也躲不掉，谁都逃不开。

这舞台，好像谁见了它都有飞身上去一试身手的激情渴望，谁上去了以后却又都有置身悬崖的忧惧和徘徊。

老太太们不懂。她们不管，她们不怕，她们什么也不明白。她们只知道，能上去，便是一种光荣，便是一种气概。一上去，这个死舞台就变活了，她们自己的人生就变活了。头一次，头一遭，她们觉着自己是真正变活了。

锣鼓点敲响，“当——当”，“嘎斯灯”点亮，“嘶——嘶”，众声喧哗之中，她们亮相，众目睽睽之中，她们出场。

于老太太喊了一下暗号，悄声道：一、二、三——起！

老太太们立马都跟上，抄起手里的家伙，右手中、食指和无名指摇动，发出脆响：

呱嗒呱，呱嗒呱，

呱嗒呱嗒，呱嗒呱……

这是竹板，人手一副，先敲出前边的过门儿，接着顺势接上无伴奏表演唱：

竹板这么一打呀，
你咧听我言，
学习毛著、批林批孔咱在先。
呱嗒呱，呱嗒呱，
呱嗒呱嗒，呱嗒呱……

话说那个贼宋江啊，
是个投降派，
只反贪官不反皇帝，
他咧没个好下场。
呱嗒呱，呱嗒呱，
呱嗒呱嗒，呱嗒呱……

板上的红绸翻飞，绸布通红，长短不一的竹片被人手摩挲得油黄发亮。一张张老树皮般的脸，没有牙的嘴，胡萝卜般的手，类风湿的腿，脸上笑，嘴里唱，手里敲，脚下挪，伴着翻身道情的节奏感、韵律感，枯木逢春，杨柳吐绿，发出新芽。

于老太太冲口一嗓子，将音升高八度，站在舞台上，纵声高歌领唱道：

姐呀么姐几个呀，
共同批宋江，
招安投降是他的反动口号。

我们大家狠狠批，

团结战斗批到底。

老姐妹们“咿咿呀呀”跟上。那些被大烟袋锅子熏坏的“沙啦沙啦”的质地粗糙的乡音本嗓，蓦地变成“性感”和“磁性”的声音，声震云霄，极富感染力和穿透力，不用电喇叭也响彻几里地之外。

此时于老太太就站在舞台的中央，在她身边有一盏闪亮的“嘎斯灯”。夜幕黑沉沉地压下来，压下来，在远处渐渐透出湛蓝。光线和气息一道飞舞，模糊了台下人的脸，什么也看不清晰，只觉得黑压压的一片。扑过来的味道和气息是诱人的、忘我的、狂欢的。虽看不见风，但风能用翅膀告诉她，它正在从四面八方悄悄吹来。它正用它温柔的风之触角给于老太太以深情的提示：今晚，现在，她就是这舞台上的女主角。

她就裹在这风的万种柔情当中，所有的感官细胞都打开了，所有的触觉都警醒地立了起来。幸福和自豪感在她的胸膛里一波一波地涌动。今晚她站在这舞台上，正在被万众所瞩目所青睐，她就是这人生舞台上的女主角！这种感觉有多么美妙多么美好！

多么美妙！多么好！

她居高临下俯视着众生。其实是什么都看不见，只有“嘎斯灯”的烟熏火燎，还有台底下灯光暗影里的人头影影绰绰。

于老太太从遥远的虚无处收回目光，尽心尽意比画起自己的身段。唱到“毛主席”，右手要向上举，从右前方斜伸出去，光辉指路，通向光明；唱到“贼宋江”，就要把左手食指向下戳，同时还要伴随使劲一跺脚，表示怒不可遏。

一个人比画这些动作没什么，但是十几个老太太整齐划一，同时齐刷刷做起这些动作，那可就有点蔚为壮观了！那种集体舞、集体表演唱的气势还是威慑人的，十分有力量。

她们的嘴巴还在不知不觉地开合，她们的枯树枝手脚还在不由自主地做着动作。站在空旷的偌大舞台中央，有谁知道野草根老太太们此时此刻的心理感受究竟如何？风啊风啊，它正从四面八方徐徐吹来，吹得“嘎斯灯”“呲呲”作响。她们仿佛进入一种黑沉沉的幻觉，什么也看不见，什么也听不见，仿佛一根无形的绳索在牵着她们，牵着她们的手，牵着她们的脚，牵着她们的头脑，牵着她们的每一个动作，牵着她们的口舌发音。她们不用问，也不必想，自由自在，随意忘我，进入舒服清爽的大境界。

就这样演啊演啊，小河沿街道“老大娘毛泽东思想革命文艺宣传队”先是在街道临时搭建起来的大木板舞台上演，然后被送到公社里的大会议室里演，接着又被抽调到区里真正的礼堂里演，名气越演越大，最后又被选拔到市里边演，还以集体的和个人的名义获过不少毛巾、肥皂和奖状。

于老太太把在公社会演得的奖状，极其郑重地挂在了屋里的正面墙上。亮闪闪的明黄色铜版纸，一圈红色图案画了些麦穗和流苏，那上边用毛笔楷体黑字写着：

奖给叶淑芳同志：在小河沿公社宣传毛泽东思想文艺会演中获得全区第二名！

叶淑芳，这是一个陌生的名字。见了奖状，于老太太的子女们或者来家串门的人才意识到，家里这个整天忙忙乎乎的大个儿老太太叫叶淑芳。平常，连她的孩子们也不大在意自己的娘大名叫什么。生平头一次，于老太太终于有了自己的名字；生平头一次，于老太太的名字被写到政府颁发的奖状上。

能不辉煌吗？

向阳的花，

春天的苗，

社会主义新生事物好。

“文化大革命”浇春雨，

马列主义阳光照。

毛主席支持咱支持，

立场坚定斗志牢。

毛主席支持咱支持，哎哎，

立场坚定斗志牢。

2

于老太太的辉煌和于小庄的失落顶头相撞！

于小庄的情绪，并没有跟她娘的辉煌有效地接合上。

娘是娘，她是她。每个人都只能是她自己，别人无法替代。每个人只能自己选择自己的人生，别人谁也没法替他来度过。

于小庄就在她娘的辉煌亢奋里，蔫巴巴地回到自己的家乡，仍旧是挤在那一盘窄巴巴的土炕上，心里略微有点黯然神伤。走了一圈，又回到起点，甚至比以前还不如。以前她没出过家门，不知道外面的世界什么样。现在她在广阔天地里见了世面，觉得虽然位居沈阳，却一点也不比新宾的老赵家、盘锦的二哥家过得好，更比不上盘锦那个大下巴家。娘自我觉得一天天精神，但在她眼里娘还是一天天见老。双胞胎弟妹这时也已经上中学，眼见得到了能吃的年纪，那点定量粮食总是岌岌可危，随时濒临断顿儿的危险。娘不得不从养的几只鸡的屁股里做文章，老母鸡下的几个蛋，几乎没有人尝过鲜，都偷偷拿去跟周围的农民换了苞米面和高粱米。于小庄一回来，虽然又多了一个人挣工资，可娘仍然小气抠门儿，手指缝夹得紧紧的，小庄管她要点钱买件新衣裳都不准，动不动就眉毛一耸，嘴角一耷拉，呵斥：买什么新衣裳？衣服够穿就得呗！刚挣了几个钱儿，你瞧你嘚瑟样，娘不得给你攒几个钱留着给你置办嫁妆啊？眼看老大不小的人了，没事自己也常寻摸着点，看见条件不大离儿的，就赶紧先处着。等年纪大了找不着人家，成天价整个老姑娘待在家，让街坊邻居该怎么笑话咱家……

于小庄一听这话就不耐烦，打断她娘说：行了行了，您就少嘚啵两句吧，我不要钱不买了行了吧？

刚听她娘催促找对象这话的时候，还挺扎耳，感觉像伤了自尊，也像是她娘往外撵人似的。听她唠叨时间长了，就不以为意，假装没听见一样，该吃吃，该喝喝，睡觉照样睡。她这不痛不痒的态度激起娘的愤怒,娘指着她鼻子呵斥道:我说二丫头,你是真缺心眼子还是咋的?我跟你说的话都当耳旁风?你赶快自己找对象找门路,别让娘在邻居面前没法抬头做人!

于小庄把吃饭的筷子一摔:行了吧,娘!还说我找不到对象,要不是你在中间穷搅和,我和大下巴不早就成了?

她娘也不甘示弱,用手指着她脑门儿:二瘪犊子你还别不知好歹!娘那是救了你,帮你脱离了苦海!就那么一个驴脸大下巴玩意儿,眼珠子还焦黄,谁知道他有什么肝胆病没有哇!以后养出个孩子也指不定什么猴头马样,你说你怎么能瞧得上他?再者说了,你若跟了他,就一辈子陷在盘锦那个大水洼子里回不来,那份苦,那份罪,你说你遭得起是怎么的?

于小庄说:遭得起遭不起也比总听你天天在家嘚啵强!

说完,一转身气哼哼地走出去。

跟娘吵过嘴,怄完气,于小庄摔摔打打出去归出去,等气消了,还得自己蔫不拉唧地回来。偌大的城市,也只有家里这一盘土炕才是她的立锥之地。她再走,又能走多远?灰溜溜地走在大街上,她不明白娘的脾气怎么这些年一点没变,跟闺女吵架拌嘴还像家常便饭。回想起她在新宾往家拉木料的日子,那阵子真是她和娘之间最甜蜜的一段时期。如今,时过境迁,一切又回到从前。

小庄所在的汽车修理厂分部坐落在城市东北部的八家子,极其偏远,要坐郊区的公共汽车才能到达。郊野一片农田和菜地,夏天的雨燕、冬天的老鸹总是成群结队地在低空中俯冲掠过。周围满眼的绿和空旷,能让于小庄的心情比待在家里时略微好些。修理厂主要是搞汽车配件，一些不好换的零配件从全国各地以便宜的价格讨弄过来，集中到这里，等到有车过来时再拉回到盘锦去。也许是因为水涨船高吧，辽河油田现在已经成为全国第三大油田，相应地，汽车修理厂的规模也随之扩大。不大的一个场院和门脸，里面纵深却有好几进，竟然养活了好几百号人。于小庄很漠然地跻身于这支汽车修理队伍中，干起满身油污的汽修活计。她总是告诫自己知足吧，比起其他知青，她可真算是幸运。第一，她已经回城；第二，她还有门手艺，能在城里迅速安置下来，有了一份比较稳定的工作。就连她那个要强的大姐于小顶，此时还在本溪钢铁厂受着无尽的煎熬，不知出头之日在何时。再说了，这里的活计要比在盘锦时轻多了。于小庄还有什么不满足的？她不光能挣钱养家，还能给家人提供一些额外的方便。

比方说，工厂里那个大澡堂子，男女公用，一、三、五男工洗，二、四、六对女工开放。那个年代，洗澡是个奢侈的享受，尤其是北方，人们普遍不爱洗澡不习惯洗澡，能够有时间去公共浴池花钱洗一次澡，洗洗盆塘淋浴，那都是一个挺大的动作，每次都需要排上多半天的队。在这种情况下，于小庄的厂子里有了这么个免费的洗澡去处，来的人还能不多吗？一到每天下班后5点到7点的澡堂开放时间，除了本厂职工，周围百姓还有职工家属也都寻着门缝往里凑。为了节省能源和严格保证职工洗澡质量，厂保卫处在这个时间加强了门口的守卫，非本场职工一律不让进。

于小庄的能耐就在于无论到哪儿，只要美人一笑，不失一枪一弹，就能迅速把有的男士搞定。这不，只要她对门卫一笑，不光能带进妹妹小芳来洗澡，弟弟小刚时不时也会偷偷借光进来。雾腾腾的大池子，四壁都是水泥砌的，镶不起瓷砖，还不是循环水，每次只烧开一锅炉，水热之后立马就封火。去得早的，还有一池略微清亮的白汤；去得晚的，就只剩一摊漂满肥皂沫和脚底皴的黑水。就这样，女工们仍然兴高采烈，泡在一摊热乎乎的污水中搓啊搓，洗啊洗，叫啊叫，呜呜嗷嗷，表达她们此刻身体的舒适和对活着本身的知足。有时会有某一个男工算错了时间，以为这一天对男的开放，脖子上搭条毛巾，光着上半身，穿着大裤衩，端着洗脸盆就走进来。更衣室里首先就会响起一连串尖叫！男工抱头鼠窜，他的"事迹"，却会成为里间澡堂女人们取笑的上好材料。有了这个小子这一不经意的插科打诨，这一天，注定将是美好快乐的一天。

已经到了身体发育最高点的于小庄，一把小蛮腰，两条细长腿，一对高高耸起的小乳房，原先那乱蓬蓬的一头小黄毛，不知何时起，变得油黑闪亮。她不理会那些说笑的女人，只顾忙着洗自己的。那些已经结婚生孩子的大老娘们儿，嘴里说话要多黄有多黄，要多损有多损，有时冷不丁给她来一句，搞得小庄都有点下不来台，不知怎么应对。虽然曾在农村接受过锻炼，也算什么都听过、什么都见过的人，但于小庄不得不承认，自己在说这些没皮没脸老娘们儿话方面还不行，差得远了去了。主要是她还没像她们那样不羞不臊。她也只有尽量不招惹她们，尤其在这种没着没落、光不溜秋的时候，更别轻易往里掺和。于是她很专注地帮着搓小芳身上的泥，接着再叫小芳帮她搓。姐妹俩互相搓完后，赶紧用自己带的脸盆从洗脸池的自来水龙头里接来热水冷水兑好，互相往身子上浇下去冲干净。澡堂里为了省水，没装淋浴喷头，一大池子热水洗完了算。小庄姑娘讲究清洁，想出了这么个办法最后收尾。那些已婚女工就不讲究了，简单搓搓，泡泡，起身用毛巾把身子抹抹干就走人。

是什么时候，这无休无尽、混沌懵懂的生活变得绚烂了起来？是什么时候，沈阳城里这乌乌突突、黑白不分的街景，在于小庄的眼里瞬间变成了彩色？

是她的真命天子、初恋情人高积云降临的那一刻。

她的大脑皮层登时就像被雷电击中了一般，一下猛醒！所有脑分子的排列顺序仿佛都立刻改变。

她简直变成了另外一个人。

第五章　面朝大海　春暖花开

1

无论到什么时候，于小庄都能清楚记得，她跟解放军排长高积云的见面，是在一个冬天的午后。

那是她回城后的一个特别无聊的冬天。过完大年不久，初中老同学谢卫东张罗聚一聚。谢卫东自从在新宾打架被开瓢后，就一直借口回城看病休养，赖在城里不走。等他伤好应该归队时，于小庄他们那帮人已经呼啦啦张罗着回城，四处走散得差不多，新宾青年点里没剩下什么人了。谢卫东也立即紧随形势，张罗着从乡下往回调，他想拿着队里给他定的“工伤”诊断，以病退为理由，一步到位回到沈阳。事情的结果毫无疑问，当然要被搁浅在半路。当初队上为了不扩大打架斗殴的影响，给他争取了“工伤”这个名目掩盖知青们的行为，但是日后，谢卫东这小子竟拿这个假招子来争取真待遇，却是诚实的广大贫下中农万万没有想到的。他们想这城里人可真是翻手为云覆手雨，没个准儿，当初感激得痛哭流涕，哪承想翻脸不认人。

这套病退手续闹得够呛，最后也没折腾成。谢卫东一气之下，也不办了，索性留在城里郎当着，在他爹的厂子里打打临时工。新宾那边没人来问也没人管，他落得个在家里头逍遥自在。这回听说有好几个一起下乡的同学都回沈阳来过年，谢卫东又拿出了学生干部爱张罗的劲，把几个人都请到家里来玩。

那天下午来的有于小庄、郭子辑、金玉姬、朴长顺等几个人。谢卫东的爹娘到别处走亲戚，家里就成了他们一帮年轻人的天下。大家就着炸花生米小咸菜，嚼着一点猪头肉和明太鱼，喝着酒，叙着旧，渐渐情绪高涨，说起话来没边没沿的。谢卫东那个家伙竟然还有点伤感，说没想到一起从学校门出去的，如今却都变得各不一样。于小庄已经正式回城，成了国有工人；郭子辑绕道抽调回抚顺煤矿，当了矿上一所学校的教师。另外几个同学也全逃出了新宾，就近在阜新、鞍钢等地方落脚。就他谢卫东一个人混得惨，当年的学生会主席，现在落得个什么也不是，整天像个盲流一样。大家忙拿话安慰他。

谢卫东抹一把脸说：行了行了，咱们不说了，来，喝酒喝酒。又转头对于小庄道：哎，听说你朝鲜舞跳得炉火纯青啊，还是盘锦地区毛泽东文艺思想宣传队骨干，方圆几百里地都有名。

于小庄拿手遮着喝得红扑扑的小脸，忙说：谁说的谁说的？哪有的事！

谢卫东说：这还谦虚啥！还不乘着酒兴，给咱来一段？

郭子辑、金玉姬、朴长顺他们几个人一听，也跟着起哄说：行啊于小庄！干得这么冲，怎么都没让咱们知道？白跟你是一个战壕的战友了！不够意思，不够意思！

于小庄还扭扭捏捏:啥呀啥呀!你们别听谢卫东他瞎说。

谢卫东涨红脸地说:都到这份儿了,你还揣着兜着的干啥!

说着,起身从隔壁屋里拿出他那架破旧的手风琴。他把琴抱在身上,按响了一个长音。屋里的人全都激动起来了!这架琴,他们全都熟识、认得啊!那是后来谢卫东回城探亲时带回新宾去的,它曾陪伴过他们那个青年点的同学度过多少乡村欢乐的日日夜夜!

于小庄矜持不住了。她是那种乐感特好,一听见乐音就禁不住要手之舞之、足之蹈之的人;加上喝了点酒,酒劲一上来,就有点把握不住,没了矜持。她也不再推让,站起身来,红着脸,脱掉外套小棉袄,露出里面一件粉红色的薄薄的高领套头衫,还有精细的小腰。几个人一看她拉开了架势,赶紧七手八脚把碍事的桌子、板凳推到一边。于小庄站在中央,一只柔软的手臂弯过头顶,一只手背到身后,足跟站稳,做了一个预备起舞的姿势。等到谢卫东的过门儿一拉响,她就小腰一扭,开始翩翩起舞了!

金达莱,金达莱,
金达莱哟,
漫山遍野把花儿开遍……

在座的同学好几年没见过于小庄唱歌跳舞了,在乡下见时,还完全是初学,有点生涩,没想到她现在竟然跳得这么熟练、专业,这么出神入化!尤其是跳舞时她脸上那种表情,完全是沉醉的、神圣的，物我两忘！他们都情不自禁地被她感染，被她带进舞蹈的情境里去，最后竟不自觉地一起拍手，一起唱起来。歌声在这个冬天的午后沉郁悠扬地传到窗外。直到最后一个乐音终止，于小庄连着做了几个旋转之后猛地站定，一手在前，一手在后，优雅地伸开，做出深情谢幕姿势。

忽然就听一个声音在众人背后响起：好！接着是“啪啪”几声响亮的击掌声。

忽然众人循声望去，于小庄也循声望去。他们的记忆，她的记忆，都在那一瞬间定格！

只见一个戴鲜红领章红帽徽、穿着四个兜草绿军装的年轻解放军战士，正带着微笑迎面站着，从窗口射进来的午后阳光正打在他的脸上、身上、领章上、帽徽上，红的越发鲜红，绿的越发嫩绿！那真叫一个威武英俊、唇红齿白！

于小庄像被电打了一下，当时就傻眼了！她还站着丁字步，手臂还在半空扬着，半天没有放下来。解放军排长同志十分促狭而又顽皮地近前几步，转回身面对几个同学，双脚后跟儿一磕，立定，“啪”地来了个标准军礼：报告同学们，初三(2)班高积云前来报到！

等他的手一放下，谢卫东第一个反应过来，手风琴都没来得及放下，上去“当啷”就给他一拳：高积云！你这个家伙！说好过来一起吃饭，怎么才来？

高积云笑眯眯地说：家里有点事，临时耽搁了。等我走到这里，就听见你们家传出来的琴声和歌声。好家伙！我一看，连门都没关，我就循声推门进来。同志们，对敌斗争警惕性要加强啊！

这下大家叽叽喳喳重新活跃起来。想起来了，高积云，不是初三还没念完就被他爹整去当兵那个吗？那时他的个头也就不到一米七，怎么看都不起眼，怎么突然间在部队出息了，不光已经混出四个兜，还蹿成了一米八的大个子？听说他家老爷子颇有点本事，是一个解放战争扛过枪、抗美援朝打过江的老干部，一股脑儿把三个儿子全送部队当兵去了。高积云好像走的时候比较匆忙，也没跟学校打招呼，连毕业证书都没有拿，惹得老师背后没少说他们家长的坏话。

几年过去，当年不起眼的淘气小子，转眼就变成了解放军英俊排长。于小庄的心哪，止不住“咚咚”狂跳！那一刻她只能是假装谢幕还没谢完似的，手抽回来，捂在胸口，将激动的心情使劲按捺了一下。高积云接受完同学们的欢呼雀跃、打背捶肩之后，又径直走到于小庄面前，伸出手来，欲跟她握，同时目光含笑，定定地瞅着她说：

于小庄，你跳得真好！

攥住她的手之后，又悄悄说了句：你真美！

他用的是喉头发出的，经由鼻腔、颅腔共鸣过后产生的“嗡嗡嗡”的发音，陌生的略带天津味的普通话，那声音的音量，控制在只有于小庄和他自己才能听得见的范围内。

于小庄又呆呆地傻掉了，一双小手，无辜无奈地任人握着。她暗暗希望永远都不要松开。

2

大桥上，小河旁，是他们约会的好地方。

沈阳城从来没像现在这样神秘，漠然滞重的生活从来没有像现在这样新鲜轻盈。于小庄的眼睛像是猛地被人撕开一层翳子，突然之间，眼前闪亮起来，所有的景物都闪闪发光，带着明媚动人的色彩。结满晶莹雪挂的冬天的树似乎已经春芽绽出。北陵湖水冬季的冰面似乎也荡漾出春天的涟漪。

他们先是以暧昧的老同学身份，相邀一起出行，一块儿走遍沈阳的大街小巷。她陪他一起回到中学读书的地方，去找曾经念过书的教室，还央求学校看大门的老头打开当年初三(2)班的教室门，让他们进去找找当年自己的座位。高积云指着后边那扇窗户说：你记得不？我那时候经常把书包挂脑门上，不爱走正门，总是喜欢从窗户里进进出出。于小庄就低头含羞，咬着嘴唇“扑哧扑哧”笑。来到黑板前边，于小庄指着墙角里的一块地儿说：你记得不？当年我曾撺掇学习委员郭子辑把咱班考试卷子埋到这儿的地底下，说是将来可以永垂不朽，留给后人看。要不，咱们挖一挖看看还有没有？高积云就哈哈大笑，说：你真傻，卷子那东西没几天就烂掉了，哪还能留下来？

等到把共同熟悉的地方转得差不多了，高积云邀于小庄到他家里去玩。其实他是留着心眼，把小庄领给他爹妈看看。于小庄第一次走进沈阳空军司令部大院，走进那个干休所的二层小楼。

她战战兢兢，又羞羞答答地接受高积云全家人的检阅和考察。高积云的爸爸是个和蔼的人，个儿不高，说话慢声慢气的。他妈妈很慈祥，脸圆乎乎的，长得像个弥勒佛。他们家还有一个女儿留在父母身边，长得四方大脸，比高积云小好几岁，也在军区后勤当兵。对于于小庄的到来，他们家人表示出了友好而礼貌的欢迎。于小庄这样一个含情脉脉、亭亭玉立、颔首羞涩的姑娘，初一见面，的确是很打动人，容易给人留下好印象。

从高积云家出来，于小庄还是莫名紧张，就像等着一场审判，一晚上都没睡好。她不记得头一次去大下巴家时是否有过这种情绪。她躺在家里那个热腾腾的火炕上，翻来覆去地“烙饼子”。老娘那空洞的打呼噜声，两个弟妹睡着放屁的臭气，她好像没听到也闻不到，整个心思都沉浸在自己紧张的期待里。

好不容易熬到第二天天亮。下午，约好时间他们到小河沿湖边树林再见面时，于小庄一句话都不敢说，紧张地盯着高积云。高积云开口只说了句：我爹我妈……我们全家人都挺喜欢你……

于小庄的心哪，一下子就飞走了！幸福、喜悦夹杂着莫名紧张后的松弛，让她的脚后跟猛地发软、发飘，身体摇摇欲坠地向下倒去。高积云趋前一把抱住她。

这一抱，就是山呼海啸！

久旱的禾苗逢雨露。没几天的时间，他们就已经是如胶似漆，难舍难分了。

没等他们尝够恋爱的甜蜜，高积云归队的时间却已经到了。两人不得不忍受痛苦的分离。一直无知无畏、没心没肺的于小庄，从来没有感受到相思是这般苦,相恋是这般煎熬人。高积云离家走后,她整天茶饭不思、魂不守舍,将全部工夫都用在想他念他、不断给他写信上头去。等到攒到第六十一封信的时候,深秋已经来临,该说的情话已经说够,再在纸上写下去,只有初中文化的他们都已经笔墨用尽,言空辞穷。接下来必须要用身体书写才会来劲。

再也忍受不住相思之苦的于小庄,瞒着家人,趁着一个星期天,自己跑去了天津一趟,到天津小站南那个山沟沟里去会情人。赶上星期天,高积云就可以跟部队请一天假出来见见她。那天她是坐夜车去的,先坐火车到天津,然后又倒长途汽车,直到中午才到达他们部队所在的那个小镇。高积云早已等待在那个长途车站上。一见面,双方都瘦了,但眼睛里都冒火,像是要把对方一口吃掉,或者一把烧干。正逢集市,在那条不大的人来人往的大街上,两人急切又无奈,不敢有任何身体接触,稍有亲昵,随时都有可能被出来的战友碰上。他们只能一本正经、一前一后在深秋的集市上散步,走过来走过去。于小庄脖子上那条砖红色的三角围巾,水红色的小碎花外罩,跳跃缭绕得高积云要流鼻血。高积云尽管穿着便装,与她隔着一段距离,于小庄还是闻到了他那湿漉漉的鼻息和雄性动物发情时的浓重体味。她知道,这体味只对她一个人有效,只因她而分泌,只分泌出来诱捕她。她的眼睛、她的心,全在高积云身上,眼睁睁地看着,一秒也舍不得离开。

满怀激动和不安,他们两人走啊走,直到把能见面的有效时间都走完。他带着于小庄进了一家小馆,每人要了一碗爆肚、两个芝麻火烧填填肚子,却谁也没有吃进去,他们只是相对无言。最后不得不走了，高积云才恋恋不舍地送她上了长途汽车。她还要自己一个人坐火车返回沈阳去。分离是那样苦、那样难，但是也留不下，还得分。他们透过车窗那样互相看着，直到车子开动。她木木的，一点知觉都没有了，好像身体的全部、心的全部，全都留在他那里，留在那个天津小站南。

这次悄悄的天津之行，将他们的恋爱火苗子燎得冲天高。

陷入热恋之中的高积云甚至不惜打军线电话到家里，让父母替他照顾好于小庄，说她就是他们未来的儿媳妇。高积云他爹妈本来平时就偏向他，三个儿子中，就数这个小儿子最聪明最懂事，在部队提干也最早，他们对小儿子相当信任，从来都是有求必应，也认定只有小儿子将来能成为他父亲的接班人。这回，一听说儿子交付给他们重托，要照顾好未来儿媳妇，老两口就重视起来，要把这件事当成家里的头等大事来抓。第二天，老头老太太一早就让司机驱车，到八家子汽修厂来看望于小庄。绿色的军用吉普在厂子门口一停，立刻就惹来无数好奇的目光。把大门的师傅找到喷漆车间，从一大堆不辨男女、端着喷枪干活的人中间把于小庄找出来，告诉她门口有一个穿军装的老头领一个老太太来找，于小庄一下子吓坏了，还当是高积云在部队里出了什么大事情。她连工作服都没换就往门口跑，到了门口，上气不接下气，惊慌失措地问：伯……伯父、伯母，你们怎么来啦？

老头老太太猛一眼看到于小庄，眼前不禁一亮：美女到底是美女！美女无论穿上什么简陋工装，也都显得那么英姿飒爽！尤其那两只似笑非笑桃花眼、两条似嗔非嗔柳叶眉，真像是天女下凡！

再一比照自己家丫头，这方面就差得远了去了！成天价照镜子嫌弃自己宽盘大脸的长相，还总埋怨他们老两口没给遗传好。唉！怪不得自己儿子这么铁定心肠撒手不放呢！天下英雄都难过美人关哪！

老头老太太忙解释说：没啥事，积云来电话，让我们来看看，还让我们平时多照顾照顾你。

于小庄的脸“唰”地一下就红了，羞臊得简直不行。见老两口笑眯眯不转眼地打量她，她拽拽工作服下摆，又捋了捋头发帘儿，手脚简直不知往哪儿放才好。末了，她又赶紧把老两口往里边让。把门的师傅毕恭毕敬地站立在一旁，嘴都张得挺大。周围听见动静的工友们都从各个车间里探出头来向这边张望。于小庄心里一时被喜悦和害羞填满了。

高积云的父母在视察了于小庄所在的车间、浴室、宿舍、食堂之后，交换了一下眼神，不用协商，就郑重发出一个邀请：请于小庄打今儿起搬到他们家里去住！

于小庄一下子惊呆了！

3

一夜之间，水晶鞋就套上了灰姑娘的脚。

“驻扎”进沈阳空军司令部大院的平民女子于小庄，一开始，整个的感觉都是不真实的。她没敢告诉自己娘，也没把这事向任何人透露，一个人悄悄坐进老头老太太的吉普车，一路畅行无阻地驶进院去，住进她心目中的宫殿和天堂。她对娘撒谎说，自己在厂子里找了一间女工宿舍。家离单位太远，每天上班走道累得慌。她娘没有阻拦。娘就是再精、再比女儿能算计，她老人家也算计不出，女儿这是轰轰烈烈驻扎进未来婆婆家去！

恋爱中的女人，没有什么事情干不出来。恋爱也让她开了蒙，原先什么都不太在乎的愣丫头，现在也懂得要在小事上在乎；原先一直不肯谦让受委屈的倔姑娘，这会儿也很是懂得低眉顺目，使出浑身解数，取悦未来公婆的道理。家里有了小庄，连勤务兵和保姆都省了，她下班一进家门，立马系上围裙，洗衣做饭，打扫庭院，端水递茶，侍奉公婆。接人待物，也矜持有度，让老头老太太看得这份满意哟，整天到晚一提起小庄脸上都乐开了花！他们直叹自己儿子高积云不知哪里修来的好福气，能讨上这么好的媳妇儿。他们家里是军人家庭出身，一向是戎马倥偬，对过日子不太在意、不很讲究。平常吃饭做菜也是乱七八糟穷对付，老太太不爱做饭，女儿也不爱做饭，苦了老头一个人，要么从大院军队食堂买着吃，要么对付着吃他们山东人习惯的煎饼卷大葱。

小庄那丫头，原本也是很聪明的，只要她认准的事情，就会一做到底，只要她乐意的，就会勤勤恳恳地干。在娘家从来没做过饭的她，如今特意买来菜谱，每天四菜一汤不厌其烦认真地照着菜谱比画，直到练得可以脱开菜谱把炒勺颠得"哗哗"直冒火光。光是那香味也会让人垂涎欲滴胃口大开。其他像洗衣熨衣、物品归类等事务，更是小菜一碟。只见她扭着小蛮腰，迈着轻捷的猫步楼上楼下走一圈，顺路三把两把，没一会工夫就全拾掇利索了。家务活就是这样，不是不会干，关键在于世界观。只要思想认识正确了，那点活儿怎么都好干，还能干得心里比蜜甜。

刚进家门时高积云的小妹妹总跟她别别扭扭的，也没有什么具体原因，可能就是进来一个生人不适应，再加上老两口对小庄爱护有加，他妹妹也就是于小庄未来的小姑子略微感到有点失宠，就更看她不顺眼。面对这种局面，于小庄更是不急不躁、不羞不恼，她几乎是三下两下，用她的朝鲜舞和会钩织的利器，把未来小姑子摆平了。小姑子对她佩服得不行，一段朝鲜族长鼓舞下来，小姑子看得眼都直了，哪还有本事挑什么刺儿，恭恭敬敬跟未来嫂子开始学下腰。小姑子比她小个五六岁，那腰却硬得像块老木头板子，小庄一托一扶，就把那腰搞利索。等到小庄再把她钩的围巾、台布、外套、马甲之类的织物送给小姑子和后勤队的同学，他们更是对那些繁缛的图案、细密的织法大加惊呼赞叹！小小礼物，立刻招来粉丝一大堆，有的自己买线托小姑子拿来求她给钩，有的托小姑子委婉转告她们想拜师学艺的愿望。小姑子的脸上提老了气了！回家就开始改口，管她不再叫“姐”而叫“嫂子”。

这一口一个“嫂子”叫得于小庄美得魂儿都飘飘飞了。这时她已经可以跟小姑子勾肩搭背，自由自在出入于沈阳空军司令部大院内的军人俱乐部、副食品特供服务社，出入于463军人医院、军人游泳池和军人休息所，俨然一名真正的军人媳妇。

看着这个美貌如花又无比勤快贤惠的未来儿媳妇，老头老太太只觉着这孩子给他们做得太多，他们回馈给人的太少，很是过意不去。于是他们跟远方的儿子沟通商议，决定要去会会亲家，也好把这门亲事郑重定下来。儿子电话里表示同意，并嘱咐父母一定要替自己认好这门亲，一定别有负于姑娘家，出手送礼物要大方点。老两口点头诺诺，言听计从。

小庄这时必须要跟娘摊牌交代。她先轻描淡写，想蒙混过关，只跟娘说自己处了个对象，是中学同学，当兵的，军人家庭出身，他父母想抽空来家看看。她娘听着，先是没吱声，狠吸了几口大烟袋，然后把上下眼皮一抹搭：你处对象就处了呗，两个人先谈着，看合适不合适，那么着急来相看你妈干啥？

小庄一听就急了：娘你说的这叫什么话！不是你总一天到晚叨咕我，让我搞对象好早点嫁出去吗？我自己找着了，你瞅你，却还这态度！

她娘说：那你还怎么着？还要求我啥态度？合着我是该你们的还是欠你们的？

小庄一看，跟她娘还急不得，来硬的不行，还得来软的。她娘从来就吃软不吃硬。于是小庄拿出看家本领，跟她娘撒起娇说：娘，您老就配合一下嘛！您也不替女儿想想，像咱们这种家庭，能找上个高干家庭不容易……

没容她说完，她娘就炸了：啥？咱这家庭怎么了？我靠自己劳动辛苦辛苦把几个儿女养大，咱有什么见不得人的？咱比人短在哪儿了？你说！

二丫头一听，得，这娇又没撒在点上，还得重来。于是又耐着性子，继续哄骗道：娘！我说的不是那个意思！他们家说，想双方家长先见个面，也显得正规隆重一点，好尽快把亲事定下来。

她娘板起脸说:你对他们家了解多少?知根知底吗?干啥这么火烧火燎的?

二丫头说:谁急?谁急呀?不是您老人家总着急吗?我在他们家住两个多月,他们一家都是正经人家……

她娘一听:啥?你说什么?你住他家了?臭不要脸!你简直是吃了熊心豹子胆啊!一个没过门子的大丫头,没名没分住人家里,你算怎么回事啊你说你!完喽!你娘我算是没法做人喽!咱们老于家的脸算是让你给丢尽喽!

说完,双手一拍掌,接着变成拳捶自己前胸,咧开大嘴,看样子马上就要来号啕开唱那一套。这是她表示受了委屈时的常用身段和技法。

二丫头慌得赶紧上前拦住:娘,别这样娘,你这样大声嚷嚷,让街坊四邻听见多不好,好像咱家干了什么丢人事似的。

娘睁开原本闭紧了准备挤眼泪的眼,乜斜着她:咋?你干的事还不够丢人?

小庄一想,反正也已经这样了,索性我豁出去吧!早晚也都有这一天。于是她正色道:我怎么丢人了?怎么丢人了?他们家儿子根本就不在家,在天津当兵呢,一年也休不上一次探亲假。

她娘心里长出一口气,嘴上却还在拉硬说:儿子不在家你就可以在人家睡啊?我说你到底还要不要脸了?他们家老人也没有个家教啊?就允许你这样做?

小庄听得义愤填膺,忍耐力已经达到最大限度:娘!你要说就说我,别连带人家老人!我住怎么了我?我住外边去,还给你们省钱省吃省地方了呢！我这也就是告诉你了你才这么说，在外边下乡当农民当工人那几年，我天天住哪，你管过吗？你知道啊？

她娘火气也蹿上来了：哎，我说你这二瘪犊子！呸！你还有脸说啊你！要不是我让盘锦你二哥管着你，还指不定跟那大下巴做出什么寒碜事呢！这回你可倒好，还没过门呢，你这就胳膊肘往外拐，这就护上未来老公公老婆婆了。这要等以后还指不定怎么吃里爬外呢！你这么巴巴地上人家去，上竿子不是买卖你知道不？不听老人言，吃亏在眼前。走着瞧，早晚有你吃亏回家那一天。

小庄不满意地大叫：娘！就凭你说的这些话，你是我亲娘吗？哪有亲娘这么咒自己闺女的？

她娘比她嗓门更大说：我不是你娘！你是我从贩子手里拐来的！是我从大野地里拾来的！去！去呀！谁对你好，你找谁认娘去！我怎么生出你这么个有奶就是娘的货！

小庄说：哼！反正到时候你见也得见，不见也得见。

小庄之所以心里有数，是她摸透了自己娘那刀子嘴豆腐心，也是因为有前一次和大下巴家打交道那次经验垫底。她知道说到底，她娘还是护着孩子。到时候她娘也像个无师自通老演员似的，自会打扮一新、台词熟练地上场。

4

俗话说，人就怕见面。一见面，什么芥蒂龃龉的就没了，你好我好大家好，什么都好说好商量。

高积云和于小庄两家家长的见面，富有革命性和历史性意义，同时，从政治学意义来讲，那也叫个“亲不亲，阶级分”，一见投缘。原来高家老头老太太的老家和小庄她娘的老家离得很近，都是从关里家（东北方言，特指山东老家）出来的。老头属于家里苦大仇深，从小出来闹革命那种，老太太是组织上从部队服务社给他牵线许配的女兵。老乡见老乡，两眼泪汪汪。原来往上数三代，都是一个阶级的贫下中农，得！也就不存在门不当户不对、谁瞧不起谁的事啦！

这么个皆大欢喜的结局，谁也没有料到，连于小庄自己都没想到。简直把她高兴的呀，赶紧把这消息写信告诉给了高积云。高积云也激动得一塌糊涂，说就盼着春节休探亲假回家，好和我心爱的媳妇团圆。白纸黑字的“媳妇”二字，正经而又狎昵，又把于小庄羞臊得个满脸红霞。以后于小庄就名正言顺地常住未来婆婆的家里，由于她的良好表现，准婆婆看上去已有意将往后当家理财的重担委任给她肩上。他们一家人对于她的吃苦耐劳精明能干，已经产生出很大的信任和依赖。

在于小庄焦灼而又幸福的等待过程里，沈阳市大东区小河沿旁边胡同的一间简陋平房前，也常会有这样一幅温馨恬静的场面：一辆军绿色的吉普车抬头挺胸，高贵地停在外面。那是高积云家老爷子的专用车，胡同里的小孩子都好奇却又眼巴巴地看着，却没有人敢往上攀爬，因为小战士司机就守卫在车上等待首长。胡同里的大人们也指指点点：瞧！老于家的亲家公又来了！人家可是军队上当大官的！

艳羡之情溢于言表。

屋内,老头老太太两个准亲家正在温馨地拉家常。老头每次来都不空手,不是捎来香烟、部队分的白糖,就是带来些挂面细粮、猪肉等特供食品。老头在解放战争中受过伤,腿部还留有枪眼,人老了以后,还患上了糖尿病,腰椎间盘也不太好,无论冬夏都戴着宽宽的松紧带护腰。每次一来,老太太都忙把他让上炕,让他靠近炕头热乎地方坐着,以免腿着凉。有时老头嫌那个护腰硌得慌,就撩起衣襟,露出肚皮,把护腰解下来扔一边。然后靠着被垛,悠闲地喝着茶,抽着烟,两个老人慢条斯理地闲聊着,全是小时候关里家的往事。老头抽大生产、凤凰、中华,老太太则抽自己的大烟袋锅子。不一会儿,满屋里就烟雾腾腾,其乐融融,颇有点巧遇知音、腾云驾雾的感觉。

这种时候,往往也不需要于小庄在场。小儿女之间的恋爱往来,在得到双方家长的首肯和认可以后,已经扩大演变到促使两个家族之间缔结成亲密友好联邦。一切平稳过渡,水到渠成。事情正在向着有利于人民,也有利于对方的方向健康发展。就只等着人一回来,定下婚期。

这一幕戏曲的高潮和悲剧,都出现在高积云春节回来探亲的时候。

盼星星,盼月亮,终于小媳妇盼回了俊情郎。

大年初三晚上,老爷子派部队吉普车从火车站把儿子接回来。原先高积云想要赶在大年三十就回来,后来又来电话说,部队里忙,没有请下假来,只能推迟到大年初三。从中午开始,家里母亲、妹妹、于小庄这个未来儿媳妇，就已经张罗做好一大桌子菜，迎候在饭桌旁边。外面的鞭炮声、满院子的红灯笼，都给他们这个即将团聚之家萦绕着许多喜气。

高积云一进屋，叫了声“爸妈”，就先给父母“啪啪”来了俩军礼。老两口这个喜笑颜开啊！虽然儿子穿军装回家不是第一次，但每次一见到儿子容光焕发地立在面前，心里充盈的幸福感、喜爱就溢于言表。老太太忙上前去接军大衣，一边在儿子浑身上下乱胡噜，头摸一下，手摸一下，怎么看也看不够。高积云一脱掉大衣后，英俊的面庞，红军装红五星红帽徽，一身英武之气，瞬间又把屋子照亮了！高积云的妹妹叽叽喳喳，上前抢着哥哥的手提箱打开看。于小庄则娇羞地站在众人身后，压制住心里的怦怦乱跳，痴痴地偷眼把高积云打量。高积云嘴里应付着一家的嘘寒问暖，其实，眼神一直就向于小庄这边乜斜着，情人的一举一动，全都尽收眼底，却也只是冲着她微微点了点头，傻笑着龇了龇牙，然后赶紧用别的话把自己打发过去，假装对于小庄不在意似的。于小庄也是，只能那么隔着段距离害羞地笑。

互相盼了那么久的情哥哥情妹妹，此时却有点不敢互相正眼看，好像生怕被父母大人们笑话，把心事揭穿似的。他们岂知老头老太太是多么老的两头老姜啊！组织上给老头说亲的第一天，两人一见面，一对上眼，当晚高粱地里老头就把老太太办了。他们家的大哥，就是那晚上创造的。如今这小儿子和对象俩，吃饭时还眉来眼去、扭扭捏捏的，简直小儿科。

按理说，吃完了饭，于小庄应该提出走了。情郎已经回家来，她再住在这里，理论上应该说比较不方便。可于小庄怎么舍得走啊！高积云的模样她还没看够，这半天连手还没拉一下呢！她自己不主动提走，高积云的父母也不好说让她走。最后终于磨蹭到必须该睡觉的时候了，老太太假轻描淡地写下了个旨意，让小庄和小女儿住一个屋，高积云还住他自己的屋。平常他不在家的时候，都是小庄一个人睡在高积云的屋里。

老太太以为这样就能有效地将某些不该发生的事情阻断，其实这等于火上浇油，等于是把一块肉不是放在嘴里，而是放在嘴边。想吃到嘴的垂涎欲滴的快乐远远大于已经吞咽嚼烂咽下去的时候。其实老太太也没怎么想阻断，也明知道生米煮成熟饭是早晚的事。只不过她这样一做，走个形式，以后可以摆脱作为家长的监护干系和职责。其实，他们早已经20多岁，是成年人，哪里还需要什么家长为其负责任？

这一夜，该是于小庄也是高积云毕生难忘的一夜。吃过饭，又陪父母闲聊了一会儿，兄妹及准媳妇三人回楼上各自房间躺下睡觉。被人为阻隔住的俩情人，都在瞪大眼睛，辗转反侧，火辣辣地思念着一墙之隔的那个人。于小庄穿着布睡裙，挨着他的妹妹睡在一张大床上，屏住呼吸，一动不敢动，等啊等，只等着听他妹妹传来熟睡的呼吸声。她听见隔壁的门悄悄响了，似乎有脚步声轻轻走来，到了她们这间屋门前，停下。小庄紧张得心都快要不跳。然而，什么也没发生，脚步声似乎顺过道滑过去，不一会儿传来卫生间抽水马桶的“哗哗”声。她长出了一口气，忍不住自己也要起身上厕所。等她光着脚，下地来，抹黑拉开门，悄悄出去看时，四处静悄悄的，什么人也没有。她忍不住蹑手蹑脚地来到隔壁房间门前，伫立凝听，紧张得心要从嗓子眼里跳出来，手伸出去，又缩回来，又伸出去，再缩回来，就是不敢碰那扇门。正犹豫间，忽然听得他妹妹发出一声咳嗽，于小庄一缩脖，“吱溜”一下，迅速钻进卫生间，“哗”地拉下冲水马桶阀。“哗哗”的流水声将心跳掩盖了。她坐在马桶上，惊魂未定，尿也一时撒不出来。她好不容易排出几滴，站起来，无可奈何地回屋去。

如是反复。是夜，他们分别都紧张过度、渴望过度、焦急过度，导致中气下降，肾气守不住了，两个多小时内，两人分别去厕所四次，排尿数滴。一直跟着紧张聆听楼上动静的老太太都跟着熬不住了，本来想抓到点异常响动，却不明白怎么楼上厕所马桶总是一遍又一遍“哗哗”地走水。最后“哗哗哗”地冲得她眼皮子打架，终于负不起监护监视，也许是偷听偷窥的职责。眼一闭心一横，安心睡觉去了。老头才不管那些闲事，早在她身边打起了呼噜。

等到上完第四次厕所时，于小庄也有点熬不住了。借着月光看了看桌上的闹钟，已经快下半夜 1 点。他妹妹早就睡得像小死狗一般。这还是个如于小庄五六年前一样的小傻大姐呢，没心思，儿女情长那些事更是丝毫不懂。于小庄对她的防范其实都是多余的，只不过是出于自己的羞耻心而已。放弃还是困守？就这样放弃心有不甘，困守下去不积极行动的话，这厕所上起来什么时候是个头？

于小庄决定最后一次再借上厕所的机会起来一次。这回可真是万籁俱寂，连出门打夜食的耗子都睡着了。她又光着脚，抹黑下地，悄悄开门走出房来。还没等她再往厕所的方向去，隔壁房门这时却像正在等候她似的，悄无声息地打开，一双大手从里面伸出来，不由分说，一把将她拽进门去。然后门在背后又悄无声息地关上。

于小庄就觉得是一团滚热滚热的火在自己的胸口烫了一下，接着就是滚热滚热的胸膛把自己裹到怀里，裹得她站立不稳，浑身一个劲地哆嗦。接着就是颤抖的声音和颤抖的嘴唇包抄上来，牙齿打着战，不住地叫着：亲亲……亲亲……想死我了……

然后就是两个高烧42度的身体拼命缠绕在一切，一次又一次，死命地起伏、纠缠，死去活来……

等到他们疲倦地抱在一起双双入睡时，已是天之将晓。于小庄怀着满腔失身的哀婉、献身的激动、定身的平和，紧紧拥抱着军人排长，听天由命般地躺在爱人怀里酣然睡去。高积云作为一个军人，对环境保持着足够的警醒和战斗力。他堕入黑甜乡大概有一刻钟，就莫名其妙地倏地醒来，似有一种什么特殊奇怪的声音缠绕着他。他侧耳倾听，似是有种奇怪的声音在抽动，像夜里蚕蛹的抽丝拨茧，也像是风箱在吃力地呼扇。刚开始还以为自己还在军队营房里，哪个战友在打鼾。待到定睛一看周围环境，看到了蜷在自己怀里的于小庄，明白自己是在家里之后，便去找声音的来源。

是于小庄。那么一个苗条的身体，正在吃力地往外抽着声音。

那是一种有节奏的“呼噜——呼噜”，然后又是“吱——吱——吱”的声音，是从气管深处艰难拔上来的声音，在喉头部分遭到堵截，好像在鼻腔部位又遇到逼仄，最后出气时，就变成类似锯木头、拉钢条、老鼠磨牙、聚乙烯泡沫在玻璃上蹭，或者牙医的电钻在牙洞里钻的那种声音。

前边我们交代过，于小庄什么都好，就一样不好，身体好看却不结实。她在新宾乡下得上的支气管炎，由于自己不太在意，没有得到及时有效治疗，经过经年日久这么一折腾，完全已经演变成慢性支气管炎。说也奇怪，白天看不出来，什么事不耽误，好人一个。有时略微有点喘气费劲，别人看不出什么，她自己也习惯成自然。谁都知道像支气管炎、肺气肿、哮喘病等都是东北地方常见病，没必要大惊小怪的。可是只要到了夜晚，睡着觉以后，喉咙才像拉风箱似的，呼噜呼噜，“吱——吱——吱”，叫个不停，倒有点类似男人夜晚的打鼾症。但是她的这个气喘，比起中年男人的呼噜有过之无不及。她自己虽浑然不觉，旁人听起来，却会吓得要死，总以为她随时会断气儿。

高积云就惊得忘记了自己应该下地去尿泡尿，他恐惧又仔细地听了一会儿，凭借在军队上学的简单的医疗护理知识，他终于自己单方面断定：于小庄是个哮喘病人！

他被吓跑了。

第二天，他就借口部队要战备演习催回去，提前返回了部队。

一家人全愣了，谁也不知道出了什么事，一切到底是为了什么。

就连于小庄自己都不知道。

高积云受了打击。他得躲起来想一想，要把前因后果仔细地衡量斟酌思考一遍，为自己疯狂的初夜，为未来的媳妇将是一个哮喘病人。

怎么能要求他好端端一个健康人，去为一个哮喘病人担负终生呢？

他痛苦不堪，愁眉不解。

左思右想，痛定思痛。高积云最终选择了逃避。

5

宣布分手的事情，高积云也是殚精竭虑。说到底，高积云是个懦弱的人，也是个自私的人。但是这种懦弱和自私也都是人性的一部分，说它是人之常情也并不过分。他既不能够勇于承担责任，同时也不敢把事情泄露出去闹得太大。在那个时代，男女性事仍然还是个禁区，一般来说终归是男的不对，占完女的便宜就想甩，总是要受谴责的，不光是对家庭，对于小庄他交代不过去，尤其他害怕的是，万一于小庄不同意分手把事情闹到部队里，那他可就全完了，会挨处分不说，以后的一切前途理想全都玩完。

高积云选择了以写信的方式宣告分手。他没跟小庄说出事实真相，只是说，自己在部队上又找到了中意的女子，考虑到与于小庄分居两地，彼此性格又有些不合，还是分开算了。“经过反复思考，我觉得咱们两人性格不合”，他的绝交信开头是这么写的，随后又添了几句软乎话，算是赔礼道歉，“自己不该莽撞做了这些事，对不起你”。末尾他还特别将另外一句加了着重号：“毛主席教导我们说，身体是革命的本钱。于小庄同学，你平时应该随时去医院检查检查身体。”

信的最后还加了两句诗：

敬个礼，握握手，

我们还是好朋友。

他又反反复复把信看了几遍，怎么看怎么觉得写得好，以为自己把要说的话都说了，同时又给小庄留足了面子。

高积云的信没有寄到家里，而是直接是寄到于小庄厂子里的，贴了邮票，走的是地方邮政通道，隔了四五天以后才到达沈阳。在他们恋爱如火如荼的时期，他给于小庄的信都是直接寄回自己家里，一来是于小庄天天住他们家，信走军队的邮政通道，军人免邮费不说，还到达得快；二来也是故意向他的家长大人们示意两人要好的程度，进一步坚定他们二老对未来儿媳妇好的决心。他们俩几乎是一天一封信，简直一日不见如三秋兮，都有点令老两口担心：自己这个儿子陷入恋爱温柔乡，整天净忙着给女朋友写信，到底还有没有精力在部队争取提干入党了？高积云的父亲为此还专门写一封信前去提醒教育他：我儿，要以事业为重，大丈夫功名未建，家又何为？高积云则在给老爹的回信中信誓旦旦道：孩儿我自会革命生产两不误。请爸爸放心，我会把爱情当作实现理想的动力。敬请父母大人代我照顾好于小庄这个未来铁定的好儿媳。

绝交信到达的那天，是一个太阳不甚好的冬日午后，北方的一切都显得灰蒙蒙、懒洋洋的，一群乌鸦在灰褐色的农田上空扑棱着翅膀。八家子汽车修理厂的于小庄正手捧一个大茶缸子,坐在车间的椅子上,痴痴地发呆。小庄一身洗得褪了色的藏蓝工作服,一个瘪塌塌的带短檐的工作帽子,两条发辫盘起来,掖在工作帽里边,懒散的身体里充满了激情退潮后的倦慵。她仍沉浸在对高积云的怀念和初夜献身的羞涩与喜悦中,同时也为高积云的不辞而别突然归队而略感纳闷。

大茶缸子里的茉莉花茶已经泡过一道又一道,早已经喝不出什么味道,她仍然把一缸温水握在手,目光空洞地掠过一切,直停在窗外不远处的一棵巨大洋槐树上。洋槐光秃秃的枝丫间,挂了几片鞭炮碎屑残红,似乎在提示着此刻仍处在节日的尾声。一个毛烘烘的巨大鸟窝子突兀地在高处的枝子上横卧着,在北风瑟瑟中摇摇晃晃,似乎随时都有坠落在地的危险。于小庄长长的睫毛似乎都随着这冷风颤抖摇曳,身体却滞重地蜷曲在椅子里。对于她这么一个擅长跑跳、头脑简单、双腿一刻也不得闲的人来说,能够这样坐下来经久沉思,简直是不可思议的事情。

车间里四处飘散着浓重的机油味,工人们在装了土暖气挂着棉门帘的车间厂房里忙乎,敲敲打打,疏通电路,检查排气门,喷漆,四轮定位……这些简单枯燥的声音也不能打断于小庄的魔怔,却正给她的沉思合上了特殊的生产伴奏。直到看大门的老刘头一声大嗓门的"于小庄,信!",才把她从沉思中唤醒。

于小庄拿过这个白色封皮、左下角印有一只绿颈黑尾彩色鹦鸟的信件,一时没有反应过来,并没有立刻看出是高积云寄来的。以前高积云跟她通信,用的都是部队里统一的牛皮纸信封。信封上的字迹看样子很熟,又不能够让她马上想起是谁的。

她纳闷地撕开信封,把里边的绝交信看了一遍,没看明白。她又走回椅子边,下意识地坐下来,又看,还是不明白。什么意思?他写这些话是什么意思?这是怎么了?发生了什么事?这才几天啊?两个人不刚刚好过吗?刚刚在一起偷偷摸摸把该干的不该干的都干了吗?怎么了?高积云他怎么了?不会是在部队上出事了吧?

这一想,她完全惊醒了,风风火火地蹿出去,跑到厂长办公室,要借电话打。这会儿只有一个办公室主任在,他知道于小庄在闹恋爱,婆家还是个高干家庭,这个主任也就有点讨好、看人下菜碟的意思,溜须拍马道:用吧,用吧!随便用!不过你可快点,不能时间长。待会儿厂长来了看见,我可担待不起。

说完,主任还很体贴地借口下车间躲了出去。于小庄此时没有心情顾及和感谢他的良好表现,只是急吼吼地抄起电话。说是快点,电话仍然要了好半天。好不容易几经中转接通了天津,又接通了小站,从部队那边总机给接到连队,连队接电话的人说现在是训练时间,不给找人。于小庄又急又气,大吼一声:你快给我找一下,就说他妈死了!

接电话的像是一个小兵,稚嫩的公鸭嗓,一听也吓得够呛,忙说:你等着你等着!接着是一阵空音,又是两分钟焦灼的等待。不光于小庄急,厂办主任其实就躲在窗户外面搓着手,急得不住地探头探脑往里边看,盼着这小姑奶奶快点说完,生怕来人看见他让人私用公家电话。

不一会儿,听筒里先出一声“喂——”,低沉又洪亮的声音,是高积云。于小庄憋不住,“哇”的一声大哭出来:呜呜……呜呜呜……你,你还活着?我还以为你死了呢……

那边没出什么声,却听“啪”地一下,电话断了。

于小庄正是悲愤交加在兴头上,却听电话里突然没了动静,好生纳闷,不晓得是高积云给掐断了,还是电话掉线,只泪眼婆娑地往送话筒上看。黑黢黢的老式电话机,表皮已经有几许脱落了,看不出个子丑寅卯来。于是不管不顾,她又重新费力地拨拉起那个白洋铁皮的圆环拨号盘,“丁零零、丁零零”,那个圆环费劲地跟着她的手指转着。窗户底下的主任想阻止又碍着面子,一时竟不知怎么办才好,搓着两手来回走动,嘴里嘟嘟囔囔:这个电话太旧,总掉线,不好使,唉,不好使。他说这话,眼下也只有他自己能听得见,于小庄哪还管得了这个!

于小庄在重新拨了八九分钟后,终于对这部老掉牙的电话机丧失了信心。她把听筒“咣当”一放,转身一撩门帘子就跑出去,连声“谢谢”都忘了说。厂办主任望着她背影长长喘了一口粗气,心说这八九分钟简直比八九年还要漫长。他自己的私事都从来没敢占用公家电话时间这么长过。当然,接通没接通那是两说着。

于小庄心急火燎,去院里推起自己的自行车,就往邮局奔。这周围只有 5 里地以外的邮电局还可以打长途电话。只要一到了那里,她就可以花钱由着性子打,没有人在旁边催。

正月的北风仍寒冷刺骨,于小庄穿着单薄的工作服,帽子手套什么也没戴,棉大衣也没顾得上穿,也不觉得冷,心里边燎着一团火，悲愤不明的火。高积云还在人世，还活着，听他那“喂——”的一声，声音很正常，不像出了什么事情，也绝没有受处分或要死的痕迹。不行！她一定要找高积云把事情问清楚！

她迎着北风，把脚下的自行车蹬得飞快，心里还在催促：快点！再快点！风在她脸上打出一道道印子，她却浑然不觉。心里的痛和惊，早已经赛过寒霜雨雪许多倍。那是北方严冬郊区的、田野的风，风裹挟着草根泥土以及一切破败不堪之物一起飞向天空。那也是冬季太阳底下的风，阴险肆虐，不及防备。它比那些雪地里的北风呼号来得更加凶猛。

到了邮局，已经是临近下班时间。这是个不太大的邮电所，稀稀拉拉从里到外没几个人。这个时间，正月十五还没过，人们都待在家里走亲串户懒懒散散，谁能那么安安稳稳有心上班？再说来办邮政业务的人也少，值班的那个中年妇女业务员巴不得早点上了门板下班回家带孩子。于小庄到的时候，她正打发走最后一个顾客，收拾自己茶缸子要走人了。就见进来这位，披头散发，气喘吁吁，一张被风吹得红过了劲儿、几乎青里带紫的小脸，像熟透了马上就要烂的柿秧子。一进来，气儿还没喘匀，就“呼哧呼哧”，弯腰捂住肚子说：我要打长途电话。

女营业员有点不耐烦，说：我们这里马上就要下班了。明天再来打吧。

小庄一听，急得眼泪差点掉下来，说：大姐，求求你，我有急事，你就让我打一下吧。

女营业员面无表情地说：有急事也应该上班时间办。这邮局也不是为你一个人开的。

于小庄差点哭出声来，央求说：大姐，求求你，我真的是有急事儿，我们家里死人了！

女营业员猛一激灵，看了看她那一张已经红肿起来的哭丧着的脸，将信将疑，很不情愿地重回柜台旁。她放下茶缸，拿钥匙开了办公桌抽屉，然后从里边拿出一沓纸来，让她填。那是长途电话业务登记表。于小庄用嘴哈了哈冻僵的手，急切地填着那个烂熟于心的名字和电话号码，又把表格和长途押金递了进去。女营业员瞟了一眼，念叨着：天津，小站？什么鬼地方？还不知道能不能接通呢。说着开始呼叫长途中转台。先接天津，再接小站，然后再接部队。于小庄眼巴巴地在柜台外瞅着，焦急地盯女营业员嘴唇的翕动。过了一会儿，营业员说：去吧，到2号亭去接。

不大的营业室大厅里，墙角隔出两个电话亭，所谓“亭”，是一种习惯性说法，其实也不过是放在靠墙桌子上的两部电话机，中间用一个挡板隔开。一个是打市内电话的，一个是打长途的。于小庄谢天谢地来到2号电话机前听声。拿起听筒，里边先是一片空音，接着是一个女人的声音：沈阳沈阳，我是天津小站，喂喂，听到了吗？于小庄赶紧说听到了，听到了。对方说：别放啊，等着，给你接通3621部队。于小庄的心又一次“嗵嗵嗵嗵”剧烈地跳起来。一会儿，听筒里电话铃声响，一个男人的声音响起：喂，你是哪里？

这回，是一个沉稳的声音，不是刚才那个接电话的公鸭嗓。于小庄抑制住狂乱的心跳，尽量用平和语调说：我是沈阳。我要找高积云。

对方哦了一声，然后说：沈阳啊？你是高积云什么人？

于小庄迟疑了一下，说：妹妹。

对方又哦了一下，然后说：你等着啊，我去给你叫。

接下来的一分钟，或者不到一分钟的简短而又漫长的等待里，于小庄深深地呼吸，大口地吸气，平静自己的心态。她想她这回不能激动，一定不能激动，这回要把话问个明白。

简短的静寂过后，电话听筒里传来一声“喂——”

又是那再熟悉不过的声音，又是那让她脸红发热的声音，又是那如醉如酥、让她欲仙欲死的声音！于小庄话未出口，眼泪又先不争气地流了下来，娇嗔道：是我。你怎么了嘛你……

而后，就再说不下去了。

高积云一听是她，就开始在电话里支吾起来。就等着，听着，什么也不问，什么也不回答，只说自己“挺好”“没事”。

小庄说：没事你写那个信是什么意思嘛！让人家多担惊受怕你知不知道你？

高积云说：……唔……

于小庄说：你唔什么唔？我到底哪点不好？我有哪点做得不对你说出来嘛。

高积云说：唔……没啥。

于小庄说：没啥是啥嘛！

高积云说：……嗯……

于小庄说：你倒是说个痛快话呀！

高积云说：唔……那边战士们在等我，没啥事我就挂了。

于小庄急了，语调一下子提高八度：高积云你给我站住！今天你不把话说明白，我不能放你走。

高积云说：我那边真的有事。你也好好去看看病吧。

于小庄一听，声音又跟着上去一个八度，尖着嗓子叫：你说什么？你说谁有病？我看你才有病！我有什么病我看病！

高积云一听，话说到这里还不明白，只好破釜沉舟地说：你去看看你的支气管炎，你每喘一下，我都担心你要断气儿……

于小庄尖叫了一声：你说什么？

然后就听脑子里"嗡"的一声，一口气噎住，站在那里半天没倒上气儿来。

高积云说的这叫多狠的话呀！连"断气儿"都说出来了。她还能说什么呢？

来这儿的一路上她真是把什么原因都想到了：高积云出事了！高积云犯错误了！高积云受处分了！高积云移情别恋了！高积云得了不治之症了！他不忍心连累她，所以要提出分手。她呢，不管他遇到了哪种情况，都要从一而终，坚定不移，都要一心一意地爱他，安慰他，不弃不离，陪伴他走到底！

哪承想，问题竟然出在自己身上，他把他自个儿推得干净，竟然在于小庄身上找原因，找碴，刚刚睡过自己，转身就翻脸不认人，这这这……他这还叫个人吗?!

于小庄不由得气得大喊一声：你才要断气儿！你们全家都要断气儿！

然后她重重摔了电话，就势蹲在地上"呜呜"大哭了起来。

女营业员都看呆了。能够打长途电话办事的人本身就比较稀少，而在长途电话里打架的人她还真的是很少见。她看着蹲地上痛哭的于小庄，一时也愣了一阵，末了，才过去拍拍她的肩：哎哎，起来吧，下班了。

于小庄这才醒悟过来，抬起头，艰难地站起身，拖着沉重的步伐，跟女营业员到窗口结账。

一出邮局，天气已经完全暗了下来。她找到自己的自行车，骗腿儿上去，两腿机械地蹬着脚踏板。冷风吹来，眼泪就在脸上结了冰，但她并不觉得冷。她的心早已比这更冷。

这时她才在想，高积云一定是变了心！他活着，活得好好的，活得挺滋润，一点点毛病都没有。她就是想甩了她，玩儿完了就甩，就是不想要她了。她这时才把问题回归到自己身上，才想到自己在高积云面前的自卑，自己出身不好，文化程度不高，长得也黑，无论从哪方面来说都配不上他……但是他为什么要耍弄她？看不上她为什么不早说、不明说？为什么还要引诱得她失身，把她玩弄了以后才甩了她？

她怎么也想不明白这些。等到骑完了5里路，回到厂子，人已经快冻僵了，心也已经僵了。

天色完全黑了下来，是冬季那种黑咕隆咚深不见底的颜色。月亮完全躲在乌云的身后，天空成为巨大的黑色穹隆。北风又在屋外呼号，预示着更大一场寒流的来临以及一场暴风雪的肆虐。于小庄将僵硬的身体抛向工厂单身宿舍那张窄床上，不吃不喝也不睡,行同僵尸。她这个床位一直还空着,近来招工来的单身女性少,女宿舍里一直没住满。正月里,该回家的回家,没过完节的过节,除了无处可去的人,没人会滞留在单身宿舍。工厂食堂也还没有正式开伙,这会儿工夫,别说吃饭,想要喝上一口热水都难。除了去打更的门房牢头那儿去讨要,否则,什么也别想。于小庄现在已经完全走不动了,浑身没一点力气。她既不想到高积云家里去住,也不想回自已娘家,只想这么昏死过去,一觉睡过去,无知无觉,死掉算了。这时已经感觉不到饿,也感觉不到冷,神经已经被痛苦麻痹了。哭一阵,睡一阵,睡醒了,想想,再哭。千头万绪,理不清,说不明。屋子里也没有暖气,只有一丝丝回水在暖气管子里边走,以防止水管冻裂。厂子里的锅炉,还没开始烧,宿舍连同洗澡堂子的暖气,都还没开始供应。她扯了一条邻床的棉被压在身上,然后就哭哭睡睡直到天明。

第二天,果然是个大冷天,鹅毛大雪飘飘忽忽下了起来。没人理她,没人知道她隐藏在单身宿舍里睡着了。车间主任也就给她记了个病假,等着她下次来的时候补上诊断书和假条。人们已经习惯于她这样请病假了,逢到她哪次旷工缺席,那肯定是又得了感冒发烧什么的。她就这么着昏躺了一天,直到傍晚快下班的时候,同宿舍的女工回来拿被罩回家里洗,才发现了她,见她躺在床上,躺得扁扁的,眼睛肿得像烂桃,嗓子眼里“呼哧呼哧”得像拉风箱。女工奇怪,说:于小庄你没回家?你怎么一个人住这里呀?她却不答,只是裹在棉被里哆哆嗦嗦的。女工见她不答,好心上去用手一摸,却见额头烧得滚烫,不由得惊叫道:怎么,你发烧啦?还不赶紧去医院?

恰好车间主任他们这会儿都还没走。女工急忙帮她穿戴好,几个人连拖带抱把她架上一辆刚修好的解放牌大卡车。卡车一路“咕哧咕哧”,碾着松软的飞雪,一路将她送到医院挂上了急诊。

这一次她病得可不轻,支气管炎加上严重心病,立刻被医院接诊要求住院治疗观察。护士进行了惯常救护,输液,吃药。第二天,医生来了以后,又详细检查了一遍,问了病史,听了心肺音,照了X光,做了心电图,一系列程序都走了一遍。以前于小庄感冒伤风喘气费劲的小病,也不过是自己来医院开点药,胡乱吃了些川贝枇杷露之类,挺一挺,也就过去了。这次不同,好像伤了元气,高烧连续两天总不退。医生嘱咐护士注意观察,同时吩咐将速效救心丸放在她身边随手能拿到的地方以防万一。末了,还问她亲属来没来。

于小庄在半昏半醒的当儿听到这话,就接过来说:我没有家属,我是孤儿。大夫你有什么话,就直接对我说吧。

来查病房的穿白大褂的中年男大夫抬起眼,从眼镜框上边斜过来一道狐疑的目光,最后还是说:你这个病,是陈年旧病,慢性支气管炎,偶有重度缺氧和哮喘,同时伴有心脏杂音和心律不齐。这个病,医学上目前没法彻底治愈,只得长期服药维持。如不注意,发展下去,后果将难以预计。

小庄听罢,将头扭转开去。

窗外,大雪如画。雪,纷纷扬扬,正从天空倾泻而下,给天地披上一层银妆。世界顷刻间变了另一番模样。

几滴热泪,从于小庄的眼角悄悄流出。

高积云的父母见她几天不回家,打电话到厂子里,听工友们说她病了,住进了医院。把老两口急的,从干休所叫上一部车子,老两口踏雪前来看望她。婆媳相拥,泪眼婆娑。于小庄心里更是五味杂陈。几天不见,她那好看的小脸都瘦成了一小条,老太太看了直心疼,直埋怨这孩子不懂事,病了也不跟家里说一声,哪能自己这么挺着啊?以后但凡有什么事,一定要跟家里打招呼。老头则只顾把大包小包的食品、罐头摆在小庄床前。

于小庄一时百感交集,不知道该怎么说,眼泪又扑簌簌流下来。这是比亲爹亲妈还亲的一对老人哪!自己咋就没有这福分消受呢?

她紧咬着牙,关于高积云给他写绝交信的事,只字未提。

她自己的亲娘,却根本就不知道她生病住院之事,也很难晓得女儿正在干些什么。一来,她们家的通讯不便,没法像高积云家一样随时电话沟通;二来,娘也早就不干涉她的行迹,不管她是住宿舍也好住未来婆婆家也好,娘的态度是,反正她也是个能挣钱养活自己的大丫头了,自己干的事自己担着。

从来没享受过母爱的人,怎经得起别人对自己的好,怎能不在高家老太太母亲般的抚爱面前簌簌流泪呢?

于小庄的心哪,都裂成八瓣了!她难过、不舍、愤懑、自贱……一应俱全。

等到病好以后,她回家问了问母亲,说自己在家住的时候,娘听没听到过自己睡觉时气喘?娘证实了她的说法,说她自打乡下回来,每回睡觉那嗓子眼里就跟拉风箱似的,一晚都不得安宁,听着那个累呀。有时娘担心她会憋过气去,不得不起身推她一把,让她翻身换个姿势。

她憋着眼泪说:娘你咋不早跟我说呢?

娘说:咋?那病是在你自个儿身上,早说晚说还不一样?

到了这会儿,于小庄也只有忍悲含泪,黯然神伤。

半个月过后,她又去了一次高积云家,最后住了一宿。一来想收拾一下还放在他家的东西,跟老头老太太做一次悄悄的诀别;二来她也是还有一层目的,想借用一下他们家的录音机。她不服气,也不相信,想知道自己的气喘到底到了什么程度,会让高积云说出那等狠毒的话来。那时候刚兴起用录音机,砖头似的那种。他们家老头从老干室里拎回家一台,录评戏用的。

小庄一迈上他们家门槛,心就怦怦乱跳个不停,想止也止不住。老头老太太却不知缘由,对她热情依旧。见她病体未愈,老太太还要亲自下厨房给她煲汤。小庄进了屋,上楼,一推开她和高积云住过的那个房门,一下子腿就软了,眼泪含满了眼眶。她强忍着,没让泪水流下来,蹲下身去,用手轻抚那松软光滑的缎子面的床罩、柔软的荞麦芯绣花枕头,那是她在高积云回家探亲之前,花了自己的积蓄,走遍了大小商店,精心挑选买来的。她的手一点一点、一寸一寸从那缎子面上滑过,那里还留有高积云的体味,生机勃勃,青春萌动的体味,像强心剂,将爱和生机喷涌、灌注到她的心田里。她那从不被注意的草芥般的生命因此而变得鲜明、辽远,有了深长的意义。她跪在地上,将脸埋在被子里,贪婪地嗅着里面的气息，那是高积云留下的爱情的动人气息；她又把枕头拿起来，使劲捂在脸上鼻子上嘴上，贪婪地攫取里面留存的一点点真情和暖意。

到了晚上，睡觉的时候，她悄悄把录音机拿了来，放在自己卧室里。临睡之前放上一盘磁带，想录下自己睡觉后是什么动静。但是，根本睡不着。躺在松软的被窝中，却像架在柔软云团里，左够不着边，右也够不着边。上下前后都不牢靠，睁开眼是高积云，闭上眼是高积云，高积云的体香萦绕，高积云的呼吸犹在耳畔，咻咻的鼻息，湿漉漉的耳语，高积云那纠缠着她的孔武有力的双臂，毛茸茸的大腿，还有让她羞得喘不过气来的亲热动作……一时间，她既燥热难耐，又五脏俱焚！她已经失去判断能力了，只能忍着，耐着，不知什么时候是终结。

……等到醒来时，天光已经放亮。是被楼下散发的蛋炒饭的香味和油烟熏醒的。想了一想，自己这一夜，似乎全是梦，却断断续续的，说不上是睡着了还是醒着的。扭过头去，见床头录音机的键已经自动弹回。于是她迷蒙之中按动开关，把磁带倒回去听。不听不要紧，这一听，果然惊悚！

那里边，传出的果然不是人的呼吸动静，果然是一个随时都可能断气儿之人的垂死挣扎。

她被自己吓着了！心怦怦乱跳着，问：这是我吗？这是我吗？这真的是我吗?!

还用问吗？

她立刻明白了高积云的惊骇，还有那个“断气儿”一词的由来。

到这时,于小庄只有低头认命,自卑而且绝望。

她强忍着自己的失魂落魄,装作没事人一般,强颜欢笑地跟老两口一同吃了一顿最后的早餐,还帮他们洗好了碗,然后告诉老头老太太,自己参加了一个为期半年的职工技能培训班,吃住都在技工学校,最近一段时间不能过来了。老太太还不舍地说:那没啥,等到星期天放假你就回家来。需要什么就打电话到家里,让你伯伯给你送去。

于小庄的嗓子眼里又一次哽咽起来。

她提起自己简单的背包,出了高积云家屋门。走出几步,回身再看,老两口仿佛似有预感,竟一齐站在房前台阶上目送她。冬日的晨曦照着那一对和蔼善良的老人,把他们的白发染成金黄色。见她回头,他们一起举起手,向她摆了摆。她也抬手向他们致意。然后,穿过干枯的冬青树丛,一步一回头,在老人的注视之中,走出了那个天堂般的空军司令部大院。泪水,还没等滴落,就在眼睛里冻住了,冻成了两根永久的冰柱。

第六章　两个婚礼和一个葬礼

1

婚姻在一般老百姓眼里是什么？就是命。命好了，撞上大运，就一辈子享福；命不好，遇人不淑，结婚就等于进了深牢大狱，一辈子不得好。弄不好，等于直接进了火葬场。

这话绝对不是危言耸听。落到于小庄身上就应验了。

五矿机械厂电工班班长夏冬临出现的时候，正是于小庄万念俱灰的时刻。和高积云搞对象黄了以后，于小庄形销骨立，整个人的魂儿都被那个解放军排长带走了。她撤出了空军司令部大院那幢二层小楼，又重新跟娘和弟弟妹妹窝到小平房里过起鸡毛蒜皮的草根日子。高家老头老太太后来约略听说了儿子和对象黄了的事，也不知道原委，还在电话里一个劲儿对儿子追问、对于小庄追问。但是两个人都哼哼哈哈，咬紧牙谁也不说，真实原因坚决不透露。被逼问得紧了，只拿一句“我们俩的性格不合”搪塞过去。在这一点上倒像是约好了似的。老两口无话可说，倒是深明大义，听到于小庄在电话里声音哽咽，他们感叹唏嘘地一边劝，一边谴责自己那儿子没良心，瞎了眼，肯定这事都是自己家那倒霉儿子不长眼。他们真诚地劝慰于小庄说,闺女啊,咱们虽没缘分做一家人,以后也要常来常往,咱们就当亲戚处着。闺女你别在意,就凭你这相貌,国有厂子里的工资拿着,将来找个什么样的找不着!肯定比我们那没心没肺的儿子强。

于小庄什么也不能说。她只能忍泪含悲,捧着自己心口那巨大的黑洞,深不见底的大洞,把一切愁苦都使劲吞咽下去,吞咽到一个同样深不见底的地方,在那里把爱情深深地埋葬。

电工班长是她娘托人给介绍的。她娘最见不得二丫头回家来后失魂落魄那个熊样。娘又用一根手指戳着她的脑门子,恶狠狠地数落说:我跟你说过,女人太上竿子不是买卖吧?你还不信!这回怎么样?你说是不是不听老人言吃亏在眼前?

几乎瘦成一把小干柴的于小庄忍受着失恋造成的胃绞痛,手捂肚子,蹲在炕沿边上艰难地端碗吃饭,一听这话,眼泪又流出来,把饭碗往炕沿上一蹾:娘你就别说了,你就少说两句吧。

那老太太占了理,岂肯轻易住嘴?老太太越发变本加厉地叨叨:我就估摸着老高家那小子不是个物,那种家庭出身的人,咋能瞧得起咱们家?要不,娘替你出口气,咱们告他去?给他部队里写信把他搞臭,看不整死他个喜新厌旧的陈世美!

小庄一下子泪流得更欢了,她站起来,到脸盆架上扯下一条毛巾擦着眼:娘你别说了!我的事,你就别管了。

接着就是呜呜呜呜呜,蹲在墙角一通止不住地哭。从小到大,她就不太会哭,小时候淘气她娘打她,长大后下乡干活累、受委屈,她都从来不哭,没想到,现如今才发现原来自己的泪腺这么发达,眼泪还能够这么汹涌！好像她身体里的水分都化成了泪，全为高积云流了出来。

没人知道她跟高积云究竟因为什么黄的，双方父母也不真正清楚。她回家跟自己娘说，是高积云那小子在外边又有人了，也是个部队高干家的女儿。于老太太信以为真，一说起来就往往义愤填膺，总想往高积云部队里写信控告。其间的苦和怨，只有于小庄她自己知道，只有那个高积云知道。

娘眼看着二丫头茶不思饭不进，快瘦成个鬼，她就走东家串西家，托四邻八舍替自己二闺女寻摸人家。想想吧，还是自己那大闺女小顶让娘省心，她已经自个儿在当地找个对象成亲，静悄悄地完成了自己的婚姻大事。（她哪里知道那老大是报喜不报忧，千仇万恨永远都自己扛着?!）这个老二，最不能体谅娘的苦，眼下已经24岁，眼见得快要成为老姑娘，再不张罗着赶紧再找，越拖越岁数大嫁不出去。她娘急得像火上房。邻居们也能体谅老于太太的苦心，凡是看过军绿吉普停她们家门口的人，都从她娘口里知道，有个当兵的小子以搞对象为名把老于家二闺女给耽误了，那小子后来又勾搭上别的姑娘，闹得现在这么一个如花似玉的于家二丫头竟然没着没落的。邻居中有几个喜欢保媒拉纤的，得到老于太太委托后，不断零售和批发过来一些未婚男性。可是于小庄总是爱搭不理，脸阴得能滴出水来，让她去相看她也不去，偷偷安排男方到她家里来借引子相看她，她一察觉来人有此意，根本不给人好脸，门帘一撩，出去了。

把她娘急的，终于失去耐性，破口大骂道：二瘪犊子，你一天到晚嘟噜个脸子，你给谁看哪你?！我这个当妈的把你养大，你说我是该你的还是欠你的？挺大个丫头总赖在家里，你到底想怎么着吧？

于小庄也不回嘴，她连回嘴的兴趣和力气都没有了。只是含着眼泪，迈出屋门，走上大街，像一具没有生命的稻草人，茫无目的地踟蹰着。已经是春深了，大地冉冉蒸腾一股暖烘烘的含苞发芽气息，白头鹭在水边悄声地吟唱，河边的柳枝随风飘拂。桃花开了，梨树也绿了，一池春水盈盈荡漾，到处都是春的暖意。路上行人们早已经褪去臃肿的冬装，换上了轻便的衣衫。刚刚脱掉棉袄棉裤棉鞋的小女孩们，简直高兴得不得了，像从冬的桎梏里解放了一般，仨一群俩一伙儿扯起了猴皮筋，在大马路上欢快地跳跃飞舞，一个个都像身姿轻捷的小燕子。不管生活怎么艰辛，人们仍然坚韧快乐地向前，向前，活着，憧憬着。

然而，这勃勃生机影响不到她，于小庄心里仍然是数九隆冬万物凋零。自从跟高积云分手，那些曾经共同走过的彩色甜美的街道、树丛、公园、楼房，又返还成了灰蒙蒙脏兮兮的惨淡黑白，她的眼里，重又蒙上厚厚的翳子，鼻孔也堵塞进万千尘沙。没有什么街景再能入目，没有什么香气再能沁肺润肠。

不知谁能够在她冰冻的心里凿出一个窟窿，让春日的暖阳照射进去？

实在拗不过去了，无路可走，于小庄终于还是赌着气、窝着心，跟夏冬临见了面。新介绍这个夏冬临比于小庄大5岁，人长得一般，个矮，小眼睛，肤色较白，不长胡子。小伙儿穿得挺利落，一件灰色涤卡外套里边配了件白衬衫，一条褐色帆布裤子，裤线熨得笔直，一看就挺讲究的。他的家里生活困难，上边有俩姐姐下面三个妹妹，妈没工作，爹提前退休让儿子到厂里顶替当工人，故而才让他逃避过了上山下乡。一看这些条件，哪儿都跟高积云没法比，简直就是天上地下。

但是，现在哪还是那么比的时候啊？介绍人事先预告说，夏冬临在国有大厂子工作，挣钱多，待遇高，结了婚就能分房。于小庄对他一点也没看上，只有这最后一点能让她微微动心。于小庄现在最需要的就是搬出去住，她需要的是有个落脚的地方。她无法再回到厂子单身女工宿舍去住，那场恋爱尽人皆知，如今被高干子弟甩了，她哪里再有颜面见江东父老！如果再待在家里听娘的数落唠叨，整天撵人催嫁，她就非成神经病不可啊！

电工班长夏冬临同志，第一眼就被于小庄的美丽给镇住了，以至于后面的谈话相亲情节都恍恍惚惚没记清楚。他所接触过的女人里，除了家里一群歪瓜裂枣、豁齿龅牙的姐姐妹妹，就是工厂七荤八素浑不懔、当着许多大老爷们面就能撩起衣襟奶孩子的大老娘们。他心目中最美的美人，就是电影《卖花姑娘》里那个长着一张柿饼子脸的花妮。曾几何时，他遇见过眼前这般杨柳细腰、赛若天仙的真美人儿?!

虽然这会儿是于小庄心情最不好的时期，也连带着她的美丽容颜打了几分折扣，但是美人坯子，何时何地都有一份底子在。尽管她容颜略显憔悴，一双美丽桃花眼似乎总是盈泪，但是那股说不出的忧伤更增加了她浑身楚楚动人的味道，把个夏冬临看得眼睛直勾勾的，都有点不敢相信，心说这么大的美人，又是国有厂子职工，各方面条件都算拔尖，为什么拖延这么久才来找对象？

事后他还把介绍人悄悄拖一边，问老于家丫头不是有什么毛病吧？这么好条件咋才找对象？

介绍人是跟夏冬临一个厂子的老师傅，他的老婆的妹妹家挨着老于家住，老师傅拗不过家庭妇女老婆的磨叨纠缠，有一搭无一搭接下这么一桩子保媒拉纤的活。现在他一听夏冬临这么说，立刻不高兴了，因为这本身也是对介绍人的不敬和大不信任，于是立刻大眼皮一抹搭驳斥他说：我说你小子，我看是你有毛病吧！还敢说人家姑娘家有什么毛病。你这可是捡了便宜卖了乖，鲜花插在牛粪上，牛粪还怕鲜花插啊！人家就是因为条件太好、太挑剔，最后挑花了眼了。这不嘛，要不是因为年龄大了，她娘着急，人家这还晃悠着挑拣呢！你小子还不赶紧主动点献殷勤，去晚了，连黄花菜都凉了，哪还有工夫在这儿说风凉话！

夏冬临一听，心里一块石头落了地。于是夏冬临十分主动，拿出了看家的本事，献殷勤，表忠心，轧马路，买冰棍，送手绢，送头巾，出手大方。不光贿赂于小庄，同时也没忘了讨好未来丈母娘，星期天没事就到丈母娘家干活，担水、买粮、买煤、打煤坯，样样都做，连剁鸡食这样的活也抢着做。他还时常送些小礼物，笼络未来小姨子小舅子，给小芳买了一副尼龙手套，给小刚装了一个晶体管收音机。

这一通忙活的，很见效果，夏冬临同志的勤快热情、热爱劳动、心灵手巧的优秀品质，给娘家留下良好印象。她娘开始数落三心二意的于小庄:二丫头你说你还想找啥样的? 别总一天半死不活地对人家。我看那夏冬临人不错,人家对你那叫一个好! 为了你,那叫啥都舍得出来! 你想想,你那个高积云还有那个什么大下巴那小子,能做到这样吗?

不能,的确是不能。即便不能,于小庄心里的某一部分,还是被高积云给掏空了,空出一个大洞,很大很深的洞,任何人都没法代替去填充、弥补。

夏冬临更是不能。任由他里里外外忙忙乎乎,做着雄性生物求偶的一切动作,于小庄心里就是木然,不迎合,不拒绝,听之任之,听天由命。直到相处两个月之后,夏天来到的时候,有一天,夏冬临告诉她,厂子里在北陵那边有一批新房,如果他们这时办登记结婚,这批分房就能赶得上。他这么说着的时候,于小庄心里还在别劲,似乎是在说,这算什么! 哪有为了分房而结婚的! 你把我当什么人了? 她还有些瞧不起地用白眼翻了夏冬临一下。

夏冬临不管这些。他恋爱心切,也结婚心切,从厂子房管科哥儿们那里借来了刚刚竣工的那幢楼房的钥匙,在一个草木葳蕤的夏日午后,说服了于小庄跟厂子里请假,和他一起去实地考察新房。

两人都跟厂里请了假,说好了在北陵大街南端路口那儿集合,然后骑车一同前往。北方的夏天,是个很美的季节。太阳不是那么酷烈,阳光普照,微风和煦,白杨树叶子变成深绿,叶片在风中闪动,浮现出一层金色的梦幻色彩。于小庄仍然骑着她那辆旧的自行车,穿了一件水红色的确良衬衫,衬得她的脸庞也有了青春的粉嫩，在一路的灰色建筑物和绿色植物中非常耀眼。这件衣服，还是在高积云临回来探亲时，她跟那些床罩枕套什么的一起买下，预备以后穿给高积云看的。它已经压在箱底深藏了一段时间，不知怎么，于小庄今天把它翻出来穿在身上。也许，季节的晴和也可以转换一下人的心情吧！

夏冬临先到了，他扶着自行车等在那里，也是心情好得不得了。年纪轻轻，就能分到新房（虽然分房之前还要履行最后一个条件，那就是要给厂里亮一下结婚证，但那基本上也是手到擒来的事情），他心里充满了成就感。结婚和分房，分房和结婚，是两个互为因果的条件，两个都跑不了，两个距离他都不很遥远。想到这里，那青春的得意浮动在夏冬临的脸上。小伙儿今天穿着件白衬衫、蓝裤子，一双时髦的三接头皮鞋，这款鞋的鞋跟儿在里边偷偷楦得有点高，在外部却看不出来是高跟皮鞋。这可是他左寻右找才找到的一款样式，就是为了有效地将身高偷偷提升到能跟于小庄并肩的程度。为了这双皮鞋，他曾经站在百货商店柜台前来回逡巡多次，最后咬咬牙，一狠心把攒着结婚的钱也动用了一部分方才买下。作为结婚先期投资的一部分，花这笔钱还是很有必要的。他想。

待到见了翩翩而来的于小庄，小伙子被她的娇艳的粉红狠狠晃了一下，“腾”地一下，他的眼睛有点红，春水爱意盈上心头，连他的小白脸儿都有些红了。

而于小庄似乎仍没感觉，对他的精心选择穿戴的一件雪白的衬衫、锃光瓦亮还偷偷垫了高度的三接头皮鞋，对他浑身的一切似乎都视而不见，眼中无瞳，只淡淡说了句：早来啦？走吧。然后就骑上车。夏冬临兀自心情激动地跟在身后，不时定定地瞅着她的柔软细腰，瞅着她的微微扭动的两瓣屁股，瞅着她那两条灵活细长捣动的山羊腿。越看越看不够，越看胸中越起波澜。

新房越走越近了。鹤立鸡群似的，那幢灰色的新楼远远矗立在地平线上，周围则是城郊广阔的菜地、绿野，以及一排排老式低矮的平房。越走越近，越走越近，直到下了车，停在那一幢新房面前时，于小庄才觉得胸口上像被人狠狠擂了一拳似的，一拳，就把她那闹癔症的脑子擂醒了！

那真是一幢让人眼热心跳的房子。平常，当人们第一眼见到一个意中人时的心跳也不过如此吧！于小庄想。她强忍住自己的激动，不让它过分溢于言表，以免招致夏冬临的瞧不起。新楼位于皇姑区北陵大街西北边缘。它的前方，是开阔的郊野，大片大片的绿色，看得人心情舒畅。一望无际的平原尽头，是在城里难得一见的悠然远山。楼房的后方和左右位置围绕的那些灰突突的低矮平房，更衬出它的非同凡响来，似乎还有一种霸气在里边。夏冬临似乎揣摩到于小庄心思，既是讨好也是炫耀地说，这还是工厂在此地盖建的第一批宿舍，过不久，这两边的地皮厂子里也要买下来盖职工宿舍。于小庄表面上没说什么，心里却暗生感叹和惊诧，心说大的矿山国有企业，到底是财大气粗，到底是那些大集体和个体企业所不能比的。

这座灰色六层楼房端端正正，在周围平房的簇拥中，真有点像个骄傲的王子或公主。从单元门进去，每个楼梯口有三家，左边二居，右边也是二居，中间是一个一居。夏冬临说，凭他现在的条件，只能分到一个一居室，等到以后年头够了，有了小孩以后，还能够调大一点的。

说到“有小孩”时，夏冬临故意加重了语气，顿了一下，留下一个语言空当，然后不失时机地扭头去瞅于小庄。于小庄则假装没听见，心里却已怦怦乱跳得不行，赶紧用手掠了掠头发帘儿，以掩饰一下心中的慌乱。

夏冬临拿着钥匙开了房门，然后他并不急于进去，而是扬手让于小庄先走。于小庄就有点没着没落的，有点说不好自己的心情，也不知该先迈哪一条腿似的，扭扭捏捏、小心翼翼地踅进屋去。夏冬临随后进来，反手把门带上。

夏季午后的阳光，从南窗里温柔地洒了进来，虽然屋子里还只是一片空荡荡的模样，只有四壁的白墙、脚底的水泥地面，但是它那时尚的格局，轩敞的起居室设计，阳光一照到底，四处一片通透、灿烂，令于小庄有了眼前一亮的感觉。这套新房，夏冬临已经偷偷来过多次了，从打房子开始建设那天起，还是一片钢筋水泥大窟窿洞时，夏冬临就已经盯得死死的，不断给房产科科长送礼套近乎，已经铺垫下足够的分房准备。天上不会掉下馅饼，穷人的孩子早世故，好事自己不去争取，没人会拱手给送过来。夏冬临已经有了足够的社会经验，这一点道理他还是相当懂的。

到了自己熟悉的屋子里，夏冬临变得十分自得自在，他指点牵引着于小庄，分别查看每一间屋子，从客厅、卫生间到厨房、卧室，一点一点给她介绍着格局和每一个房间的平方米数。他打开窗子,介绍远处那片即将被圈起的耕地,又推开客厅通往阳台之间的门,引着于小庄站在阳台上一起极目远眺。那时候,碧蓝的天空中正飘拂着大朵大朵的白云,阳光“呼呼啦啦”着蜂拥而进,争着抢着打在他们身上映出光环。田野的风,刮来大片大片的清新;满眼的绿色,把心中的久存的荫翳都洗去了。于小庄的刘海被吹得散乱,却越发感到舒适而且惬意,五脏六腑都被洗涤了一般。

如果此时有人在远处打量,定会看到这样一幅春意盎然的美好情景:平地而起的楼房五层高处的阳台上,一个意气风发衬衫雪白的敦实青年和一个水红衬衫的美丽女子临风而立,小伙子指指点点,殷勤说着什么,姑娘也微微颔首,似对他的话表示赞同。夏季微风鼓荡着他们的胸口,烘烘暖意优游着他们的心情。这是多么美好的季节、多么美好的青春哪!

户外景色看罢,夏冬临关好门窗,又将小庄牵回屋中。这回,他们一直不知不觉就牵着手,也不知是什么时候牵上的,于小庄竟没有拒绝。夏冬临的笑意一直浮在脸上,小眼睛笑眯眯地看着她说:怎么样,还满意吧?

于小庄一时不知说什么好,只是抿了抿嘴唇,低了低头,将掉到耳根处的头发梢撩上去,忽然间有点不好意思起来。

夏冬临趁热打铁,腾出一只手来,从兜里掏出那一串钥匙,往她的手里一塞,低声说:嫁给我吧!只要咱们一登记结婚,这把钥匙就归你了!

于小庄手心触到这串冰凉的钥匙,耳朵边又听到夏冬临这么低低的耳语,一时竟不知怎么办才好,不免慌乱起来,又娇羞地低下头。夏冬临一只手从下面托住她的手，另一只手将她那绵软的五个手指并拢、握紧。现在，她的攥紧钥匙的小手被夏冬临的手牢牢握着，攥在他掌心里，然后，又被一起推至胸口，停在她的身上。接着，就是夏冬临的身体胸贴胸地挤了上来。夏冬临浑身激动得语无伦次，双臂腾出来搂住她的身，嘴里一边叫着“宝贝宝贝”，一边在她的脸上嘴上乱拱乱亲。他的力气蛮大，把于小庄挤得往后踉跄了几下，正好退到墙边站着。夏冬临就把他挤靠在墙上，没有章法地乱忙着，脸贴在她的脸上，两条有力的大腿也生生在底下夹住她。于小庄竟也不知何时，欲拒还迎似的，将自己手臂弯过来从背后搂住了他。夏冬临读懂了这一暗号，更加使劲地用嘴堵住了她的嘴唇，手里边也不得闲地动作着。他的嘴只是在那儿闷着不动，并不是很令人舒服，闷得她有点喘不过气，她就将头偏了一偏，将嘴唇让了开去，展现给他不设防的身体其他部分。夏冬临的嘴巴顺势下滑，亲着她仰起的脖子，亲着她脖子下一小片露出的肌肤，又手嘴并用，使劲拱开了她的衬衫。

粉尘飞舞，光线闪烁。下午从窗口打进来的一束光影之中，蠕动纠缠着两个热血沸腾的年轻人。于小庄有些陶醉，有些不能自持，像漂浮在波涛万顷的大海上，有些听天由命、随波逐流的松懈。夏冬临，却如一条拉紧了的弓，越绷越紧，紧张而迷乱地寻找运作着。当那颤抖而慌乱的手指触到了小庄敏感的地方时，她却突然紧张了，突然醒了过来，似乎也是没来由的，蓦地醒了过来，突然把身子绷紧，直直地往后躲，原先瘫软着的身子也突然立了起来。她这一躲，把夏冬临吓了一跳，也愣了一下。

怎么啦，宝贝？

他一边哄着、慰问着，一边试图重新进入。

她却躲了，说：不行……不行！

没事……宝贝……宝贝，让我摸一摸，就摸一摸……他还试图继续向下探索。

这回，她却很坚决地抽回身子，躲了，嘴里却说：不行，这里，不行……

他有点醉眼迷离，有点疑惑，还未从那股情绪里解脱出来，说：哦，这里，怎么了？

她撒着娇说：这里……什么也没有嘛！

这回，他好像醒过来了，说：哦，哦，是，是……

他好像理解了她指的是这里除了水泥地就是四面墙，什么也没有，没有一张可以躺上去行好事的床，也没有一把椅子。是不大方便啊。总不能躺在这水泥地上吧？

不要紧。他喘着粗气想，等下回来就有了。下回我一定要事先把这一切物件预备好。反正这小宝贝也逃不掉，早晚是我的人。我随时想要，就能要得到。

虽然意犹未尽，他们，主要还是他，还是就此整理衣衫，鸣金收兵。

由始至终，于小庄手指弯曲着，始终攥着那把房门钥匙，一刻也不曾离手。

2

就是这座新崭崭的房子，治好了于小庄的失恋抑郁症。于小庄虽曾入住过沈阳空军司令部高干楼，但那毕竟不是自己的，她在人家家里处处小心翼翼，一点主动权都没有，整日低三下四，说得不好听点，简直像个丫鬟仆人。现在不同，只要履行一道手续，就是说，把户口本从家拿出来到街道登记处和夏冬临盖一个戳，这个房子就归他们了。房子的钥匙，有一把就是她于小庄的。她将是自己家庭里的主人！这种差别将是多么巨大！

于小庄这时才像从一个漫长的梦里惊醒，原先恍惚的一切都变得具体实在。对待结婚这件事，她好像突然之间就变得积极、活跃，对待夏冬临的态度也一天天缓和、亲近起来。夏冬临虽然不能完全理解这种变化的深刻来源，但是，这房子起作用了，他还是能感觉到，看房前和看房后的于小庄态度一百八十度大转弯，对他的亲热举动也有了比原来热情了许多的反应。夏冬临得寸进尺，总想伺机挣扎着越过最后的那一道门槛，早点把生米做成熟饭。可每次的挣扎总是半途而废。于小庄不让。于小庄最多也就让他的手摸一摸到头了。她自己也说不出是为了什么。尽管她对夏冬临的身体接触已经不再那么厌烦，已经生出了熟识感，但关键时刻，身体仍然本能地感到拒斥，仍然没法和他一下子就走到最后那一步。是她不爱夏冬临吗？似乎也不是。最起码她需要他的房子。那么是她爱夏冬临吗？似乎也说不过去，她就从来没想到要跟他主动亲近过。那么到底是什么？她也说不清。

她是有过恋爱经历的人，能够体会出这里边的些微差别。是高积云，高积云在她心里挥之不去。他在她心里占据了很大一块空间，没有人能把他挤走。尤其是他给她的伤害，更成为她终生的心理阴影。伤害比爱更能长久。她需要时间。她需要在时间的煎熬和磨损里一点一点地疗伤，一点一点地恢复自信和自我。

但是，时不我待。她和夏冬临赶紧办好结婚证，拿下这套房子是当务之急。没有人给她疗伤的时间。没人来和她共同完成这一过程。说到底人都是自我的，都是自私的动物。自己的伤，不能企望别人去帮你修复、帮你养。只有靠自己，靠自身的免疫力和细胞的自我修复能力。她带着创伤，投入虚假的欢欣里，迎接着新的创伤的到来。

她知道她现在对胜利是手拿把掐了，她是主动方，她的允诺与否决定着夏冬临未来幸福以及房子去留的走向。她目前尚还有一份美丽和青春能把夏冬临这个穷困的丑小子拿捏住。在夏冬临央求她去登记之前，她还有的是机会再撒一把娇，再最后拿捏一把。

那时他们正在小河沿公园的林荫道上推着车子轧马路，白天的炎热退去，傍晚的树下有一股沁人的清凉和静谧。小河沿里的湖水缓缓流动着，岸边的垂柳婆娑，多情地将修长的枝条伸向湖水深处。微风摇曳，几只夏虫追逐笑闹点水而过，水面上激起一圈一圈平静的涟漪。涟漪一圈圈扩大，直向湖心蔓延开去。白天的游船此时也平静地泊在码头里，偶尔有值夜园林工人的摇桨声顺水而过。夏冬临穿着件白色短袖汗衫，露出十分结实的臂膀来。他总是喜好穿白色，白色把他的一张方脸衬得十分洁净。于小庄穿了件浅粉色的的确良短袖，一条棉质长裙，脚下是一双白色塑料凉鞋，看着清爽又明快。她脸上的气色正在恢复，一点浅浅的红晕，在不经意微笑时会淡淡地浮现出来。夏冬临眼神只要一落到于小庄身上，就挪不动了，他不由自主，目不转睛，身体都不知道怎么动作好，笨手笨脚，整个人就如同花痴一般。

为了平息自己的情绪，他不得不将目光转开去，转而寻摸路边的树林，看看哪一片树丛比较密实遮人耳目，可以将于小庄哄骗进去欲行好事，哪怕是片刻的肌肤之亲也行啊，至少可以解解渴。

于小庄似乎看透了他的心思，故意不理他那个茬，他建议停下来休息她就是不停，还是漫无目的地走。她边走边趁着他心潮澎湃难以自抑之时，有一搭没一搭地提条件、要挟，编排自己无数条缺点，并且夸大了它们的含量，让夏冬临要有个思想准备，让他看着办，先想好了，看能不能接受，以免结婚后后悔。

都到了这份上，箭在弦上，一触即发，那夏冬临还有什么不能接受的？于小庄就是提一百个条件一千个条件，让她到天上去给摘星星挖月亮，他这时也敢点头应允。

于小庄说：我可将丑话说在前边。我脾气不好，倔，打小我娘就说我是个犟种。

夏冬临说：没事。我脾气好，我比你大，我让着你。

于小庄说：我没干过家务活，小时候都是娘在家里做，长大以后下乡插队，住集体青年点，吃大锅饭，自己烧饭做菜啥的，我都不会。

夏冬临说:这有什么? 这些我都会。从小我就跟我妈我姐她们学洗衣服、炒菜、做饭、包饺子、蒸窝窝头,以后这点活咱家都是我做。

于小庄暗暗咬住下嘴唇,没把一丝丝得意透露出来。想了一下,接着又说:我气管不好,有点炎症,就怕睡觉喘气影响你。

夏冬临更不当回事地说:哎! 这怕什么! 素常过日子谁还没个头疼脑热的? 再说这支气管炎肺气肿什么的也是咱北方的常见病。我爹也有这毛病,很难去得了根,多吃些川贝蒸梨有好处。

似乎该说的丑话都已经说了,该叫号的也已经叫过,该要挟缺点的也已经要挟,于小庄想不出还有什么别的。她心里得到了宽慰。按她的想法,自己的睡觉气喘毛病是最让她有失颜面、放心不下的。就因这,都能把高积云吓跑了。既然这个夏冬临能够这么不当回事,况且他家里自己亲爹还有这种病例,那她也就没有什么可担忧的。于是她停下车子,遂了他的愿,与他双双钻进路旁小树林,在路灯照不到的阴影处,让他挤在她身上手忙脚乱大肆亲吻揉捏了一场,先解解心渴。

3

结婚毕竟不只是两个人的事情,结婚也是全家族系统的一件大事。在两人决定去登记之前,于小庄她娘要求男方家里有个订婚仪式。养了这么大的丫头,也不能说领走就领走,总该有个表示吧。于小庄嫌麻烦,说:算了吧,我希望越简单越好,我大姐在乡下结婚也没走这一套程序嘛！

她娘一听，又不乐意了，说：死丫头，你说什么呢？婚姻大事，一辈子就一回，怎么能嫌麻烦？你大姐那是因为在乡下，来回来去跑起来不方便。你这双方家庭都在一个城里住着，那套老礼儿可不能省了。

没办法，拗也拗不过，就听她娘的吧。于小庄向夏冬临说起这话，夏冬临又回家跟他爹妈学了一回舌，他爹妈觉得这女方娘家的要求也不为过，定个亲送点彩礼什么的，也是应该的。

定亲的过程很讲究，仪式完全按照老礼儿进行。这是一个夏季周末的后半晌，先是晌晴薄日的天儿，知了不停地在树上聒噪，暑季的热浪正一浪猛似一浪地扑过老杨树枝头。一转眼，却是阳光逃逸，暴雨倾盆，天空中电闪雷鸣，南风斜刮着雨丝子劈头盖脸向大地上砸了下来，万般街景似都被刀刃一般的斜线劈倒，整个世界就像一块幕布，都变成了青灰色斜纹的。这是北方夏季典型的太阳雨，来得没有征兆，去得也没有由头，说来就来，想走就走。

于小庄等在家里，眼瞅着豆大的雨珠子从房檐上滚落，心里边不免就咯噔一下子：这好端端的天，怎么说下雨就下起雨来了？她的心里闪过一丝不祥。随即自己又晃晃脑袋，把不好的想法甩掉。她手里握着一块抹布，无事忙般擦擦抹抹，同时心里也在发愁：这定亲仪式还搞不搞得起来了？待会儿夏冬临还能不能领着他的爹和娘到达？

自打把定亲仪式安排在今天，从昨儿晚上开始她就在忙着打扫房间。擦玻璃，洗窗帘，抹柜门，打扫厨房和鸡圈里的灰。又翻腾出她下乡那会儿钩的那些白牙子边台布，四处蒙啊苫啊，把那些显露穷苦寒酸的部位全都遮上。那些台布，钩得真是精巧，镂空带些牡丹花、月季花图案，记录了一个少女的芳香年华。想想，那双纤纤素手是怎样从那密密实实的网眼里挑过跃过？这么些年来，她娘都没舍得用，压在箱底，已有些发黄。于小庄刚把它们找出来时还微微犹豫了一下，刹那间像见到了昨天的自己。她甩甩头，定了定神，最后还是把它们都派上了最普通平凡的用场。

今早起来，小庄又督促娘和弟弟妹妹几个把脏衣服都脱下，都要把过节出门串亲戚的像样衣服换上。她自己很辛苦地用大洗衣盆泡上肥皂水，将满满一大盆衣服浸在里边，拿起洗衣板，呼哧呼哧就搓洗起来。

她娘一点也不领情，还一边换衣服一边很不满地嘟囔：家里是要来什么贵客咋的？瞅你把一家人折腾得鸡飞狗跳的。平时该啥样是啥样呗，还装什么装？用得着吗？

小庄说：娘，你看你，让你穿一次新衣服又不对了。过年时我给你买的那身新衣服，这时候不穿，啥时候穿？

娘说：啥时候穿？你说啥时候穿？我愿意啥时候穿就啥时候穿！啥时候穿也不是这时候穿。我也犯不上穿给他们老夏家人看。瞅你，搭挂上一个小白脸子，还不够你嘚瑟的呢！

小庄一听，脸立刻就不是个色儿了，“呱嗒”一声撂了下来，嘴里不依不饶，声音也明显高了八度：娘你说是我愿意找对象的吗？是我愿意找对象的吗？不是你成天价唠叨让我嫁人吗？不是你要求双方家长见面，搞一个什么订婚仪式吗？我这是为了谁啊？你们要是都不乐意，那我还不干了呢。

说着，果真就“啪嗒”一声，把手里的洗衣板使劲戳到盆子里，立身起来去擦手。

她娘一看，说：行行行，为我，为了我，为了我行了吧？真是的，说一句还不行。

她娘一边扣着大布衫大襟上的扣子，一边还有点多余地补了一句：哼，老高家人来家我也没有这么捯饬过。人那叫啥？还是高干家庭呢……

话没说完，就听“咣当”一声，洗衣板栽歪到洗衣盆外边，小庄身子晃了两晃，也从小板凳上歪了下来，啥也不说，眼泪“啪嗒啪嗒”地往下掉。

她娘一瞅：哎哟我的小祖宗！都什么日子了你还在掉眼泪？这待会儿让婆家来人瞅见叫个什么？行了行了行了，去擦擦你的马尿吧！就算我啥也没说行了吧？

小庄用手背擦了擦脸上的泪，又站起身来去厨房拿毛巾擦。她娘见她转身离去，又在背后小声咕哝一句：还一句话也说不得了呢！真是闺女大了不中留，赶紧走！赶紧给我滚犊子！

小庄一边擦眼泪，一边在心里想不明白，是啊，那时高积云他爹来家，也没觉得怎么样，也没像今天这样紧张。如今，跟了各方面条件都不如自己的夏冬临，为何却要虚饰得厉害了呢？

她自己也想不清楚。也许，这回是动真格的，真的要离家嫁走了吧！也许，是想拾掇好一点，压他们家一头，给他家一个下马威，进一步要让他们自惭形秽，也给自己更多一点面子和身价吧？

等到夏冬临偕家中二老双亲前来会亲家时，于小庄这边舞台已经布置得当。说也怪，外景地里的雨水这时也停了，雨后初晴，万物翠绿，空气清新，连日来的炎热也一扫而尽，多么美好怡人！这可真是一个定亲结姻的好兆头。

老于家小院子里纤尘不染，砖头碎石铺出的一小截甬路被雨水洗过，黢黑的泥垢全被冲掉，倒泛出一丝丝砖石本色的橘黄和青蓝来。鸡都圈进了架，“咕咕咕咕”不安地在两层铁丝搭就的笼子里絮叨着。一盆修剪整齐的夹竹桃盛开着粉红色的花，旁边立着一棵身形硕大的美人蕉，老绿色的叶瓣中间恬不知耻地开着妖艳、硕大的火红色花朵。窗台上几盆串串红和月季花摆得错落有致。墙角的一溜矮棵儿的蚂蚁菜一片葱绿，打着青嫩的骨朵。一切都显得有情调、有品位、有闲心，这让一进门的老夏家老两口有点战战兢兢、不胜羞惭。这些花呀草呀的，本也是低贱之物，在他们那个郊区漫山遍野，任死任活随风开着，没人拿回家来这么摆弄的。你看人家，到底是城里人家，将这些叶子科植物供奉起来，气象就是不一样。

夏家老两口兀自就生出了些惊叹。

他们没想到，就是这些看似简单的玩意，费了于小庄多少心思！

夹竹桃和美人蕉都是从邻居那里现借的。他们这个穷家，老的老，小的小，哪里有人会侍弄花？当年盘锦大下巴的妈来家以及后来高积云的爹来家时，她几曾想到先要美化环境作假提分给自己长脸？人一大了，自尊心就脆弱。再说，她已经不想输，好像也已经输不起了。

屋子里也被拾掇得窗明几净，窗户上边都配上了钩织的白色织物，宛若窗纱，让窗外的花朵有点缥缈若现。炕柜上方的被褥叠得平平整整，还特地把一床蓝绿相间条绒面的放在最上方，一眼就能看见上面的大块喜鹊登梅图案。炕席也不是普通的苇席，上面临时铺起了一块绣着紫云英图案的紫丁香色棉花布，有点像“炕被”，显得很俏。地上装衣物的两个箱子摞起来放着，上面也同样蒙着镂空纯白钩织台布，台布的穗子耷拉下来，很有流苏的华贵效果。台布上压着一块有机玻璃，玻璃上端放着一个毛主席石膏像。石膏像上方的墙壁上挂着一面镜子，好像还是小庄的三哥结婚那年别人送的礼，搁不下，就一直挂在老娘家墙壁上。镜子边上贴的是小刚在学校得的“五好”学生奖状，左边的相框里是全家人的旧照片，有娘进城后五十大寿时去沈阳最著名的“生生照相馆”照的，也有几个孩子到外地时邮回来的照片。其中有一张是小庄在乡下时照的，穿着朝鲜族长裙，扎着朝鲜姑娘的一根辫，手里拿着红宝书捧在胸前，形象煞是好看。连小庄自己后来都忘了是演出时候抓拍的，还是自己特地摆姿势让人照的。那时她的精神头多好，可能还没有得上这倒霉的气管炎。唉！谁知道呢！太久远了！下乡那时候的事情，简直恍若隔世！

这些蓝绿相间的棉布再配上周围或悬挂或遮盖的清一色镂空纯白钩织品，使得整个房间色调显得整洁、素净，又分外柔软、矜持，绝不是乡下人土气豁豁的大红大绿、青紫黢蓝，果真把老夏家人镇住了。老两口有点找不着北。

一进门,夏家的老者贵宾就被请坐在炕沿上,小一辈人则在地上各自捡了椅子板凳坐了。平常吃饭的那张小炕桌放在炕当央,划出楚河汉界,也标示出谈判双方的三八线。于小庄的娘坐在炕沿左边,夏冬临的娘坐在炕沿右边,挨她坐的是夏冬临的爹爹。在这一场演出中,于小庄她娘当然是绝对的女主角,夏冬临他爹他娘则是次主角。现场参加演出的人员还有于小庄、夏冬临两个配角。而少不更事的于小刚、于小芳两个天然扮演了龙套角色。

就像商量好了似的,两家人从老到小都换了新衣新裤新布衫,足见双方家人对此事的重视程度。夏冬临和于小庄自不必说了,都拿出了夏天他们最好的装扮。小庄的两个双胞胎弟妹也都换了崭新的白上衣蓝裤子,这是只有逢年过节或学校里有活动时才舍得穿的,如今被他们二姐哄骗威逼着穿上,条件是二姐小庄给了他们每人两块钱,并且说好了他们要在一旁陪着不能说话,让干啥就乖乖干啥。

夏家老头穿了一件豆青色小立领棉短袖衫,脸面也收拾得挺干净,乍一看,像50多岁的人,看那样子,像在家里什么也不干、不操心不费事的甩手大爷,把自己省心得足够年轻。夏老太太看着就比他显老,两人在一起时,不太像老两口,反倒像叔嫂。这倒也不奇怪,谁操心挨累,谁就容易显老。夏老太穿了一件老式烟灰色斜纹棉布衫,大襟盘扣,前大襟抿到右腋下,一排吉祥花式扣顺右臂延伸下来;梳得整齐的大"疙瘩鬏"盘在脑后,前额上方抹了些葵花籽油,溜光水滑,更透着些古板和庄重。于家老太太恰好也穿了这么一件烟灰色棉布衣服,只不过是现代版,挖出小圆领,前大襟在胸前两边对扣。她的脑袋瓜子后边也盘着一团“疙瘩鬏”，所不同的是，头发比夏家老太太盘得松，头发沿发髻线向后梳得比较自然、自如。由于棉布衫质地过分贴身柔软，细看，都能见双方老太婆衣服里边那不戴胸罩的奶子，在胸椎两侧隐约耷拉出两个面饼般的不规则图形。

仪式进行得有条不紊，有礼、有利、有节、有序。于小庄她娘天生一块当演员料，经历过人生太多风浪，民俗礼仪这套东西整得很熟，根本不用现准备剧本，台词张口就来，一点也不含糊，形体动作也及时配合到位。关键的是她节奏感很强，一直都在很好地控制着舞台节拍，你来我往，进退有序，绝不冷场，也不冒高，一直运用巨大的定力和亲和力，使整场演出向着有利于己方而不利于敌人的气氛方向发展。

夏冬临的爹妈从那脸相上一看就是普通劳苦大众，饱经忧患和沧桑的样子，年纪可能比于家老太太略微小点。夏冬临的爹是个大面瓜，半天蹦不出一句嗑来，就在那一旁干坐着，闷哧闷哧的。夏冬临他娘一看就是厉害老婆子，脸上的肉丝子也是戗着茬儿长，一张脸也像刀子一样。只可惜磨炼得还不到火候，怎么拿姿势，都总是比于家老太太低了一筹。她娘递给他娘一支“大生产”牌香烟，他娘接过去，两个人又哈过腰，探过上半身来，烟对烟对着了火儿，又侧回身去，“吧嗒吧嗒”，两个老太太抽起时髦烟卷来。先是谁也不说话，沉默着，像是武当和少林当家老太婆的第一次暗中较量过招。夏冬临的爹则完全一副局外人模样，从报纸边撕下一个小纸条，从随身烟荷包里捏起一撮烟丝放里面，再将纸条卷上，一点一点捻起旱烟卷子来。

“咕咚咕咚”抽够了，过足了烟瘾，放完了烟幕弹，两个老太太才开始出招。她们先都表扬了一下对方的孩子，于老太太先是夸夏冬临那小子有出息，懂事理，这都是你们家长教子有方啊！如今能跟我们家结亲，是我家闺女儿的福分。以后呢，孩子过门儿，老哥哥老姐姐还要替我多多管教，就像管教自己孩子一样，别客气，该打打，该骂骂，该怎么说就怎么说。

夏家老太太赶忙接过去说，老姐姐你说的是啥话呢！那往后咱们就是一家人了，你的闺女还不就是我的闺女一样吗？我一准儿把她当作自己亲闺女待。往后呢，你也把冬临当作你的亲儿子，家里有啥活儿，就吆喝他来干，别客气，啊，别舍不得！

话说到这儿，气氛欢洽融合。接着进行下一道程序，夏家老太太用手悄悄捅了一下身边老头的腰，示意他快上彩礼。他爹就赶忙低头弯腰，从脚下提兜里掏出一个用红纸包好的大红包，鼓鼓囊囊的，递给当家的老伴。夏老太太接过来，顺手撂在炕桌上，说：这是咱家的一点心意，给孩子的，置办点结婚新衣裳啥的。

于小庄的娘也不伸手去碰，只是眼皮一抹搭，迅速轻掠了一下红包的表皮，马上又抬起眼，嘴里忙推让着说：你瞅瞅，你瞅瞅，我说老姐姐，这是干啥呀？这不外道了吗？你说我这当妈的，把闺女养这么大，临出门子了，哪还能少了给孩子置办嫁妆？我这都准备好了，啥也不缺。你们快拿回去。

夏冬临的娘接上话说：哟，老姐姐，谁说你缺了呢？这也就是咱做家长的一点心意。你要是不收，可就叫街坊四邻把俺笑话，也叫俺那儿子今后做事抬不起头来。

两位老太太又用嘴推推搡搡一番。谁也没有去碰那红包一下。

其实于老太太心里早已经清楚那里面的内容，小庄事先受夏家委托征求过她娘的意见，说是见面的彩礼钱应该包多少好。于老太太仍然腰板一挺，脖子一梗，对于小庄说：你去，告诉他们老夏家，他家三代单传，就这一个儿子，老两口攒的钱不花在儿子身上，还能用在哪儿？还想带到棺材里去今后留着发芽下崽？彩礼送多少，他们自个儿掂量着办。

老夏家就按照当时市面上的规矩，给包了 999 元钱，寓意着新人小两口日后天长地久。

20 世纪 70 年代中期的 999 元是个什么概念？那时进厂的学徒工一个月挣 19 块钱。10 块钱基本上就可以活一个月。999 元，是个大钱，在结婚送彩礼的场面中，已经算是高段位，应该可以相当于三十年后 2006 年的 99999 块钱。老夏家已经倾其所有，来为单传独苗儿子娶这么一房媳妇。

过完一道礼，夏冬临的娘又示意上第二道。夏冬临他爹就赶忙打开一个包袱皮儿，里面计有：给小庄的新衣裳两套，外套是一身红色毛料华达呢，内衣是宝石蓝色纯棉秋裤秋衣。另外还有锦缎苏绣鸳鸯戏水被面两床、杭州丝绸游龙戏凤褥面两条。被面是茄红色，褥面是湖绿色。这些大红大绿的东西堆放在炕桌上，很成规模气势。

老于太太看也不看一眼，显得满不在乎，又是假意先推让一番，然后就把话题扯远，顾左右而言他。

于小庄的心里“怦怦”乱跳，夏冬临的心里也“怦怦”乱跳。他们担心的不是这些东西，这些他们事先见过，都是夏冬临他爹娘事先给了钱，让两人一起去中街太原街的百货商店买的。他们担心的是，这些彩礼和物品有什么差池，让于老太太挑理没看上，真怕她不给面子，说出什么不讲理的话来，当面让夏家老两口下不来台。

还好，于老太太也算是明大义、识大理的人。她倒没找夏家什么麻烦，基本上是笑脸相迎，让这仪式顺顺当当过了关。

转天，她就到大街上后趟房老陈家小脚老太太那里显摆道：哼！别看他们老夏家紧着拿钱拿物填哄，我嫁闺女可不是图他们家的钱！那些东西放那里，当着他们面，我连看也没看一眼！哼，当我没见过钱怎么的？

听得老陈家小脚老太太特佩服，睁大昏花的老眼一个劲地问：真的呀？真的呀？红包里真的包了那么多钱？啧啧！去年，前趟房老高家嫁闺女，也才收了666元彩礼，哟哟，瞧把那老高太太美得哟，走大街上逢人就讲，穷显摆呗！要我说啊，还是你家闺女命好，可算摊上个有钱人家了。

于老太太鼻子里哼了一声，道：有啥钱？哪有钱？也就一般人家吧！

两家过了礼，定好了结婚的日子。他们定在国庆节结婚。

一旦日期定下，接下来的时间就显得不够用了似的。夏冬临负责往新家里搬运倒腾大件，自行车、缝纫机、大立柜，时下的几大件必不可少。于小庄负责窗帘台布锅碗瓢勺一应细事琐事。

登过记之后，收拾新房这段日子，两个已成夫妻的人单独相处的机会多了。夏冬临一直蠢蠢欲动，猴屁股急得通红。于小庄坚决不从，以种种理由和借口扼制事件的发生，不让他深入最后一层。不知怎的，她心头总有一种阴影拂之不去，一个不祥的预兆如一片阴云，时不时地就在她脑中飘摇。眼下她还不能明确，到底是什么使她心头忐忑。

既然人家老夏家送彩礼已经豁出老本了，老于家置办的嫁妆多少也得像点样，不能显得太寒酸，被他家给比下去。哥哥给小庄打了一对樟木箱子，用的还是她当年从新宾整回的木料。樟木防水防潮防虫咬，是打家具的上等原料。看着满头大汗钉铆榫粘胶做活的三哥，闻着刨花的香气四处飘散，小庄未免又看得痴痴的。有时她又总是不知不觉独自瞅着一处发呆，眼神多半天转也不转。她的这种状态，真不是一个要出门的闺女应有的啊！

可是没人能注意到这些。穷人家嫁闺女、娶媳妇，都是生命历程纷繁复杂的分内之事，要实实在在有头有尾地准备、忙活。小庄娘用那笔彩礼钱，给小庄买了新棉花新褥套，做了里外三新两铺两盖。

4

于小庄她娘给女儿缝结婚被子，是娘送闺女出门前的最后一项仪式了。这也是于小庄短暂人生记忆中，难得的母女在一起的温馨时刻。

秋季的夜空,天幕湛蓝而高远。繁星似锦,大地如画。杨树榆树的叶子已经绿了个透,也正愉快地"哗哗啦啦",高唱着一曲曲清爽怡人的歌。渐已微弱的炊烟之下,一盏盏橘黄的灯光,映着家家户户都大敞着的门窗。孩童们的嬉笑声在远处沸腾,母亲则在静寂之中飞针走线。

母女俩先忙着把炕腾出来,把炕上所有的东西都拾掇净,然后扯着白棉布的四边,把被里平平整整地铺在炕席上,接着放上一层事先絮好的棉花。全是新棉,那么洁净、柔软,白花花的,煞是可爱,弹性好得能把人颠起来。之后再往棉花上压上通红的新被面。娘俩把四角抻好,又把里衬的边折过来,挽住被面边缘,都整整齐齐地铺好。娘这才戴上老花镜,在粗糙的右手中指上套上顶针,照着被头的长度比量着,从线板上扯下一段白线头,让小庄帮忙给穿好针。小庄接过针线,举起来,对着灯光将线穿进针眼里去。娘接过针线,哈下身去,一手托起被头,一手往棉絮里进针,一针一针细细绗起来。

四下里好像一时安静下来,树叶在微风里抖动,缝针在棉絮里"簌簌"走,偶尔还有抽出线头时有节奏的"嗞——嗞"声。小庄看着眼前这个专注做活的白发苍苍的老太太,心里忽然就有些颤颤的。这有点不像往日那个娘。娘在不唠叨、不那么暴戾的时候,还挺像个当娘的样,也显得有了一些慈祥。她好像从这一刻起才相信,吵了二十多年嘴、打了二十多年架的这个人是她亲妈。

唉！要说啊,娘对不住你啊！

是娘主动发话了,发话的时候也不抬头看她一眼,手里还在飞针走线。

你下乡离家,娘也没能给你做上一双新被,就夹着一个小行李卷走了。打小啊,你就总捡你姐穿剩的衣裳穿,好东西总先落不到你身上……

小庄忽然鼻子一酸:娘,别说了,娘。

娘一行一行地缝着,继续道:这么多年,你一个人在外面摔摔打打,娘也帮不上你什么,全靠你自己干出来的。往后啊,到了婆家,比不得在家,也比不得你在农村大野地里,你呀,手脚要勤快点,多有点眼力见儿,多干点活。

于小庄头一次看到母亲的这个温柔样子,听到母亲的体恤话,猛不丁还有点不适应。半晌,她忽然冒出一句傻气话:

娘,你跟我爹相爱吗?

娘这时才抬起头,从老花镜的上方奇怪地望了她一眼:

爱?啥叫爱?我娘家穷,自打十二岁起就到他家当小团圆媳妇,十六岁就开怀有了你大哥。后来啊,这一辈子,就没停过生孩子。家里穷,养活不起,没有奶水,只得把高粱谷根嚼碎,用屉布蒸完了挤出米汤来,一口一口喂你们吃。你们从小都是这么喂大的。娘的一口牙啊,不到40岁就全都掉光了,现在吃饭用的全是义齿。

小庄叫了一声“娘”,嗓子眼哽住了。娘的苦,她从来没这样认真地问过,从没有细细打探过。她只关心自己的苦、自己的命,娘的苦、娘的命,又有谁真正关心过?

娘又接着说:你就说啊,手心手背,你们哪个不是娘身上掉下来的肉？哪个有个好歹，娘能看着不心疼？往后啊，你可要懂得自个儿心疼自个儿。

小庄呜咽着说：娘——

5

于小庄和夏冬临的结婚典礼万事俱备，只欠东风。1976 年 9 月 9 日，伟大领袖毛主席与世长辞。噩耗传来，举国哀痛。服丧期间不宜嫁娶。他们的婚事无限期延迟。

等到唐山大地震、粉碎“四人帮”等这一年里的所有国家大事通通处理完毕平息过去，人民又按部就班地过起自己小日子的时候，1977 年的元旦，万物猫冬倦怠，于小庄和夏冬临这对新人才操办上了自己迟来的婚礼。

喜事是在夏冬临家里办的，也就是他爹妈的家，而不是他们俩的新房小家。因为家里地方不够，搁不下那许多人，摆不下那许多桌酒席。他们还临时借用了隔壁邻居家的院子和屋子。夏冬临他们家位于沈阳市东陵区的城郊接合部，再往下走，就是农村的地界，从外观上看，整个就是老于家刚解放进城那时状况的翻版。他家周围环境比当初那时稍微好一点的是，没有了乱坟岗子和污水沟。门口有一条公路，是通往抚顺方向的。路的两边是郊野的菜地、庄稼地，四周围住着大量农转非人口。蹚过几条垄沟，再穿过一片荒芜的菜地，才能进入他家院子。那片地说是也归他家，夏天种苞米，种芸豆，种茄子，种土豆，冬天种上冬小麦。不是种着玩，除了自己家吃，还可以拿去自由市场上偷着卖点。他家的院子也比较大，跟邻居家都是用栅栏隔开的，特别像庄户人家的那种院落，里面堆满了树叶、干柴草，这些都是用来喂鸡喂羊的。他家不光养鸡养鸭，而且还养羊。据说夏冬临小时候家里穷，他娘奶水不足，1 岁的他就是靠喝羊奶长大的，一直喝到了 8 岁。

如果是夏天来，这里的光景还不错，满眼是绿，至少能让城里人感到新奇。冬天可就萧条多了，一片残枝败叶景象。树木全都灰秃秃的，爬山虎的枯藤还缠绕在院子的木栅栏上，干枯的菜叶子满地随风翻滚，不小心踩在人脚下，"沙啦沙啦"变成碎末。院子里的鸡和鸭都已经给拢到圈里，一看来人多，吓得"咕咕嘎嘎"乱叫。那只老山羊也在角落的围栏里"咩咩咩"喊个不停。不过这没关系，等到一会儿人声喧哗，鞭炮齐鸣，它们的声音自然就被遮盖下去。

老夏家一趟大瓦房坐北朝南，一共三间，老两口领着小妹住一间，夏冬临自己住一间，另一间他姐姐住。他大姐已经结婚出门子，大妹、二妹下乡还没抽调回来，平时不在家住，临时回来参加哥哥的婚礼，姐仨就挤住在一起。厨房放在小偏厦。结婚这一天，要讲究排场，厨房显得不够用了，又继续向院子里延伸，临时支出个棚厦来，算是厨房的扩大。请来做饭的两个大师傅紧着忙地掂大勺，邻居两个中年妇女也给请来择菜洗碗打下手。厨房门窗大开，油烟滚滚，炉火烤暖了这个萧瑟的严冬，处处呈现出一片沸腾的生活景象。

双方领导同事、父母亲人、邻居街坊，该请的都被请来了。他们手持怀抱,带来大包小裹的暖瓶、洗脸盆、茶缸、花瓶、被面等礼物,不一会儿就在屋角摞成了小山。夏家老头老太太看着这些礼物,简直乐得合不拢嘴。收了这么多礼,足以想见老夏家上上下下从老到少都人缘好,有面子。

夏冬临有本事从厂里借来一辆旧吉普和一辆苏联产的“拉达”,用来接新媳妇和娘家人。娘家也几乎全体出动,从小庄的娘到哥嫂姐姐弟妹侄子侄女……大大小小都来了。这还是他们家头一次正儿八经搞仪式嫁闺女,也该热闹一番。大丫头于小顶结婚就太马虎了,领着乡下女婿回来,见了见娘家人,吃了顿团圆饭,就算完了。结果搞得她娘心里老大不愿意,回头一个劲儿跟老二小庄念叨说,啥新式婚礼新式婚礼,还不就是婆家图省钱?自己养了那么大的闺女,稀里糊涂说嫁出去就嫁了出去,也没摆上几桌酒席招待一下街坊四邻,这要让邻居一问起来,简直都没脸回答,好像自己闺女偷人养汉,跟人偷着跑了似的。

于小庄就拦住她娘:行了吧,娘,别把话说得那么难听好不?啥偷人养汉?我大姐那也是明媒正娶,嫁的是公社副书记的儿子!

她娘说:公社副书记的儿子咋啦?那他不懂人情世故,他爹他妈也不懂?啥事都能免,给娘家过彩礼这道手续还能免?那结婚办酒席这道程序还能免?

小庄替她大姐争辩说:那不也是我大姐的主意吗?人家是那个地区的扎根模范,各方面都得带个头,树个新风啥的。

她娘仍旧不服气地嘟囔说:啥树新风?这居家过日子,该走的礼仪那就得走,省是省不得的。你这回省了,往后就容易把婚姻不当回事，最后吃亏遭罪的，那还是自个儿。

这回轮到二丫头于小庄结婚，两家人里里外外那可真够上心的，真把这当成了人生重大仪式来操办。就看小庄那身穿戴，也够讲究、够重视的了。小庄上身穿一件对襟的大红棉袄，下身穿黑棉裤，脚蹬一双红棉鞋，颧骨上抹了胭脂红，嘴唇也涂得红红的，一脸彩妆，头发盘了上去，发髻里插了一圈小粉花，有点类似于花冠形状，典型的花枝俏的东北小媳妇打扮。新郎官夏冬临也不逊色，为了显得精神、好看，他咬牙臭美挨冻，愣是没穿棉衣，只穿了一身新的藏蓝色“华达呢”，里边是鸡心领薄毛衣，领口那儿露出衬衫的小白领。小伙儿虽说眼睛小点，可是脸儿白，条儿正。俗话说“一白遮百丑”，小伙儿装在新衣服里往那儿一戳，也是有模有样的小帅哥。根红苗正的工人阶级电工班长，又是先进劳模的夏冬临，在厂子里混了这么多年，也挺有人缘和面子，从领导到工头能来的都来捧场凑份子，就说明了他在厂子里的身份地位。只可惜于小庄有眼不识珠，到死，对夏冬临的认识也没有能提升到一个应有的层面上去。

这是她的不幸。不幸的根源在于，她心里仍然不能够忘记解放军排长高积云。

老夏家就夏冬临这么一个儿子，结婚当然要讲讲排场。大门里二门外到处贴满了红色大喜字，办喜事的堂屋桌子铺上了红色桌布，门檐下吊上了红色大灯笼，一派喜气洋洋。接亲的汽车鸣着骄傲的响笛停靠在院门跟前。新媳妇一家人一下车，这边“噼噼啪啪”的鞭炮声立刻响起来，震得一院子的鸡鸭羊们乱蹦乱跳嗷嗷叫,红色花炮纸屑满天飞。新媳妇要怀抱聚宝盆,再走过一小段红地毯,才和夏冬临牵着手进到了屋里。众人分宾主落座。主宾们在桌子两旁就座。两方厂子领导穿得都比较挺括。就连两家老太太,也找出过年穿的最好的衣服,头发梳得溜光水滑,发髻上也都别了朵小红花。稍微出了点意外的是,不小心,两个老人又撞衫了,穿的竟是一模一样的黑绒斜襟盘花扣立领外套。可以想见,在那个年代,老太太们能穿的体面的外套,样式多么单调!但是她们一人只有这一身好衣裳,又没有能够立刻到后台去换装的演出服,也就只好凑合着,俨然一对红花黑衣的老姐妹,端坐在主桌两旁,各自舒展着脸上的褶皱,露出满嘴镶嵌的假牙,时时笑着迎接人们的致意问候。

结婚仪式正式开始了。主婚人是夏冬临厂子里一个姓唐的朋友,大高个儿,长得挺标致的小伙儿,看样子跟小夏年龄不相上下,能说会道,口才极好,该严肃时严肃,该活泼时能及时把来宾逗笑。证婚人是那个给介绍对象的老师傅,他出场,致证词,念结婚证书,以证明这场婚姻不伪。双方领导和父母也分别讲了讲话,都是一番套话,祝愿新人白头偕老幸福美满什么的。结婚仪式上,原先必有的新人向毛主席像敬礼这一项就免了,直接向来宾敬礼,向父母敬礼,夫妻互相敬礼,然后就撒喜糖。到了撒喜糖这会儿,一般来说就是到了婚礼小高潮。负责撒糖的人将一把把糖块向人群中一抛,底下已经等待多时的小孩子们,就会在下面“呜嗷”乱叫着争抢,趴在地上去捡,跳到椅子上去够。欢乐气氛登时被搅盈天。

接着就是摆宴开席了。人太多,只能设流水席,走了一拨,赶紧翻台，又上一拨。米饭、炒菜、啤酒、小鸡炖蘑菇、猪肉炖粉条管够。当然，那些吃完就走的都属于无关紧要的一般客人。作为主宾的娘家人那得高高在上一直供着敬着，男方小心翼翼地赔笑脸。一对新人忙着挨桌敬酒点烟。见到新娘子如花美貌，夏冬临厂里的小哥们儿都艳羡得不得了，等他们敬到这一桌时，非逼着夏冬临多喝了好几杯。于小庄虽说是挺能喝酒的，闻着那酒味还有点馋，在这种场合，也只能羞羞答答佯装淑女滴酒不沾。

这饭一吃就吃了两三个小时才完。吃过饭，告别了夏冬临父母，一对新人坐着吉普和“拉达”，又绕道带着娘家人到他们俩的新房去检阅一番。于家的娘亲、哥哥嫂子姐姐妹妹们，一见那幢拔地而起的气派楼房，门上大红的喜字，窗上红通通的窗帘，满眼漂亮的床罩被褥，屋里气派的大立柜、写字台等几大件，还有一应俱全的厨房设备，尤其是那个室内的卫生间和抽水马桶，都不禁交口称赞，带着既艳羡又宽慰的口气，交口称赞夏冬临能干，称小庄有福气。妹妹小芳还被委以重任，临走时偷偷在他们的床铺底下放上一把枣和栗子。

他们并不知道，从今天的结婚同房之日起，于小庄就被判定了自己的死期。

6

新婚之夜，问题终于出来了。

床单上却并没有如他想象的那样见红。

夏冬临很是气闷，当时就问是为什么。

于小庄不悦，只说自己不知道。

夏冬临气急说：你自己怎么回事，难道你还不知道吗？

于小庄仍咬紧牙关，说不知道。再逼问得多，也一律什么都不承认，除了说不知道以外，还打马虎眼说，也许是自己在乡下干活，砍树扛木板把里面抻着了，曾经撕裂过也不一定。

这种谎话，精明如夏冬临者，能相信吗？

仇恨的种子就此埋下了。

夏冬临问不出来，又查无实据，未免气急败坏。

现在，让于小庄担忧的自己整夜喉咙气喘的毛病，倒被他忽略不计。夏冬临的全部心思，都纠结在她是不是处女这个问题上。

刚开始夏冬临还是嘟嘟囔囔，心有疑虑，然后就是将这种疑虑升级，渐渐从生理到心理都严重扭曲、变态变形。在得不到确凿解释的情况下，他开始变本加厉，床笫之间施虐折磨小庄，动手狠、出手重，床下也是动辄找碴开骂、掐架，严重的时候还开始动手打人。

于小庄一开始就没把夏冬临看上眼，这下见他如此对自己死逼硬问，软硬兼施，拳打脚踢，她哪受过这个气？哪是个被动挨欺负的主儿啊！他骂，她就也跟着对骂；他打，她就也跟着还手打！

两个出身底层的寒微的人，从此就这么电光石火般，激发出彼此暴戾的激情！最恶毒的咒骂，互相贬损的语句，把难听的全用上了。连他和她自己都不知道，自己竟这么能骂，骂得出口，骂得解气，一骂解千仇。

他们都从骂声里找着了借机出气的机会。她指桑骂槐，一骂骂得离题万里收拢不住，把自己一世的冤屈、失恋的痛楚、嫁人的不得已，全都变着法地骂将出去；夏冬临则觉得自己新婚之夜从天堂掉到地狱，他不光觉得自己上当受骗，还认为于小庄把他一生"尝鲜儿"的幸福都剥夺了。自己当宝贝似的把这么个女人娶到家里，哪想到，是个破鞋，他这个男人，当得冤哪！怪不得她总不让自己碰她、沾她的身，怪不得她有那么个好脸模子，这么大了还不出嫁，原来一直都在外边跟人乱搞来着！

我的亲妈！我的天老爷啊！我这是倾家荡产娶回来一个什么破烂玩意儿！夏冬临就骂，骂完了，还忍不住哭，"呜呜"地哭。哭的时候不愿让于小庄看见，自己一个人躲在厕所里偷偷地哭。他觉得自己现在真是打碎了牙往肚子里咽。作为一个男人，自己都白活了！

让他怎么能不恨？怎么能不怨？

于小庄呢，也是觉得自己满肚子的委屈无从说起。她心说我要不是因为自己身体有病，怎么能嫁你这样一个细眯小眼的猪？

每次打架，在两人的对骂的阶段她尚还能还嘴，一旦撕扯起来，她就不占上风，夏冬临那满把是劲儿的拳头经常打得她身上青一块紫一块。

邻居们知道这家小两口夫妻感情不好，有时听到砸盘摔碗声太大时，会来敲敲门，拉解、劝慰一下。娘家人也约略知道点他们俩总吵，但也闹不清楚具体是为了啥，也不晓得这吵闹已经到了什么程度。每逢小庄跑回娘家一哭诉，她娘还半信半疑，劝她说：不能吧？看小夏脾气挺好的，怎么可能总跟你打？两口子过日子，哪有个舌头不碰牙、不磕磕绊绊的？行了，平时两人都互相谦让着点。尤其你，别总犯那倔脾气。

小庄只有擦擦眼泪，也是打掉了牙齿往肚子里咽，末了，还得是自己从娘家回自己小家。打架的原因，她不能说啊！

就在他们打得彼此恨之入骨，家里的锅碗瓢勺被摔碎得差不多，两个打得伤心的人，萌生了分手离婚的念头时，却发现小庄已经有几个月的身孕了。

这就是后来的夏小禾。

那时她还不叫夏小禾。她妈给她取名夏雪花。

夏雪花一路上听着她爸她妈的吵骂声结胎成形。

她挑选来人世的时间多么不是时候，正是父母大闹萌生分离念头之际。小庄从医院化验窗口拿到尿检化验单，看着上面的“+”号，一时也有点蒙了，有点不敢相信。她回到诊室，将单子交给门诊医生。医生掠了一眼，也没抬头看她，只平淡地说：没事，怀孕了。回去注意休息，隔两个月再来检查一次。

小庄这回心里算是完全塌了！她坐在那里愣了一会儿，嗫嚅着说：大夫，这个孩子能不能不要？

那个妇科医生警惕地从大白口罩上方射过一束眼神，扫了她一眼：结婚了吗？

……结、结了。

不知为什么，于小庄说到这里时，竟然磕巴了一下。

大夫显得更加警惕，道：结婚了为什么不要？

我……我……

于小庄不知道说什么，顿了一下，勉强说：我有支气管炎，前几天感冒咳嗽，吃了许多药，我怕会对孩子不好。

医生冷冰冰地说：早干什么去了？你这都四个月了，孩子都成形了，要想不要，只能引产。而且你要想好，头胎就做掉，以后可能永久性不孕。

于小庄眼前一黑。哪个大姑娘头一次听到“永久性不孕”这个词，心里边都会吓得一哆嗦。

她哪里还再敢提“做掉”？

从医院出来，她一路走着，一路神志迷离，又被这个几乎灾难性的后果打蒙了。这么说就在她如此蒙羞忍恨，与夏冬临艰苦卓绝拼杀格斗之时，倒霉的夏冬临竟让她身体结上了苦果?！你说我这个破身体啊，怎么就这样贱！怎么就如此容易挂苦果?！

她在心里把自己这顿责怪啊，心说我怎么这样蠢？我怎么就没想到早一点来检查呢？以前由于常常吃些治气管的药，内分泌失调也是常有的事情。但已经结婚的人了，理应第一个想到怀孕上头去。可惜她这阵子一直跟夏冬临吵骂打架，心情极其抑郁，根本就没想到会怀孕，又怎能把月经不准的事情往怀孕上头想?

老天！这可怎么办?

她一时又没了主意，拐来拐去，下意识地又拐上了回娘家的路上。到了家，忐忐忑忑跟娘一说，她娘一听：这有什么犯愁的？要！当然得要这孩子了。有了孩子，两口子感情慢慢就好了。这种事情，我可比你见得多了，两口子吵架拌嘴，那是正常的事，一旦有了孩子，得，日子过得平平稳稳的，什么毛病都没有了。你说人们居家过日子，可不就过的是孩子吗？要不，俩大人天天大眼对小眼，过得还有个什么劲?!

于小庄心里这份苦，简直可以说是欲哭无泪、欲泣无声。她拖着沉重的脚步，带着个还未太显怀的肚子，心灰意绝地往家走。本来就过得不舒心，往后再拖上个孩子，这日子该怎么继续往下走？与其这么伤痛，莫不如死了算了，死也算是一种逃脱。

不知不觉，她又立在微波荡漾的小河沿湖水旁，痴呆呆地注视着这里的一切。这里曾经有过她多少回忆，下乡的、回城的，跟高积云的、跟夏冬临的……如今一切都已经成过眼云烟。往日烟波荡尽，今番心事浩渺。倘若湖水有情，能够开口说话，它定会代她倾诉这不尽的坎坷，代她了解这不如意的一切。她试着伸了伸脚，一步一步迈进湖水中。冰凉的湖水激得她浑身一激灵，她仍然一意孤行地往深处走着。此时正是薄暮时分，公园里来来往往的人很少。一个穿灰衣灰裤的女人背影衬在这灰扑扑的暮色当中，并不十分惹人注目。湖水越浸越深，很快漫过她的大腿，漫到腰肢上来。她的脑子也被痛苦灌满，越来越窒息，进而无知无觉，连冷的刺激也感觉不到了。

大概是被这水温的冰凉激着了吧，肚子里的孩子突然动了一下。开始她还没有防备，也没来得及觉察，只顾往下走，忽然，那孩子骚动不安，在肚子里一拳一脚地踢打起来。于小庄猛地站住了，体会着这奇异的骚动，想着它的来源，突然间她想明白了，是孩子！是那个尚未完全成形的孩子在她身体里阻拦、拒绝，抗拒着母亲想要扼杀他或她的暴力！于小庄惊呆了！她站在那里大口大口喘着粗气，她头一次感受到一个新生命的奇异跃动。这跃动，猛地击醒了万念俱灰的她。这就是孩子！一个有生命有活力的孩子！她没有权利就这么扼杀了他或她。没有！绝没有！她必须活着，为了这个孩子活着，直到看见他或她活蹦乱跳地来到世间。

她勇敢地、急遽地回头，“哗哗哗”蹚着齐腰深的湖水，奋力扑向岸边，吃力地奔向彼岸，奔向她那活着的光明。

7

夏冬临知道于小庄怀孕的消息后，先是一愣，接着就是半晌难以揣摩的表情。第二天下班，他悄悄地捎回家许多排骨，亲自下厨房熬骨头汤，给于小庄补充营养。持续了好一段时间的家庭暴力也暂时偃旗息鼓。这是小庄自结婚以来难得的一段安静日子。

怀孕五个月时，于小庄走在路上不小心滑了一个大跟头，顺裤腿里往下流血，可把于小庄吓坏了，以为是流产，倒在地上半天起不来。好心的路人将她送到医院，接着又通知了她的家人，到了医院又是打保胎针，又是吃保胎丸，折腾了半晌。胎音还在，却显微弱，那些血，多半是从磕破的膝盖上流下来的。医生全面检查了一下她的身体状况，出来以后对她的家人说，像她这样的哮喘病人，怀孕妊娠的危险性极大，极易造成脑供氧不足，导致心力衰竭。所以在接下来的几个月里，她必须小心静养，不能有任何闪失。

陪伴在她身边的家人却是这时才上高中的妹妹于小芳。夏冬临到外地出差去了，并没有赶上这惊心动魄的一幕。他也从没有陪她去医院看病体检过。于小芳尚小，还不谙世事，对事情的轻重缓急、病情的严重程度也没有什么认识。等到把二姐送回家后，自己回家只告诉娘说，没啥事，我二姐只是路上摔跟头磕破点皮，医生给开了点药就回家去了。

她娘忍不住又叨叨：你说都这么大的人了啊，怎么就干什么事都不牢靠？明知自己是有身子的人，走路还不加点小心！你说我把你们这几个丫头，操心操到什么时候才算个完？

念叨完了，她又动手熬了一碗鸡汤，让小芳给她二姐送过去。小芳嫌远，懒得去，又被于老太太臭骂一顿：你说你这个臭丫头啊，想想你二姐平常是怎么对你的？什么好东西不都紧着往家拿，最后都填哄给你们俩了？真是白吃的货！你二姐白疼你们了！

她这么一数落，小芳心里腻烦，就更不愿意去了。最后还是弟弟小刚腿脚勤快，骑自行车，把饭盒装进尼龙网兜里夹后座上，从小河沿往北陵大街那边跑了一趟给二姐把鸡汤送去。

到了该生产时，于小庄更是遭了无数的罪。胎儿在娘肚子里脐带缠脖，生了一半，不行了，小庄的哮喘犯了，怎么也没有力气再把孩子从子宫里推出来，兀自在那里大口喘粗气、翻白眼，眼看就要憋死。医生一看，赶紧又给补了一刀，切开口子把夏雪花掏了出来。本来是顺产，又加上剖腹，等于是一下子受了双重罪。

推进产房之前，医生拿着于小庄的病历，预先告知了家属其生产的危险性，并让家属签字，一旦发生意外，是保大人还是保孩子。

夏冬临吭哧了一下，说：要孩子。

娘家大姐于小顶不放心，跟来一直守护在妹妹产房旁。她在旁边听到这话，一下就蹦起来了：夏冬临！有你这么王八蛋的吗？

夏冬临诺诺，什么也没敢说出来。

夏雪花不足月就生下来，才刚满七个月，早产儿，生下来就给送进了医院保温箱。于老太太来看外孙女儿，但见保温箱里的那个小家伙，红通通，满脸皱纹，活像一个小耗子。

可怜这夏雪花，生下来像耗子，长大以后还是像耗子，小细长眼睛，满脑袋黄毛，直到18岁以前，女大十八变的老话儿一点也没体现在她身上。夏雪花她几乎是按照她爸爸的模板长大，成心用以对抗她妈妈的。

于小庄的婆家人也不给好脸。一听说生的是女孩，来医院探望的婆婆扭头就走，连看都没看孩子一眼。夏冬临也觉得自己生了个女孩子，好生没面子，断了老夏家的根，本来就对于小庄怀着恨呢，这一下更是对这母女爱搭不理的，别说让他尽责啊，就是搭把手的事，他也是能躲就躲，能逃就逃。

千好万好，到底不如自己的亲娘好。于小庄的月子是被自己娘接回家里过的。她娘也没想到，嫁出去的姑娘，泼出去的水，如今却又不得不被泼回来了，还得自己挨累，整天小米饭鸡蛋熬汤伺候着，不禁又满嘴絮絮叨叨。小芳也被派上了给婴儿洗尿褯子的活儿，整天晚上睡不好觉被婴儿啼夜声闹醒，不禁也是老大不满意，一肚子怨气，不知是冲她娘还是冲她二姐。

于小庄忍气吞声，心里愁苦。月子里的泪水，哭坏了她那双好看的桃花眼。看着那个长了一身月子黄的小婴儿，爱恨情愁、悲喜苦辛,一股脑地涌上心头。仇恨和委屈在她心里逐渐叠加着,累积着。有时候,她望着怀里的孩子,呆呆地想,莫非,这个孩子来到世上,就是要给她跟老夏家的仇恨加码的?

这个想法一来到脑海,就像一股阴云,把她的天灵盖锁住,怎么甩也甩不脱。她就赶紧用力甩头,试图把它撵出心去。

从此,她在月子里落下一个没事就爱用力甩头的毛病。

有了孩子,这日子还得接着往下过。能过成什么样,谁也说不清。

8

就在于小庄的婚姻大战如火如荼之时,大姐于小顶,此时早已经通过 1978 年的高考,艰苦卓绝地考回了沈阳。为了走出这一步,她也付出巨大牺牲,离掉那个阻挠她考试回城的农村丈夫,舍弃才 2 岁的儿子的监护权,毅然决然,也是含悲忍痛,与往事告别,成为一名新时期的大学生。

1977 年,高考招生的消息传来时,于小顶已经跟公社副书记的儿子结婚生了孩子。从各处报道上得知,这一次恢复高考完全是凭本事上大学,依据分数高低,而不再是什么工农兵推荐。于小顶意识到,改变命运的机遇来了!她必须抓住,必须通过命运征程中这最后一搏跳出火坑!否则,她就将老死他乡,不光是一辈子要做农民,更有甚者,搞不好,就连农民也做不上。

此时,“四人帮”刚刚被粉碎,举国上下正在掀起揭批的热潮。

于小顶在这次运动中也受了牵连，她跟那个年代树立起来的那群政治典型一样，被关押受审，以辨清她是不是“四人帮”的死党和残渣余孽。农村，这时真正成了她这个要扎根六十年的知青模范的巨大火坑。

一夜之间，于小顶的命运就从高峰跌至谷底。

有谁能知道，她那时节已经有多红了？三十多年以后的今天已经没人记得了，她的儿女后人也全不知晓。但是她那个入土为安的老娘于老太太却牢牢记得，于小顶她自己刻意删除的记忆模块中也牢牢镶嵌着这个东西。过去的影迹，昨天的辉煌，与那个谵妄的年代一样，已经被否定、被遗忘、被谴责。

她那时，在嫁给了公社副书记的儿子以后，因为事迹里增添了一条“在农村安家落户”，就更被无限传扬赞颂，差不多红透了半边天，到处讲用、做报告，受到各级领导接见不说，美丽的照片还上了宣传画和挂历。挂历在那会子还是个新鲜时髦玩意儿，于小顶占据的那一页是春天，4 月份，满眼满地金黄的油菜花。于小顶身穿白衬衫，扎着刷子辫，正手拈一朵油菜花，给身边环绕的两个戴红领巾的小男孩小女孩讲授着什么。4 月的春风吹来，掀起她的衣角，吹拂她的刘海儿，她那灿烂的笑脸如满月，她那青春的英姿很娇艳。多少个怀春男子在这幅有着油画般效果的挂历前怦然心动！多少个动情男人对这个粉嫩白净的大姑娘无比垂涎！

这是省报记者特地来给她摆拍的一张英模照片。摹本就是伟大领袖毛主席戴草帽穿白衬衫在麦田里那张经典照片。但是由于毛主席他老人家已经在麦地里拍过，他们就不敢再拍麦地，要是拍北方的玉米、高粱、大豆、水稻吧，色彩不浓烈，都不出效果。于是记者特地率领几个待拍的知青扎根典型辗转南方，在江南水乡找到了黄灿灿的油菜花地。于小顶往地里一站，果真就有英模气度。

这张美丽动人的照片流传至全国，并被制作成挂历。

这一页，就在她老娘于老太太家里一直挂着，她娘看不够，显摆不够。于小顶后来为此遭殃受审，她也不肯把挂历摘去。直到几年之后她娘去世，这张已经微微泛黄的挂历仍挂在大东区小河沿她娘生前的小屋里。

上穷碧落下黄泉，两处茫茫皆不见。

个中滋味，于小顶算是初次品尝到了。

审查一共持续了八个月。这八个月的时间，于小顶觉得似乎比之前度过的二十七年还要漫长。在那些隔离受审的日子里，她每天除了按要求写交代材料、说清问题，其余时间，只是面壁而坐，独自思索，同时亦是心绪空茫，一无所想。回首来时路，想她于小顶曾也是主席台上鲜花掌声环绕，曾也出人头地光宗耀祖彰显一代人辉煌，曾也是莺声燕语口吐莲花乖巧伶俐把扎根思想来宣扬，怎料想，到这般，却失声哑然，沉默隐忍，静挨命运之熬煎。

她的丈夫，那个曾经是公社副书记儿子的许大民，这时却显示出了劳动人民善良淳朴的优秀品质，人家对她那是相当够意思。虽逢她遭贬，他却没有说要立即划清界限，依然不离不弃，视她为自己媳妇儿，在规定的探视时间来给她送换洗衣服，顺便还带来一点婆婆家给做的好吃的。

于小顶看样子不太领情，似乎对一切已经十分漠然。一点点宝贵的探视相聚时间，夫妻对坐，常常是相对无言。但见小顶神情寥落，发辫松散，肤色黯黄，披着那件曾经叫她看起来分外英姿飒爽的草绿色军大衣（现在却似一张土褐色的麻袋包，沉重地压在她的身上），原先一直挺得溜直的小身板，现在也佝偻了，腰整个塌下去，人也陡然间显出几分老相。她的眼神虚无缥缈，落到丈夫身上，似也是散的，并不能聚焦成为爱和感激。

她对她眼前这个叫作许大民的丈夫，曾经有过爱和感激吗？

她不能够回答，也回答不出来。

她的丈夫，那个叫作许大民的30来岁汉子，盯着这个蹒跚走来、一夜之间萎缩凋零的妻子，胸口揪扯得紧，脸上也写满了疼痛。

大民虽然生长在乡下，却也是高中毕业后才回乡务农。如果赶上好时候，他或许也能成为一名大学生。但是命运弄人，老天爷不一定给每个人以合适的去处。大民的运气不算好但也不算坏，回乡没多久，就凭借他老子的关系，被安插在公社任了一个宣传部门的副职。他爹这时已经荣升到地区当了二把手。从他个人这个角度上看，大民应该说已经知足。

而后来能够娶上于小顶为妻，更是锦上添花，他做梦都想不到。城市知青于小顶，美丽端庄，各方面都出类拔萃，又是个扎根的典型，处处受宠，处处比他高了一格，跟他似乎没有命运交叉点。但是命运偏偏安排他们相逢相遇了。第一次在公社某个讲用会上见面，许大民就为小顶绰约的风姿所打动，但见小顶那丫头，个儿高，人长得白，大眼睛双眼皮儿，眨巴眨巴真撩人儿，一表人才，哪看哪好！

如果配他这个小眼睛、单眼皮、1 米 85 的黑大个儿……好像从外观上说，各方面都正合适！大民兀自这么一想，不免心旌摇荡，私底下做起怀春美梦来。尤其人家那一口标准的普通话，更像戏匣子里的声音，听着那么好听，痒得人心里颤颤的。大民的梦，做得有点当真了，眼神总是止不住偷偷在她身上滴溜溜打转。

好在他许大民也是个读过书的人，沾染上一点读书人的矜持，不多，就一点点，这一点点却已经让他自己和别人都很受用，在待人接物、行为举止方面不至于像那些乡村野汉子一样粗鄙颟顸。他把自己对于小顶的羡慕和爱戴，牢牢局限在内心活动的范围之内，表面上的行动，就是彬彬有礼，猛献殷勤。

两人因为工作关系，大会小会经常见面。他对小顶试探着往前靠，刚开始还拘谨，后来见小顶也并不反感，就渐渐越来越靠前，照顾周到，眼勤手勤，无微不至。那于小顶呢，也不是个没见过世面的人，虽然知道被人捧着哄着伺候着，毕竟舒服，但同时也明白，一切舒适都是有代价的，世界上没有无缘无故的享福，当然也不会有无缘无故的吃苦。既然她不想跟人怎么着，那就得在她这一方严格控制把握着，不让两人之间的关系比同志关系更进一步。所以他们俩相处既久，也一直保持互相彬彬有礼、谦让有度、君子之交淡如水的状态。

许大民见状，自己心里也明白，他跟于小顶，也只能剃头挑子一头热，暗恋一下而已，他们俩，不说别的，只说是这城乡差别，就隔着高山大海，他也只能在海的这一岸悄悄对她有好感，能否泅渡到对岸，那就全靠缘分了。大民也就只能按照自己的潜意识往前走着，并不晓得最终的结果会怎么样，一个高中生的忧郁和矜持让他不敢对于小顶有唐突的举动，怕遭拒绝伤了自尊。按说，像他这样不到30岁就当上公社头头、文化程度又高的乡村青年干部，那也是王老五、抢手货，周围一方凡有女儿的人家都争着抢着找人说媒，要把闺女嫁给他。他却偏偏心高气傲，一个人没看上。可能就因为在内心里，有了这么个城里来的大姑娘于小顶挡道，成了坐标和参照系，让别人家女子都黯然无光，也令他无法脚踏农村实地去娶妻生子，踏踏实实过乡村日子。他内心总有一个于小顶的影子在晃，总在遥望着对岸那点虚无缥缈。他陷得越深，就越将自己的无望和虚空增加了一层。

命运有时是爱跟人开个玩笑的。平时不开眼的老天爷偏偏垂青这个乡村秀才加后备干部。许大民真是做梦也没想到，却是那个倒霉的生产队大队长给他提供了机会，一番骚扰，致使小顶为脱离大队长魔爪而主动对他投怀送抱。这可真叫作天赐良缘！天赐良缘不一定非得从正面，有的时候也是从与正面相反的那一边，从背面推助着人达到目的。许大民岂能不勇敢地伸出援助之手，将美人顺势接住一揽入怀？

于小顶跟许大民确定恋爱关系后，大民就通过他老爹的门路将她调到另外一个青年点，摆脱了原先那个队长的控制。没过两个月，他们就结婚了。小顶跟许大民的婚礼，程序简单，一切按于小顶的心愿办。老许家没有姑娘，只有四个小子，大民还是老大，于小顶身为大儿媳妇，身份更为尊贵，简直就是老许家的皇后娘娘。她说要带头破“四旧”立新风，婚礼的一切程序从简，大民和家里人虽然私下里有意见，但也没在明面上说，最后还是委曲求全地同意了，就听于小顶的，去除乡间婚礼的一切繁文缛节，只请来三两同事在家里吃顿饭，再往办公室里带把喜糖发发，就算把婚结过。

她坚持要这么做，也是有道理的。想想，自己是处在什么情境下才无奈跟大民结婚的啊，哪里还有什么心思去大操大办？她也是被那个大队长逼得走投无路、入地无门之际，才狠心做出这个决定，与大民结婚。看得出大民是个好人，嫁了他，就暂时有了依靠，有了安全的栖身之地。至于未来，前途渺茫，她还没有工夫去想，也无从去想。结了婚，成了家，也许就能遏制自己的七想八想，就能遏止自己不认识人、调不回城、上不了大学的忧伤，就能让自己安心踏实地在这里过好每一天的日子。

新婚之夜，于小顶几乎没什么鲜明特殊的记忆。除了男女双方第一次赤裸身体的接触让人略感紧张，还有那一点点堵塞、随后轻微撕裂的痛以外，别的，也就说不上什么了。她并没有诸如"爱""情欲""高潮"之类那些直到多年以后她去跟别人丈夫偷情时才有的感觉，也没有"美好""热切"诸如此类的企盼。许大民做完程序上的事情，翻身下来以后，便倒头疲倦地睡去。于小顶拿水洗好下身，收拾干净自己，回来躺在许大民身边，略伤神且又无助地想，婚姻，原来就是这么回事；男女之间，原来也就是这么回事。

她呢？她就是觉得生疼。除了生疼，还有生分。

她没有一点这方面的常识。可怜她，时年 25 岁的大姑娘，没有一点男女生活的生理和心理方面常识。没有任何人来教授和告诉她,那个年代,所有的学习爱情和性爱的正当途径都堵死了。爱情是什么?她不知道。爱情,从来不是于小顶生活的重心和主题。她除了遭受性骚扰,为摆脱困境而结婚,还没品尝过爱情的甜蜜。当同龄的乡下知青们纷纷钻大野地交媾时,她却正一本正经,坐在主席台上到处讲用、发言。她是属于那一类特殊年代教育起来的女孩,老天爷根本不给她这样的女孩以学习爱情的时机。老天爷给这类女孩子大脑里装了另外一套革命程序。这个18岁入党、19岁下乡、立誓要扎根农村六十年的铁姑娘,除了认同代代红、大粪香,坚决走与工农相结合的道路以外,别的生活知识相当贫乏。直到新婚之夜,她才知道所谓"夫妻"是这么个程序。

婚姻教给她的个人经验,就是乏味。婚姻是乏味的,而"夫妻"也基本是"乏味"的同义语。婚后的生活简单平常,远不及台上的鲜花掌声迷人。夫妻生活,她不主动,也不拒绝,例行公事。丈夫却好像乐此不疲,好像捡了个大宝贝,要不是身体不行,一晚上恨不能要好几次。她就更不懂,烦他扰得她睡不好觉,就翻身背对着他,把脊背给他。丈夫这才作罢。等到下一晚,相同的程序又要重来。她腻歪,心里有点瞧不起他。什么大不了的事,没完没了?但是她也不想太不给他好脸。她还想把这个家庭生活维持下去。

男方这时也不比她明白多少。男方时年29岁,也是大龄处男。正处在对房事比较"贪"的年纪,只顾自己享受,理所当然地以为女人也跟他保持同步感觉。夫妻俩在对性的认知上,正好扭在相反的两股道上越滑越远。

可就是这么乏味的夫妻生活,却还是让她很快就坐上了胎,没多久就怀孕了。

挺着大肚子的于小顶还在到处讲用。这回讲用的材料更足了，现身说法，扎根农村六十年有了实际行动，已经在乡下这里安了家落了户，不久，下一代的农民也将要出生，这样的知青不被当典型，还有什么样的知青能当典型？于小顶的事迹升格，一下子被树立成了地区、市里、省里的先进模范，被各级领导握手接见的照片频频上报纸一版头条。

慷慨激昂的话讲啊讲啊讲啊，激动人心的话讲啊讲啊讲啊，扎根一辈子的话讲啊讲啊讲啊，总是讲得她自己都被自己打动，自己都为自己热泪潸潸。

她的事迹、长相、好命，惹羡了多少无机会上台、无缘上台的人？也惹羡了多少仍在遭歧视、挥汗如雨犁大田、耕大地、插大秧、做苦力的知青姐妹兄弟？从人们羡慕的眼光里，她多少忘掉了自己的忧伤，也逐渐忘却了从前在生产队里不快的记忆。城市也又一次被她忘记在脑后，她努力使自己对现状生出无限的满足。

于小顶直到临产的前一天还在相邻县里的台上给人讲用。讲着讲着，正说到"不闻大粪臭，哪来稻谷香"时，她就隐隐约约觉得肚子疼得受不住。她又不敢声张，强忍疼痛，频频擦着头上流下的虚汗，坚持把个人事迹讲完。下得台来，马上对县知青办主任说，不行，我肚子疼得厉害，你这儿附近有没有医院？我得去看一下。知青办主任赶紧去叫司机，恰巧接她来的司机去送临县另外一个领导出门，车还没回来。知青办主任让她等一等，说车马上就回来接。于小顶说她等不及了，得赶紧去，说不定要生了。主任一听，这才害怕起来，不敢怠慢，站在大门口拦了一辆过路的手扶拖拉机，又喊上一位妇联的女同志陪着赶往了医院。

那是1975年的初夏。乡村大道的两边麦浪泛绿，槐花飘香。远处电线杆和大树杈子上的大喇叭筒子，正传来电影《青松岭》里热辣辣的插曲：长鞭哟那个一呀甩哎，“啪啪”地响哎，哎哎嗨依哟。坐在公社手扶拖拉机里的于小顶疼得额头冒汗，拖拉机轱辘后边激起一路尘土飞扬。于小顶慌不得已，顾不得身段，采取了各种跪姿坐姿来减轻疼痛，拖拉机机身每颠簸一下，令她都觉得那孩子马上就要从下身涌出来。

就这么强忍着颠到了医院。上了产床，医生一检查，说你这人可真行啊！怎么才来？已经开了两指了，赶紧吧！说着马上召集接生护士们准备。医生又问产妇家人来了没有，那个陪她来的妇联女同志急忙去叫人通知于小顶家人。

等到许大民赶到医院时，孩子已经呱呱落地，是个虎头虎脑的大胖小子。许大民激动得有点哆嗦，在裤子上抹擦半天也不敢去抱。小顶婆婆给预先做的那些小衣服都没来得及用上，就用医院白被单包着，找个车将娘俩拉回家。

老许家添丁入口，一家人喜不自禁。于小顶的娘家人也高兴。娘家人那头听到喜讯后，于老太太一边让儿子小刚带着，提着老母鸡急着忙着往这儿赶来看女儿，一边自己嘴里嘟囔：过去都听说老娘们干活把孩子生在锅台上，可从来没听说谁像她这样把孩子生在讲用台上的。

孩子的出生更让于小顶在婆家有了功劳。公婆脸上乐开了花。全家人把她捧得更像个娘娘。所有家务活根本不用她搭手，婆婆一人全包了，殷勤侍奉，端水端尿，还叫来村里的表亲三姑来家帮忙侍候月子做饭带孩子。于小顶在婆家的地位水涨船高，母以子贵，尽情受宠。

偏偏于小顶是个不会享福，也不习惯享福的人，只要一待着不动就难受。只要一静下来，过去的岁月、万千思绪就会滚滚而来。她受不了。她闲不得。生完孩子三天，她就急着下地走动，一个礼拜不到就什么都能自个儿做了。不到一个月，月子没坐满，就完全待不住，非闹着要回去上班。喜得她婆婆一个劲儿说这个儿媳妇好，虽然是城里头出生长大的，却没有毛主席说的“娇骄”二气。她娘则在那头说小顶完全是自己的遗传，身体好，骨架子大，生孩子好生，一撅腚就是一个，往后肯定跟娘一样，生个十个八个的都没问题。

小顶才不听她们老太太的歪理邪说。毛泽东思想哺育下成长起来的一代新人，岂能跟她们旧社会过来的人一般见识？她又使自己无事忙，投入新一轮紧张严肃的活学活用宣讲活动中。

生完孩子上班后，她再次得到重用，被提拔为地区革委会副主任。这下算把自己在乡下的位置彻底夯实了。现在她是家里最大的官。丈夫对她不敢惹不敢招，一心一意照料孩子，做好后勤家务。公公婆婆更敬她三分。原先心存着的那点回城的念想，如今已然全部湮灭。不光是因为她已经给提拔了，但见那些先期回城的知青插友，也没什么好工作、好工种，出去没地位，在城市里也是边缘化人群，一个个灰溜溜的。那个叫彭国庆的家伙，就是原先从讲用团里调走回城、临走回来取东西时还教育开导了她一番的那个家伙,现在在干什么? 煤矿下井呢!

而在乡下,她却是越来越名声远扬的知名人物,手里还有点小权力,并不比城里那些人过得差。逢年过节,公婆家还让她给城里的娘送些年货回去。那时城里粮食定量,每人每月3 两油、2 两肉,物质严重匮乏。娘家靠她从乡下的接济,补足了小刚小芳正处在贪吃阶段家里粮食不足的亏空。

想到此,她的内心生出一丝丝小小的自满。

在娘家那里,娘现在一比较老大和老二,那当然还是老大小顶的日子过得好,嫁了乡下有权有势的好人家,自己也能干,又是典型又是模范的,现在也提升为领导干部。老太太的骄傲挂在脸上,把那张挂历挂在墙上最显眼的地方,逢人就到处显摆。同时老太太也新旧对比,免不了数落老二于小庄:你就说啊,当初你要是跟那个盘锦大下巴成了,你说,你这日子不也过起来了? 那家人不也拿你当个娘娘宠着?

小庄一听,不乐意了,说:娘,你自己说话还有个准儿没有了? 怎么出尔反尔? 那当初是谁看不上人家愣给搅黄的?

于小庄心里还是感慨啊:三十年河东,三十年河西。这已经不是刚下乡那会儿,我往家倒腾山货、木料那时候了。娘纯粹是个势利眼,谁对家里有用,往家里倒腾东西多,她就说谁好。这老太太,可怎么整呢?

但是她们哪里知道,于小顶她是如何奋勇拼搏、挣扎到今天的。受过的苦、内心的伤,于小顶根本都没跟他们说,只把喜讯向她们传扬。

于小顶在婆家的宠爱和娘家的高看一眼中,渐渐自骄自满,生出一丝小小的得意。她还要对照典型找差距,不断奋进,不停争先,沿着毛主席指引的与工农相结合的光辉路线,勇敢地走下去!一直到底,不回头!

1976年,“四人帮”被粉碎,形势变了!白卷先生没有用了,知青典型不提了。知青们又在纷纷闹回城。这回的形势变化,跟20世纪70年代初那次可不一样。这回是要来一个彻底的大逆转。

作为一个有着十来年党龄的老党员,又经过了广阔天地风口浪尖的锻炼,于小顶凭着灵敏的嗅觉和政治头脑,知道自己也正处于一个危险的位置,可能要有麻烦。

果然,接下来的日子里,她和那些曾经被树立为知青标兵模范的人物一样接受了审查,隔离检查交代。这一隔离就整整八个月。

一夜坠落,于小顶的命运又一次遭逢波折,跌到谷底。

而原来那些羡慕过她的同学,那些无所作为调皮捣蛋的知青,此时却正在胜利大逃亡路上顺利登上城市之岸。

于小顶默默忍受着,承受着这来临的一切。有时迷茫忐忑,有时也惶惶不可终日。婆家人也到处找熟人帮忙,替她说情辩明清白。

高考招生的消息,是转年到达的。1977年首次招生时,她还没有放出来,问题还没有结论,没赶上点儿,无缘做一名考生。但是,内心里,她却像是在隧道尽头看到了一丝亮光,黑暗的命运又给撬开了一道缝隙。就是这么一道小小的缝隙,射进来微薄的亮光,中间起舞的全是尘埃和细菌，她却也像是落水的人抓住救命稻草，使劲抓住不放。

大学！又是大学！大学曾经是她的美梦，大学也是她的噩梦！若不是为了能被推荐上大学，她怎么能涎着脸去找大队长送礼说情以致招来以后出逃、嫁人、生子等一系列命运的转折？

如今，这个“大学”又来了！又来刺激她、引诱她！还是名副其实的大学！是凭个人真本事才能上的大学！

她在心中默数着：要出去，走出去！一旦有机会，就要出去！不管付出什么代价，都在所不惜！黑暗就要到头了！黑暗也应该到头了！就像在黑洞中漫漫无际飘浮许久许久，一直飘浮着，在沉沉黑夜里，不是上升，而是坠落，悠悠地坠落，现在，她必须找机会着陆！她必须挣扎出去，着陆、安身！不光是为了圆一个上大学的梦，更是为了逃生。逃离苦海，脱离险境。

决心已定，谁也挡不住。

年届28岁、已是一个孩子母亲的于小顶，开始了她一生中最为艰苦卓绝的从沉沦中缓慢上升的时期。

她以为最难的是先要过政审关。这一关不过，别的什么也谈不上。八个月以后，她的政审结论已经出来了。知青于小顶并没有依附权贵，也没有什么靠山，完全是凭自己挑泥担担下田爬堤拼命苦干上来的，不是谁的小爪牙，没有什么政治背景。她属于受了“四人帮”流毒影响，还可以教育改造好的一类青年。最后是无罪释放。

这期间，老许家托门路找的人也起了一些说和作用。

接着就是备考，毕竟扔下书本快十来年，那套东西都忘记了。于小顶开始准备报名，到处找课本、借材料，打算开始复习。

但是，令她万万没想到的是，最难过的还不是这两关，最难过的是家庭关！

公婆以及自己的丈夫这时全跳出来横加阻拦，坚决不同意她考大学。

坚决不同意！阻拦的程度，达到力大无穷、势不可挡的地步！

先前，当她郁郁不得志、隔离遭受审查时，老许家人动员各种力量各种社会关系千方百计找人救她、捞她，抢救自己家儿媳妇。这回，当她刚刚摆脱命运魔影，想要一劳永逸摆脱过去阴影时，他们却出来阻拦了！

他们主要是担心她从此会一去不回头。

这个理由也说得过去。她表示可以理解他们的内心的隐忧以及他们对她的厚爱。同时，她也必须带着内心累累伤痕，耐下心来，苦口婆心做家人工作，千解释万保证，如果考上了，将来一定把丈夫孩子一起调到城里去，然后全家团聚。

他们不信。根本不信。已经有不少在乡下结婚的知青打离婚然后调回城去了。他们看着怕，忧心忡忡，不想让悲剧在自己家庭里重演。

她不能跟他们明说的是，她厌恶这里！她再也不想待下去，一刻都不想待下去，不想见这里的一草一木、一人一畜。八个月来遭受的痛苦、那种万念俱灰的感触，远远大过从前这个地方曾给予过她的几年辉煌。

人的记忆往往就是这样，往事当中，再大的幸福，也总如毛毛细雨，滴过就忘记；而再小的痛苦，却也总是如刀削斧劈，永世铭记。

她和他们互相都不能够说服对方。

婆家人见说服不了她，就采取迂回手段，也不说不让她考，而是想办法破坏她的备考计划，时时刻刻盯着她，看着她，拿孩子给她捣乱，不让她有备考复习时间。

这是最要命的。眼见着离考试时间越来越近了！不复习、不准备，一切就等于瞎扯，到了考场也白搭。

她挣扎，她愤怒。为什么跟他们说好话他们就听不明白呢？跟他们诅咒、发誓，说将来绝对不会变心，他们就是不信，听不进去。家里看不下去书，无奈，她就躲，躲到办公室里复习，或者在哪儿找个犄角旮旯小破屋躲进去，去做代数，去解方程式。可是无论在哪儿，她走到哪儿，丈夫一准能摸了去，准找到，把孩子也带去，放她身边哭哭闹闹，捣乱够了，然后就拉扯她回家。

她明白了，丈夫这是一直在跟踪她，以看紧她盯梢她为眼下这一时段的主要工作。她不理，也不从，孩子在身边愿哭就哭，她照样看书。结果丈夫先是上来生拉硬拽，见拉扯不动，到最后就是动粗，来野蛮的，跟她撕扯起来，甚至拳打脚踢。

这可是生平头一次，她遭受身体暴力、家庭暴力。丈夫第一拳上来时，正杵到她太阳穴，她脑子“嗡”地一下，猛地一阵晕眩。等站稳之后，先是有点愣，直瞪着丈夫，像是不认识许大民。

许大民的拳头一揍下去，自己也愣了，也不明白自己为何变成这个样子。

难道一个人的不舍和挽留会变成施暴的理由吗?

施暴的规律就是这个样子,一旦第一拳打下去以后,第二拳、第二脚就比较顺当、比较接踵而至、比较没有心理障碍、比较越来越有快感。

于小顶一边向后退着、躲着,一边用手挡,眼见着血红着眼睛的丈夫,正在打得性起,简直像个禽兽,她也不由得化悲为怒,本能地顺手抄起身边能够拿得到的自卫武器予以抵挡,同时嘴里也疯狂地叫着:许大民!你这个混账!我要劈了你!

她手中抄来的是带齿的钉耙,那个尖尖的钩齿划破许大民脑门子,鲜血"滴滴答答"地流了下来,让他稍许清醒了一下,暂时中止了正越打越顺手的连续勾拳。

这边的大人哭孩子叫引来周围听到动静的人上来围观、拉架,于小顶一时间觉得颜面皆无,自己在人前的自尊降到最低点。本来八个月受审已经让她无法抬头做人,如今大民这么一闹,她就更无法见人。

这个样子的家,还如何能待?于小顶趁着黑夜,抱上孩子,坐上回沈阳的长途车,风尘仆仆地躲回到娘家来。

于老太太见大女儿突然间回来,先是一愣怔,忙问她:咋啦?咋突然间回来啦?于小顶隐瞒了真情,说没啥,只说她报考了大学,向单位请了假,是回家来复习的。娘一听,一方面不明白她为何要放着好日子不过,瞎折腾个什么劲?当个模范典型有什么不好?一方面也心疼女儿,相信女儿,认为她做什么都有理。(于小顶从来对娘家人报喜不报忧，先前的隔离审查，她就一点都没让娘家知道。和许大民商量好，一起对家人隐瞒着。所以，于老太太的记忆还停留在先前那会儿呢。）在娘的心里，大丫头永远都顶天立地，干啥啥行。娘对她的行动表示支持，又担心地问：那你考大学，女婿啥意见？他同意吗？于小顶撒谎说：同意。他支持我考。娘这才略感放心。

不承想，谎言刚刚撒过没一会儿，女婿许大民就追到沈阳家里来接媳妇孩子回去。进门以后，不由分说，连跟于老太太打声招呼叫声妈的心情都没有了，劈头盖脸就对于小顶一顿申斥。见小顶不作声，上来又要动手拉扯。

那于老太太是什么人？也是久经风雨世面，在一旁早把这情景看明白了，知晓得八九不离十。只见这于老太太上来，把闺女往自己身后一拉，藏在自己身后，自己的大腰杆子横插在他们俩中间，一手指着女婿的鼻子，骂道：哎我说你这个杂种！哪家来的王八羔子这么无理？没看见你娘我站在这里吗？兔崽子你敢还当面打我闺女？还把不把我这当娘的放在眼里了？

那许大民也是邪火旺的时候，以为丈母娘指使和窝藏媳妇跟自己作对，不免就把以前的虔敬扔到脑后，又被丈母娘的怒骂勾出了他几丝撒泼的本能，便也毫不示弱，回嘴道：我看你们老于家一家上梁不正下梁歪！哪有你们这么拴完驴就拔橛子，一点都不知恩图报的！

老太太一听，说：哎我说你这小兔崽子！你敢连我们老于家祖宗都糟践哪！我闺女是天上文曲星下凡，你不能耽误她的前程！

有本事你也考！你要能考上我于老太太也高看你一眼。一个大老爷们儿，见天价追着屁股后头拦着媳妇算个什么本事！

许大民不耐烦地说：我考个屁我考！没有我，没有我们家，哪里有她于小顶的今天！走！你麻利地跟我回去！

许大民说着，上去又对于小顶生拉硬拽。于小顶使劲耸着身子挣扎。于老太太一看，那也是剑眉倒竖，满脸肉丝子都立起来，大喝一声：你给我住手！看我不打你这个杂种！

说着，顺手抄起笤帚疙瘩就抽过去。（顺手抄东西就打，老于家简直就有遗传！大闺女于小顶也擅长这个。）

女婿毕竟个儿高，用手一挡，就把于老太太挡得趔趄一下。于老太太也不示弱，只见她顺势后退，就着他的推劲，一屁股就坐在地上，坐下就不起来，拊掌拍地开始大号，边哭边诉之余，手也不闲着，抄起身边能摸到的东西——笤帚、炉铲、锅盖、抹布、针线板“噼噼啪啪”对准许大民脑袋砸过去。那些零零碎碎有棱有角的东西，划着美丽的弧线一个个命中目标，搞得那许大民只有招架之功，没有还手之力。

丈母娘打女婿，那才叫一个怎么打怎么有理呢！窗户、门大开，于老太太奋勇的哭号声传出几里地外。邻居们听到动静全都跑过来看，拉架的看热闹的一大片。小顶在一旁拉也不是，劝也不是，只好叫小芳跑去叫人。小芳头脑一蒙，出去也不知道要找谁。她大姐的意思其实是让她去叫她们三哥，家里有个哥哥戳着，那许大民也就不敢胡闹了。不知是小顶没吩咐清楚还是小芳没听明白，这三丫头出了门就瞎跑，迎面正好碰到前来入户调查的片警。

片警问她，你跑什么？小芳说我们家要出人命了！片警一听，什么?！赶紧，你赶紧领我去！

小芳就顺便把片警领回家来。片警来一看，地上坐着一个哭天抢地的老太太，旁边站一个大姑娘和一个大老爷们儿，满地撒的都是笤帚疙瘩针线板。于老太太一看片警来了，有了仗恃，哭号得更厉害。片警忙上前去搀扶她起身，于老太太被他搀起来，趁人不备，又猛不丁一头撞向女婿。那女婿没防备，被撞得后退几大步，“哐啷——”腰眼儿硌在柜门把手上，疼得他龇牙咧嘴直哆嗦。女婿就是再浑球，这时也不敢还手，只能频频躲闪，由着于老太太闹。70来岁的人了，有个什么好歹，他可担待不起。再说又有片警在场，他更不敢轻举妄动。

片警过来，把女婿带走，在派出所里训了一顿。在沈阳地界，哪有外乡人说话的份儿?

女婿灰溜溜地落荒而逃，从此再也不敢来。

事一闹开，于小顶更在周围街坊四邻面前抬不起头来了。她觉得自己在整个人世间都没什么自尊可言了。唯有背水一战！离开！离开！离开！离开曾经围绕着自己的一切！

于小顶咬紧牙关复习备考。就在装煤球劈柴的那间小偏厦里，于小顶磕磕绊绊复习起自己的中学课本。于老太太一天三顿吃喝伺候着，给她带孩子，一得空就唠叨。她充耳不闻，只是以巨大的意志力，绝处求生。

只准成功，不准失败。她已经输不起了！

本来她有不错的底子，经过悉心苦战，终于以很高的分数考上了辽宁省一所重点高校。通知书下来，她却不敢像别的考生一样感到欣喜长出一口气，因为她不知道还有什么障碍在前边等着自己。

果然，她回去调转关系时，又遇到了麻烦。女婿百般阻挠，上下串通好了以种种借口不给小顶办手续。

小顶心一横，到单位管人事的一把手办公室去闹，抱着孩子去，一上班就进门，把孩子放他桌子上，闹得他无法办公，吓得他乱逃。怕孩子他爹再动手，于小顶她几个哥哥、弟弟轮番陪着去。穷人家，兄弟们多，就是个仗恃。苏家屯公社到处是女婿许家的势力，没法在那儿住，他们就每天通勤，跑长途，陪着妹妹白天到那儿去闹，晚上坐长途回沈阳。

不这样，又有什么办法呢？最后把小顶单位一把手逼得无奈，对许大民说：大民哪，你看，不是我们不帮忙，我们实在是帮不起。你们家的矛盾还是回家里去解决吧。我们这里也不能成天价不办公净陪你们夫妻打架。

女婿也讪讪的，不好做人。于是双方坐下来谈判。男方提条件：要么于小顶走人，离婚，把孩子留下。要么于小顶留下，不上大学，两口子继续过日子。

小顶思来想去，泪流成河。最后还是以割肉之痛，留下孩子，放弃儿子的抚养权，独自回城，上大学。

她想，她就是死，也要把这个大学上成！

当然她心里也有数：孩子是他奶奶家大孙子，许家人不会待他太坏。

此时亲情的割舍,她还不知道她将失去的是什么。若干年后,当儿子长大成人后,报应就来了。孩子已经不认她这个妈,在奶奶和爸爸的教唆下,对撇他而去的母亲充满了仇恨和怨怼。

这也成了于小顶一生摆脱不了的最尖锐的痛。办完离婚手续,男人哭得“哇哇”的,孩子也哭得“哇哇”的。她被孩子的哭声搅得柔肠寸断!

但她还是狠狠心,咬咬牙,独自上路了。

四年的大学,低调而沉闷。她改名,叫于朝阳。

在她心中,过去那个于小顶已经彻底死了,被她自我埋葬。一个新的陌生的自己正在一天天建造起来。

9

终于有一天,夏冬临来电话通知她们家说,于小庄死了。时年29岁。

那是一个北方冬天12月的上午。仍旧是西北风在窗外怒号,也是一个滴水成冰的早晨。大门口一棵老槐树的秃枝给刮得抖个不停。太阳许久都没有出来,天气阴阴的,浓重的霜气经久不散。时年70岁的于小庄她娘那天早起就觉得浑身不大对劲,心慌、胸闷,右眼皮一个劲地跳。找了张白纸撕下一小块儿贴在眼皮上,那跳还是止不住,“突突突”乱闪个不停。她照常开始起床穿衣,拧开戏匣子。那个崭新的半导体收音机里传来的已经不是样板戏,而是一些新潮的《乡恋》《妹妹找哥泪花流》什么的。李谷一的气声

“哈哧”“哈哧”,中间换气那当儿总要故意停顿,像是唱到哪儿倒不上来气儿。

于老太太照例开始一天的活计,捅炉灰,点炉子,打扫鸡圈,做早饭,蒸馒头,结果干点什么都干得不利索,总是丢三落四的。点炉子时,只把劈柴放了进去,底下铺的一层引火的煤块倒忘了搁,炉底上没有了隔层。结果几块劈柴“噼噼啪啪”一会就着完了,全都变成了灰,从炉架铁条上漏了下去。又得低头哈腰重新点。想蒸点馒头吧,一转身,盖帘和屉布不知放在哪里,翻锅掀盖找了半天。其实就在眼巴前放着呢。回来和面时,脑子里也不知在想什么,一不小心把碱放多了,蒸出来的馒头全是黄的,硬撅撅,像窝窝头。五六只半大母鸡给哄散到屋外后也不安生,一个劲在院里笼子里扑腾,“咕咕”乱叫。小庄娘心烦,一边骂着你们这些“白吃饱”,一边不耐烦地拿着小木棍敲山震虎、敲笼子吓鸡。鸡们不但不怕,还把翅膀扑棱得更欢。于老太太探头一看,原来鸡食盆子忘了搁,饿了一宿的鸡们在要求它们的早餐。她把拌了苞米面的鸡食放进里边,又放上一罐头水,这才停止了鸡们的集体抗议。于老太太不禁心里纳了闷儿,心说这一大早起来是怎么了?怎么哪儿哪儿都不对劲?

夏冬临的电话先是打到于小顶那里的,通过学校总机辗转接到宿舍里。开头还没敢一上来就说小庄已死,只说是小庄怕要不行了,在医大三院抢救,让她们一家人赶快都过去。小顶一听,头皮立刻炸开,本能地感觉到大事不好。再追问,夏冬临就死活不说真情,只支支吾吾说还是老毛病,支气管哮喘犯了,他现在在医院陪着,医生让家人赶快去。小顶到底是见过大世面的,慌忙之中还没忘打电话通知几个哥哥过去。她又先到家接上老娘和小芳,然后坐车紧赶慢赶朝医院驶去。

小顶慌慌张张到了医院。夏冬临在医院挂号处门口大厅里等着她们呢。一见面,于小顶就问:人呢?于老太太也跟着问:小庄现在哪里?夏冬临这才低下头,嗫嚅说:小庄她……人已经殁了……于老太太一听:什么?接着就摇摇晃晃往地上倒去。于小顶赶紧低身扶住娘,抹擦着娘的胸口,说:娘,你别急,娘啊,别急。然后又紧盯住夏冬临,眼里冒火地问:怎么回事?你说这到底是怎么回事?

夏冬临不敢回答。与他站一起、先期来的厂子里的小哥们儿、那个姓唐的替他回答说:嫂子是昨天夜里倒不上气来,我夏大哥先给救了几次,没见效,又赶紧叫车送医院来,到这儿一看,人已经不行了。

这么简略的回答,叫于家人怎么能够相信!

亲人猝然离世,造成天塌地陷的震惊!好端端一个人,怎么说死就死了?

娘家人不干了。一个大姑娘送到你手里,没几年光景,说没就没了,简直没个道理。没听说气管炎可以致死,尤其是一个花儿一样的生命。她们怀疑是夏冬临给害的。

往事桩桩件件,蓦地就闪现在眼前。就在前天,于小庄还抱孩子回娘家来过一次。那是大半夜啊,风雪交加,小庄一个人,顶风冒雪,自个儿抱着个孩子,也没有坐车,就那么一步一哭走回娘家的。十几里地的路程，她是怎么走回来的？把个孩子都冻得"哇哇"咧嘴直哭。到家来，把她娘吓了一跳。问什么，也不说，只是哭着，说不跟小夏过了。别的，就什么也问不出来。于老太太留女儿和孩子住了一晚上，第二天又把她给劝了回去。两口子打架真是不算事，她和小庄他们的爹、那个死老头子就打了一辈子，打完，不还是一个锅里吃饭、一个炕头上睡觉？

大姐于小顶听到这里，哭着埋怨她娘说：娘你好糊涂啊！要不是夏冬临下了黑手打她，小庄她怎么会大半夜里抱着孩子走回来啊?！那多远啊！那么大的孩子，她怎么抱得动？你怎么也不问个清楚？怎么能又撵她回去啊？我糊涂的娘啊！

她娘也老泪纵横地说：我哪里知道，这一走，就断送了我闺女的性命！

她们在这儿哭着、闹着，一会儿，小庄的几个哥哥也来了。众人跟着往太平间走。顶着冬季凛冽的寒风，越过零零星星的病人，拐过医院几道山墙，才到达北门最拐角处的太平间。他们进得屋去，里边阴森凄寒，哈气成霜，一排排冷冻尸体的抽屉倚墙而立。值班人员按照夏冬临递过来的号码，从一大排抽屉中间抽出一个，由两个人将尸体给抬出来，放在运尸床上。尸体上面从头到脚都蒙着白布单。一见这情景，全家人的心都颤了。大闺女于小顶冲上前去，一把掀开了布单。果真是于小庄，她的妹妹，那个可怜的一奶同胞，如今眉目晦暗，肌肤蜡黄，安静地躺在停尸床上。她的嘴还在微微地张着，似乎还在喘着人间最后一口气。

小顶不敢相信，还在说：小庄，小庄，是你吗？你睁开眼看看，娘和哥哥们都来看你了！你说话，你说句话呀！

见她不答应，小顶握着小庄的手，摇了摇，又把自己的脸紧贴在小庄的脸上，想试试妹妹的温度，想再听听她的呼吸声和心跳声。俄顷，她猛地抬起头来，狂叫：娘！娘！你快来呀，你快来看哪！她没死！小庄的身上还是热乎的！

她娘也拼力想挣脱小芳紧拽着的手，白发乱颤，颤颤巍巍地往这边伸着双手够着，嘴里大叫了一声“我的儿呀——”立刻就抽搐过去。

家里的几个哥哥也一边哭，一边拽住安抚他们的妹妹和老娘。夏冬临这时也想过来劝，大姐于小顶一见夏冬临，立刻飞身冲了上去，左右开弓，照着夏冬临的脸“啪啪啪”就是几个大耳刮子，一边打一边跺着脚，哭着大骂：姓夏的，你这杀人凶手！你等着！我要把你大卸八块！我要一枪崩了你！我要让你全家人给我妹妹偿命！

夏冬临只是抽身朝后躲，吓得连声也没敢吱。

唐师傅等人给拉着劝着，让娘家人与夏冬临之间隔开有效的安全距离。

环绕于小庄的尸体，于家兄弟姐妹都哭得悲痛欲绝。

眼见得自己的同胞姊妹，花样年华，就这样不明不白，匆匆撒手人寰，说什么，他们也不能接受。

按照夏冬临的解释，半夜里于小庄她倒不上气，说胸口闷。于是他给她找药吃，给她做人工呼吸，做按摩挤压。结果全都无济于事，仍然是喉头憋闷，嗓子眼上不来气。到了凌晨 4 点多钟，一看不行了,直翻白眼,他这才喊醒邻居,借了辆三轮车给送到医院。

但是医院的诊断报告上说,病人送来医院时就已经死亡。

娘家人向公安局报案,怀疑夏冬临说法有诈,要求做尸体解剖。

他们的老娘还有些不忍,打退堂鼓说,闺女死也已经死了,还要被大卸八块,为娘的,一想起来,就心疼啊！莫不如,就给她留个全须全尾吧！

大姐于小顶坚决不从！她是属于有知识有文化阶层,不诛杀凶手决不罢休！以她为首的一派,坚决要求尸检。

尸检结果,除了传统的支气管炎哮喘、喉咙略微红肿之类症状外,还检查到左胸肋骨断了一根,若是按照夏冬临的说法,那只能疑是做人工呼吸时挤压所致。别的疾病查不出来,也查不出有任何被迫害致死的症状。

死亡结果最后还是写:哮喘导致心肌梗死。

最后,老于家人还是带着这个千疮百孔的亲人尸体,去了回龙岗火葬场火化。按照民间的礼俗,小庄是暴病死的,不能穿正常人入殓时的衣裳,只能穿寿衣店里那种深灰或皂荚色麻面寿衣,上面统一有“万”字图案和机绣钟馗打鬼图。又是她大姐于小顶不从,她坚决要给妹妹挑选一套喜兴的寿衣穿上,作为对她挨了那么多解剖刀的身体的补偿。最后选了件玫瑰红织锦缎寿衣,上面是描龙绣凤的吉祥图案,脚下是一双桃红绣花鞋。妹妹在阳间受的这么多苦,也许到了阴间就能来世报,会享受到喜和乐。他们也希望小庄到了那里能积下阴德给她自己尚未成年的女儿夏雪花在人间托点福来。

眼见着，他们的亲人，亲姊妹，青天白日之下，就在凛凛寒风中化成了火葬场烟囱中的一缕烟，缓缓飘散，不见了。

多年以后，于小顶对已经长大成人的外甥女夏雪花回忆说：当年，眼看着自己的亲妹妹被缝麻袋那么粗的针，给左一块右一块拼补上，我的心哪，也像被钢针穿透了一样！

也是多年以后，老于家人仍不相信这个尸检结果，但又没有证据证明是夏冬临害的。唯一证据只能是他们两口子平时感情不好。他们也怀疑夏冬临当时拿钱把医院和公安局的人买通了。

当时现场唯一的目击证人就是3岁的夏雪花。可怜她目睹了父母当时的一幕，但是她什么也不会表达。

按照风俗，于小庄的骨灰，只能由夫家负责收。娘家人连把女儿骨灰收回来的权利都没有。于老太太这份悲啊！70来岁的于老太太瞒着众人，让女儿小芳推自行车给带着，径直来到老夏家门前，堵着门口破口大骂：夏冬临有种的你给我出来！我这条老命我跟你拼了！我闺女要真是你害的，你们老夏家个个都不得好死！出门就让汽车轧死！吃苞米楂子不消化噎死！拉泡屎屁眼灌凉风呛死！你们夏家从今往后断子绝孙！

一场婚姻，让城市的两个贫民家庭结下深仇大恨，同时还留下夏雪花这么个根。

第七章　人鬼情未了

1

夏雪花本不该来到这个世界上。

夏天的雪花，那还有个好吗？其一是根本不存在，子虚乌有。其二是落地就化，要是有，也是遇上窦娥那么大的冤情。她妈妈给她取名时，原本是想表示稀罕、珍贵，却不料，一语成谶，生下来就是个苦命的孩子。

一个生命消殒了，不会了无踪迹。亡灵依旧跟世间的亲人们息息相通。

母亲死后，夏雪花跟随爸爸过活，被她爸爸放在了爷爷奶奶家里。父亲给她改了名字叫夏小禾。虽然不再是子虚乌有的雪花，却也是夏天娇弱的禾苗，经不起折腾。况且，这“夏小禾”的名字中间，跟她母亲“于小庄”的名字一样，中间都犯一个“小”字，似乎在辈分上有点混乱。也许是有意让她记住她的母亲？不知道。说不上夏冬临是个什么意思。反正她姥姥家的一族人，每逢提起时，还叫她夏雪花。他们不承认，也叫不惯“夏小禾”这个新名。

不管怎么说，从雪花到小禾，这孩子打一坐胎，就没少跟着她妈受罪。改了名字之后，也许就该转转运了吧？

3岁的孩子对过去是没有记忆的。通常情况下，人类要长到4岁才会记住童年的零星事情。父亲夏冬临对3岁的夏雪花封锁了一切有关她生母于小庄的讯息，连一张亲妈的照片也没有给孩子留下，统统一把火烧毁了。夏雪花母亲的娘家人曾经提出接夏雪花过去抚养的要求，她爸爸当然不能答应。两家人既已经反目成仇，今后的一切交往也就都谈不上。雪花的大姨和舅舅还曾经到她奶奶家去探望过她，全被她姑姑和奶奶拦住不让进屋，活生生地给骂了出来。一次两次过后，老于家渐渐灰心，虽然心里边还惦记着这个有着骨血之亲的孩子，可是每逢上门，却总是自取其辱，被骂一个狗血喷头，久而久之，他们对于这门亲戚，也就断了念想，从此不再主动迈进夏家半步。

同城而居，近在咫尺，夏雪花跟她母系家族的联系，却就此中断。

日子虽然磕磕绊绊，却在照常往前辗转着。旧有伤痕抚平，新的机遇再来。半年以后，工人阶级电工班长夏冬临又娶了一个小他10岁的临时工小丫头。新媳妇家在乡下，来城里投奔她家亲戚，临时找了这么一份工作，正好在夏冬临属下，当了他的徒弟。这丫头长得一般，跟前妻于小庄的美丽动人正好截然相反，她个儿矮，皮肤白，身体胖，浑身上下肉嘟嘟，每抓一把都是肥油，看着像个球。但是有一点就是脾气好，对夏冬临更是百依百顺，侍候得十分周到，简直拿他当大爷供着，在家里老头老太太面前，更是低眉顺目，表现良好，总像耗子见了猫。老夏家一家人对她都很满意，用夏雪花奶奶到处炫耀的话说：我儿子有能耐，又娶了一个黄花大闺女儿。

要说人这小丫头，确实挺有心眼，会来事儿，原先就一心想在城里找个依靠驻扎下来。夏冬临师傅是她除了自己亲戚家的表姨夫之外她接触得近，也是联系得最多的城里男人。她一看这师傅，白白净净，方头方脑，待人不错，平常在工作中对她多有照应，丫头马上就对师傅印象良好，毕恭毕敬，端水倒茶，殷勤侍奉。那回又从旁的师傅那里偶一听说夏冬临刚刚死了老婆，大家都在帮他介绍对象，正待再娶，小丫头心里一动，马上迅速在心里合计了一下，估算了一下眼前这个人的价值：虽说是这个人结过一次婚，还有了一个女儿，自己若真想嫁给他，那可就成了给人做填房，过去还要做后妈，在外边说起来名声不大好；但是，从另外一个角度看，如果计算一下他的工资月收入，以及他家里的住房、自行车、沙发、大立柜等财产，比起一般人来，还是显得相当富贵。她要是能靠上这个男人，不吃亏。

小丫头有心计，又假装不经意地详细向旁人打听夏冬临的情况，得知他女儿跟了爷爷奶奶，结婚后他们自己有住房可以出来单过，小丫头心里暗喜：当后妈这道障碍又没了。剩下的，还有什么可犹豫的？丫头又一算自己的家庭，父母哥哥姐姐全在农村，家里要钱没有，要房没一间，自己呢，又没多少文化，长得也不是特别好看，岁数呢，除了跟师傅比还算小，还有点优势之外，跟老家的同龄人比起来已经算是大龄未婚女青年，自己简直是要啥没啥，不嫁师傅这样的嫁啥样的？像夏冬临这样的抢手货，可不是那么容易碰上。下手晚，说不定就没了呢！

说干就干！小丫头也没跟谁商量，连她亲戚家都没告诉，就自主行事，对夏冬临迅速下笊篱，开始用网罩起他来。她那个城里的远房亲戚本来就对她爱搭不理的，虽说是自己亲戚，但是总免不了寄人篱下，长期下去也不是个办法。寻求幸福生活，不能靠别人，说到底，还得靠自己。

从乡下积攒起来的丰富的生存经验，让小丫头明白，像夏冬临这样死妻的男人都缺些啥、喜欢些啥。说起来，这夏冬临也挺可怜，作为一个大男人，他也没太享受过别人对他好，总是他在照顾、赡养抚养一大家子人，跟于小庄，也是他在低眉顺目追求、伺候着她。如今，这新来的女徒弟胖丫头如此把他崇拜、侍奉，嘘寒问暖，照顾有加，让他冰寒坚硬且被婚姻摧残得支离破碎的一颗心，怎生承受得起？小丫头那一身的肥油，暖烘烘的，几下就把他给烤化。一来二去，没几个回合，夏冬临就缴械投降了，乖乖做了她的裙下臣。

胖丫头圆了他的处女梦。

就在北陵大街旧居那张他跟于小庄结婚睡过的婚床上，第一次到家里来的胖丫头，就急不可待地给夏冬临脱了裤子缴了他的枪。夏冬临也不是说完全没有准备的，但是准备得还不够充分。他已经看出了女徒弟有和他交好的意思，但是他还没有下定决心，尚处在犹疑中。说起来，男人也都是在市面上混的动物，都是极其要脸面的，极其注重自身的社会评价。

当年能娶上漂亮的城市姑娘于小庄，那是个什么劲头？自己的小兄弟们全都对美貌垂涎，佩服自己有本事，普遍对自己高看一眼。（当然，婚后感情不好以及妻子死后两家的交恶，那都是以后的事。）如今，这个胖丫头条件处处不能与于小庄相比。本来自己正处于死妻后的人生低潮时期，他在犹豫，若真与胖丫头为伍，会不会造成自己的社会评价降低。

所以，他还在观望，还在犹疑。怀着深深的忧郁，迟迟疑疑、半推半就与她交往着。

那胖丫头多精多灵啊！根本不给他以喘息犹豫的机会。尤其当她头一次被请来家里做客，目睹厨厕兼备的大房子，看到满屋搭配整齐的各式家具，不禁感叹啧啧！真是的真是的！这里要比她城里的亲戚家阔气多了！

胖丫头的决心立刻坚定，这个人，连同这个房，她要定了！

胖丫头先是夸赞、艳羡，把师傅表扬得晕乎乎的，在精神上先支撑不住，然后立刻拿自己不当外人，下厨房烧水做饭炒菜。不一会儿，锅碗瓢勺交响，油烟的香气夹杂着年轻女人的体香一起袭来，充满了这个冷寂许久的小屋。单身了半年的汉子夏冬临在肉体上也有点支撑不住了，被久违的家庭式温馨撞击得摇摇欲坠。四菜一汤摆上桌，再佐上一点本地特产“老龙口”小酒，胖丫头的粉面含花，舌尖相送，夏冬临酒不醉人也得人自醉了，再不醉就不像话，就简直是个蠢材、木头人。

当他被胖丫头拉拽着、撕扯着，鞋也没脱，上衣也没脱，一步一绊相拥着相搂着往里屋那张大床上挺进、翻滚时，他早已经忘记了这上面曾经躺过于小庄。而那胖丫头则神志清醒，眼下一心想着势在必得、引鸟归巢，就更不在乎什么床上曾躺过前妻什么的了。

夏冬临简直没想到，人与人能有这么大的不同。于小庄是被动的、冷的，心里拒斥但不得不表面应承；眼下这个女人，满心都是欢喜，满心都是顺从。

尤其是，从胖丫头身上第一次翻身下来时，他望见了床单上的一朵红。

夏冬临不禁悲喜交加，涕泪横流！

男人啊！毕生还能求什么呢？

仿佛毕生心愿已了，仿佛死亦足矣！

结婚当然也就成了水到渠成之事。

夏冬临早就不管不顾什么社会评价降低之事，他在胖丫头身上找到了自己所想要的，立刻拿她当宝一样。

小日子就这么着又生龙活虎“吧嗒吧嗒”过了起来。

结婚后，胖丫头再在同一车间做夏冬临徒弟不合适了。夏冬临托人把她调到另外一个车间打杂。

日子都是人过给自己受用的，旁人怎么看，其实并无所谓。旁人从夏冬临的再婚所能看到的是，尽管两人身份悬殊，两口子婚后却再也没有打架，两人看上去其乐融融。夏冬临没有骂过新媳妇一句，也没有动粗碰过新媳妇一个手指头。胖媳妇的农村亲戚时不时来他家串门，划拉走这个，捎带走那个，没少往回拿东西，有时胖丫头还偷偷掖给他们钱，这些，夏冬临都放手不管，视而不见，不但不埋怨，相反，还每次对亲戚们都笑脸相迎，热情相助。仿佛他这个女婿在娘家人眼里地位高，他就会产生空前的自豪感。

俗话说，物极必反。人都不能够得意忘形。一得意，必遭人嫉，也遭天谴。太过幸福的生活中，往往会潜伏着看不见的危机。往往，一些有经验的老人这时就会筑神立庙，虔心供奉朝拜，然后多做善事，有财散财，有力出力，广度众生，低调乞求神祇保佑平安。

夏冬临沉浸在再婚后的甜蜜里，暂时忘却了前一场不幸婚姻带来的烦扰，以及心灵留下的阴影，转而将精力全用在东山再起、光大事业、构建新家庭中。他忽略了对亡灵的抚慰以及对女儿的必要关心和关怀。那些应做的分内之事，全由他的父母两位老人家替代。

接着，在他短暂的再婚幸福生活中，就发生了不可思议的事情。娶亲的第一年，也就是于小庄死后的第二年，夏冬临的父亲不幸遭遇车祸去世了。

说也怪，老夏家门前的那条路上，车来车往，很少出事，夏家老头儿也几乎在路上走了将近四五十年，从来没有个磕磕碰碰的。偏偏那天，清明节那天，就在快到家门口时被一辆"解放"牌大卡车横向碾过，当场七窍流血，轧得死死的，一点救都没有。

老于家的人听说后，都说该！活该！老夏家人这是活该！这是于小庄死得冤，回来勾人了！

但后来听说老爷子是在清明节骑车去给于小庄上坟回来的路上被汽车撞死的，于家人又不免唏嘘：

老二呀，你不该回来勾老头子，他们家就老头一个人活着的时候还对你有点好脸，给你上坟烧香的事也都由老头一个人干。要勾，你也应该勾夏冬临和他们家那个老太太。再不济，也得是勾那个小媳妇和几个尖酸刻薄的小姑子。你说你在人间时就二百五，到了阴间，怎么还良莠不分、好坏不辨呢！

老于家人过意不去。在于老太太的要求下，他们到老夏家坟上给老头烧了一道纸，算是感激和祭奠。

夏冬临再婚的第二年，胖姑娘的肚子还真争气，真就给他生了一个大胖小子。老夏家三代单传后继有人，不免就暂时忘记失去老头儿的悲伤，又是一阵举家欢庆。尤其是老太太，满足了抱孙子的愿望，乐得合不拢嘴。她不辞劳苦，亲自伺候月子，把儿媳妇伺候得肥胖肥胖的，越发像个地滚球。

夏冬临此时春风得意双喜临门，厂子里的事情也比较顺，最近还被提拔，当上了车间主任。他已经有了一点小权力，能够掌管一些财权物权，说话做事风格都不同以往，走路时也开始倒背起小手，一副步步高升的架势。

就在他的儿子快过百天，全家人张罗着摆上几桌大宴宾客、欢天喜地忙活时，悲剧却又一次降临了。

这一次厄运来得一点征兆都没有，纯粹是无妄之灾。

车间主任夏冬临被一个青工捅了一刀。

说起来，事情极其简单。那个家里媳妇马上要生孩子的青工认为厂里分房不公，他曾经四处送礼、哀求了多少次，都没有结果，该分给他的房子还是被别人占去了。一气之下，这个青工就跑到主任办公室来闹。进门，啥也不说，上去就一刀。一刀，就捅在夏冬临的要害部位上，让他当场一命呜呼。

要说，这分房的事情，也不该夏冬临管，主管部门是厂子劳务科。恰巧，那天青工气大，已经对厂里领导干部气愤已极，也根本没看清门牌是什么，逮着办公室就进，进去以后就动刀子。

夏冬临就这样稀里糊涂地做了刀下鬼。

老于家听说，都觉瘆得慌！看来于小庄真有冤屈哪！要不然，怎么会这样准！让老夏家连死两口人，全是暴死毙命，灭绝了他们家两个男丁的性命！

死讯传来，连老于家人自己也经受不住了。

农历大年三十夜，于家大姑娘陪于老太太在胡同口烧纸。老太太哆哆嗦嗦，点着了事先写好名字的草纸，嘴里不住地叨叨咕咕，给亡灵招魂：

小庄啊，我那可怜的儿！你的仇也报了，冤也申了，拉去他们家两个陪你一个，够本了。你就住手吧啊！在阴间积点德，好好保佑你的女儿小雪花长大成人吧。

刚说完这话，刚还凝重高远满天星斗的东北夜空，忽然间鹅毛大雪自天而降，劈头盖脸砸向人间！雪花遮住了零零落落的鞭炮声，也把家家户户过年挂的灯笼映得血红。

她娘抹了把泪，深出一口长气，对于小顶说：行了，这是小庄在哭啊！她连眼泪都是冷的。她答应咱们了。

果然，从此安静了。老夏家再也没有连续死人。

没有了当家做主撑门立户的男人，老夏家的日子从此就江河日下。夏冬临死后没过多久，他媳妇就带着未满周岁的儿子回了乡下老家，一年以后改嫁，儿子再不姓夏，改姓了继父的姓氏。

夏家老太太一心一意想抱大孙子、给老夏家传宗接代的愿望，可谓是竹篮打水一场空。留在身边的，也只是个孙女夏雪花。

而老于家那头，情境也未必好到哪里去。见到老夏家连死两口人，老于家人最初都心里暗喜，觉得这是老天爷有眼，替小庄申了冤，这叫人不报天报，法律上达不到的事情，自然会由老天爷出面给解决。但是，一旦事情连续发生，并且还这么迅速，猝不及防，他们的心里也未免一沉。他们担心的是，往后老夏家三代老小一大家子女人可怎么过活？夏雪花成了没爹没妈的孩儿，往后谁来心疼，谁来照料，将来她又该怎样成长？毕竟也是骨血之亲，老于家人这时又有点忧心忡忡。但是也没有谁主动提出再去看望她、把她接过来照料什么的。

于小庄遗留下来的这个孩子夏雪花，像一团不祥的阴云，压在七大姑八大姨头上，令他们又想念，又害怕。

2

再说那于老太太，在经受过小庄过世、白发人送黑发人的心底哀痛之后，元气大损，腰板渐渐佝偻，白发覆满脑盖儿，走起路来腿脚僵直，果真是一个颤巍巍的老人了。这一年，她马上就要到 73 岁的大限。民间有句俗语："七十三，八十四，老太太的夺命日。"其实这说的是孔子和孟子的寿数，普通的人应该活不过这等先贤和先哲。于老太太对这个老理儿十分笃信。从自己现行的身体状况来看，她自知自己可能跨不过 73 岁这道坎儿。

就在这一年的春天，她早早就给自己一针一线缝好了寿衣，买来上等的黑锦缎面料，做了一身立领盘花扣斜大襟锦袍，上面用黄澄澄金线绣上牡丹仙鹤和“吉”字图案。最绝的是她根本没用什么衣裳样子，完全凭记忆，在乡下老家做姑娘时看过地主老财家的人出殡，那时她也就十来岁的年纪，穿着一身灰不灰白不白的土布衣服，流着鼻涕，趿拉着踩扁了后跟的布鞋，仰望着有钱人家包裹死人身体的那些艳丽扎眼的布料颜色，她咬着自己手指头暗暗羡慕不已。那时她就在想着：自己长大后啥时候也能够穿上这么美丽贵重的衣裳。

可惜，她活了一辈子，在人世上走了七十来年光阴，除了老大娘宣传队演出那会儿穿过一套黑大绒面、褐色绸里子的演出服外，临到了也没舍得给自己置办上一套贵重布料的衣裳。这回，她偷偷奢侈一把，趁儿女们不在，自己吆喝上邻居家一同演过节目的老姐妹，到百货商店量回了布料，然后对镜子照自己身体剪裁，又一针一线缝补刺绣起来。说也奇怪，一想到要绣那些寿衣上的图案，小时候的记忆立刻活灵活现的，简直是心到手到，不费工夫，一气呵成，一点错针走线的地方都没有。老太太就在暗中感叹：自己的大限真的要到了！一切都是这么溜光水滑，无碍无拦。

等到那一天来临，子女们来给老太太穿寿衣那天，儿女们才惊诧自己亲娘这一手好女工！但见那图案上针脚细密，配线色彩艳丽，简直不像娘的手笔。打小，他们就穿着娘做的粗布衣裳长大，每一件都是抿裆裤，大针脚，走线长，衣服也要比身体大出一两号，老大穿完了老二穿，一个一个往下传。后来有一阵子又时兴学习雷锋艰苦朴素好榜样,娘又在他们衣服的膝盖、肩膀等易磨损处打上一块块补丁,还全都是在外面明补,仿佛衣服上贴的一块块膏药。记得小四小五不爱穿,嫌寒碜,还被她娘狠狠揍了一顿,教育他们不能忘本。有本事自己长大挣钱买新衣服穿去!

儿女们现在明白了,娘不是不会做,不是手不巧,而是实在穷,没的可做。穷困了一辈子、为子女操心一辈子的娘,如今终于可以让自己穿戴体面地上天堂,儿女们不禁泪流潸潸,惭愧自己不够孝顺。

老太太在活着的时候,一边绣着寿衣,一边零零碎碎把凡是能想起来的孙男嫡女的一应事情全都嘱咐到了。这个绣活,从春天做到夏天,等到最后一根线收笔,老太太也像是耗尽了人生最后一丝力气,终于可以放心地把眼一闭,与世长辞,到阴间去与那死鬼老头子和屈死的二女儿做伴。临走,她还攥住大闺女的手,断断续续,用尽最后一丝气力央告:娘……要走了,娘这一辈子啊,把你们几个孩子拉扯大,不欠人,不伤人,娘没有什么不知足的。娘的心里啊,就有一件心事放不下……有空,你们去找找小雪花,去看看她吧。那孩子,苦命啊……

大闺女双眸含泪,悲情承诺。

娘这才两眼一闭,含笑九泉。

众子女跪在于老太太床前号啕大哭!哭声惊动了小河沿树林里夜宿的乌鸦,它们在黑夜中"扑棱棱"地扇起翅膀,"噗"地蹿向邈远深邃的东方天际。

孙男嫡女们就遵照老人家生前的吩咐,为她净身洗面换上寿衣后，打扮齐整装入棺木。在家设过灵堂，接受过各路人等吊唁之后，老太太的后人们又趁黑夜，将棺木移入于家祖坟墓地，深挖深埋，与他们早些年间去世的爹合葬在一处。

之所以冒险偷偷选择土葬，那也是于老太太生前的遗言。于老太太生前天不怕，地不怕，把个清苦日子过得沸沸腾腾、泼泼辣辣，偶有愁云惨雾，刹那间悲天悯人，从来都高声大气，就连阎王爷来了也要惧她三分。她什么都不怕，却就怕死了以后会被火化。那样的话魂儿就会化成一缕烟，往后再想回来看看就找不着家了。当一个没家的游魂儿多凄苦！于老太太不干，于老太太要求务必把她全须全尾装进棺材里埋葬于地下。等她什么时候想回来，就回来看看。

暗夜之间，从林里陡然间起来一座新坟。一冢黄土沾染着草木的清香和深夜的雾水，上面又栽种了两棵松树做遮掩。

于老太太含笑九泉，入土为安，安详地走完了她喜忧参半、悲喜交集的泼辣辣的一生。

3

于老太太走后，关于寻找和打探夏雪花、落实遗言兑现承诺的任务就落在了大闺女于小顶的身上。

说归说，做归做，承诺归承诺。真要实施起来还真是挺不容易的。已经这么久了，于家亲戚们不知道夏雪花现在怎么样了。有了后妈以后，是否受过虐待？爷爷和爸爸都死了以后，谁来管她？

她们一家老小全是女人的日子又该是怎么过的？

大姨于小顶千打听万打听，打听到夏雪花也就是夏小禾就学的铁西区静安小学。于是在一个下午，大姨买好了各式礼品一个人偷偷去看她。你说怎么就那么巧，偏偏在学校大门口与来接她放学的三姑迎头撞上。仇人见面，分外眼红！一场恶战，在所难免。

公共场合，已经成为文化人的大姨还要拿着身份，不跟夏雪花她三姑斗嘴；而夏雪花她三姑才不管那一套，见面就破口大骂，什么脏话都说得出口。

梳着两个朝天辫儿、长相黑黑的夏雪花，虽然有点被惊吓住，但是她也不哭，也不闹，就跟在她三姑身旁，咬着手指，瞪着她的小黑眼珠，专注地瞅着这两个人，似懂非懂，似在寻摸什么、打探什么，又似在暗算什么、鄙夷什么。盯得她大姨千般情绪，万般愁肠。见到这个若隐若现出妹妹小庄形象的小脸儿，不禁低下身来，避开她三姑的正面交锋，心里酸酸地问：小雪花，你还认识大姨吗？

夏雪花疑惑地看着大姨，努力想了一会儿，然后困惑地摇了摇头。

她大姨心里的酸痛彻底涌上眼来。她站起身，擦拭了一下眼角的泪。她三姑的叫骂随后袭来：呸！还找什么找！孩子不认识你了，还没看明白吗？她就是再孬，再不济，也是我们老夏家的种！不是因为你们，我们老夏家能过成这个样？你们老于家还好意思过来看，呸！拍拍胸口窝问问，你们给过她一针一线、供过她一分钱吗？一家子无情无义！

她大姨被骂得好生无趣,却又不便还嘴,只好讪讪地回来。回来后只能跟于家人说,跟这样不懂规矩的一家人没法沟通。那孩子现在已经把什么都忘了,已经不认识自己家大姨。

伤心归伤心,尴尬归尴尬,大姨还是可怜夏雪花小小年纪成了孤儿,又想起母亲临终前的嘱托,想要尽职尽责,于是就跟哥哥嫂子弟妹们一起商议,说想接她回来。话一出口,几个舅舅、舅妈和小姨又开始发怵,忧心道:这说归说,做起来还真有难处。不要说现在每家都有子女一大堆,都有各自烦心事,你就说,那养个小猫小狗啥的也得一生下来就养才有感情。夏雪花现在已经6岁多,记事了,养了也不亲。还是放在她奶奶那里吧,毕竟姓夏,是骨血亲,她们再虐待,也不至于把她整坏到哪里去吧?

于家大姨听了也不得不首肯,迫使自己信服了如此这般的自我安慰。她自己,也正是奋斗路上步步艰辛,也有百般愁绪未曾了结,也是自顾不暇,无力分身,实在无力再去跟老夏家人打争夺外甥女这门官司。

夏雪花的事情以后没有被再提起。姥姥一走,母系家族这边彻底跟她断了音信。

第八章　隐形的翅膀

1

就像蝴蝶必须经过那蛹的挣扎，

我们都在校园里慢慢成熟又长大。

那个改名“于朝阳”的女子于小顶，在距今并不遥远的 20 世纪 80 年代初的大学校园里，正在经受着艰难的自我修复、自我拯救过程。

这个过程比化蛹为蝶还要残酷，还要惨烈。从外到里的蜕变，夹杂着内心的撕裂和惨淡呼号。昨天的信条一夜间轰毁，今日的准则呼啸着劈面而来。她经不住，受不起。心要迸裂，脑浆也不可遏止地随时欲崩塌涌裂开来。

没有人能够帮助她。没有一颗心灵能向她靠近。拯救她的只有时间，只有她自己。

就像一个长期酗酒的重症病人，旧有年代的酒精毒素，已经深深浸入她的细胞血液中，深深捆束了她体内的新陈代谢系统。她的肝脏，深得过那酒精的好处，已经被滋润和浸泡得分外柔软，软软地与酒精沆瀣一气，融为一体；她的肾小球、肾小管和尿道膀胱，也接受了酒精的照应，呼吸与共，量入为出，绵软而舒坦，一日无酒不行；她的肺部，肺管、肺叶，呼吸吞吐着周围缭绕的谵妄空气，不熏不呛，却怡然自得；她的心脏，左心房和右心房，适应了那酒精带来的高潮节律和脉动，压力泵舒张有致，时时带她奔上快感的顶峰。

如今，这一切，全完了！乾坤反转大调个儿，什么什么全变了！

她这个过去年代的英雄和典型，今后该怎样求生？只有来一次彻底的脱胎换骨、彻底的排毒、彻底的大脑程序重新装置，她才能够重生。

可是，她自己，能够自行给自家换肝换肾换肺换心吗？能够自行给大脑格式化、刷清、洗空，然后将程序重新装配置入吗？

戒酒不易，排毒更难。

她只有靠自身的免疫能力，靠自身的分解能力，缓缓地、一天天地吐出毒素，吸取养分，透析血液，期待再生。

排毒的过程缓慢而滞重。

名字虽然改了，她却不能立即变成一个别人。她仍然是她自己。

他们那届大学生，是粉碎“四人帮”恢复高考后招来的第二届学员。同学们来自五湖四海，景象光怪陆离，工人、农民、知青，应届的、老三届的，结过婚的、离过婚的……形形色色，年龄、身份参差不齐，多大的、干什么的都有，遇到什么奇奇怪怪的事情、奇奇怪怪的人也都不觉得稀奇。于小顶的履历，在那拨人里依旧显得有些特殊。不是因为她长得好看,年届29还富有青春气息(来考大学的多半是她这拨被耽误青春、有理想的老大不小的知识青年),也不是因为她在乡下离过婚有过孩子(有这样痛苦经历的中青年学员同样不在少数),而是因为,她曾经是远近闻名的扎根典型,还上过挂历,油菜花地里鲜明灿烂的一页将她那明媚艳丽的脸盘子昭示于众,想不让人知道、议论都不行。毕竟知青遍地,而典型不常有。不管怎么说,在那个年代她也算是出类拔萃、百里挑一的人物。

然而,昨天的"辉煌"成了今天压在她身上的包袱。示过众的脸蛋也在人群当中给她造成无比的尴尬和烦忧。她越是想躲,越是怕人认出,就越是有人在背后指指点点,怪话连篇;她越是想忘掉过去、甩掉包袱,就越是冷不丁有人在那包袱上按压下几个手印,给她的背部甚至心灵增加负担。她躲无处躲,逃无处逃,一切重生的努力总是显得枉然徒然。

是啊!能跟明星同一学校,普通人当然高兴透了兴奋透了!那些生平资质简单平凡、没有什么业绩可以炫耀显摆的学员免不了对名人的好奇,明星助了他们谈兴,令他们有了彼此交流的谈资。刚入学那会儿,于小顶这个学生中的"名人",常有不小心被认出的时候。无论在食堂排队买饭,还是在大教室里百十来号人一起上公共课,总会有不知从哪儿冒出来的个别"插友"认出她,却又不敢相信似的,老远就在她背后指指点点,说:哎,这不是当年在乡下讲用的那谁谁谁吗?怎么,没被圈起来?也来上大学了?

旁边一个就会接口说:是吗?我看看,嗯,瞅着是跟挂历上挺像。怎么老得这么快？一转眼，简直快成个老娘们儿啦?!

那种声音那种议论，似有感慨、喟叹、讥讽、嘲弄、刻薄、不屑、不平、不忿……简直不绝于耳，充斥人生百态。

人们背后议论的声音虽不大，却能透过人群的嘈杂，直直传进她耳朵里，扎进她的心窝子，令她不寒而栗，脑仁发麻，意识昏厥。她的心在颤抖，肉体在战栗。“有谁拼力踢开了一块石头，却是为了体味那块石头的重量吗?”这是当年《中国青年报》潘晓发起的大讨论“人生的路啊为什么越走越窄”中的一句话，这话直冲心窝子，被她暗暗记下了，当成自己此时的座右铭。

谁踢开了石头，就是为了体会脚疼，然后体味那块石头的重量呢？这说的仿佛就是她，直指她当下的处境。这潘晓仿佛是来为她解忧解困的菩萨。她想那个潘晓一定是有着跟自己一样经历的人，在众人欢呼高唱“把被林彪、‘四人帮’耽误的时间夺回来”“还我青春”“年轻的朋友们，今天来相会，荡起小船儿，暖风轻轻吹，花儿香，鸟儿鸣，春光惹人醉，欢歌笑语绕着彩云飞……”，沿着一条康庄大道向前走时，他们这些有过复杂奇异经历的“潘晓”“盼晓”，却感到了巨大的压力和前途的逼仄。普通青年的压力可能是物质方面的多一些，诸如没读完书，回不了城，或返城之后找不到工作，居无定所生活上的窘困；于小顶这一类风云人物，压力与普通人的更不同，他们的困窘和忧郁是源自心灵的，是要向历史赎罪，要为自我解毒。

处于人生最低潮的她，自卑和自尊交织，失去了对外界的正确认知，也失去了对自我的基本评价。她不想听人们在背后的指指戳戳，然而又控制不住自己的双眼像闪电，双耳像雷达，敏感、迅捷、下意识地捕捉、搜寻，十分惧怕又热切关心着自己的社会评价。过去的一切，全是错的。那些辉煌，全是虚妄。那些骄傲、荣光，如今全成了别人取笑自己的笑料。如此一来，怎能不叫她把自己降低再降低，恨不能低到尘埃里，令谁也不能再注意她？

曾几何时，在众人背后的刻薄评价、指指戳戳的议论声中，她也曾气馁，曾打过退堂鼓。她甚至想，自己拼死拼活来考这大学，就是为了来听这些虚妄菲薄的吗？自己是不是在自取其辱？如果这会儿还待在乡下，守着前夫和儿子过小日子，是不是就能消消停停、尽享清福？

这个念头一出，她又毅然决然地摇头甩掉！开弓没有回头箭！江水汤汤，浩荡向前！日子是不能够倒退回去的！既然出来了，就不能再回去！无论怎样，她也得把这个大学念完，把这场书读下去！黑暗终将过去，拂晓就在眼前！既然有那么多人跟自己一样"盼晓"，证明自己不孤单。人生旅途中，各有各的一份困窘。她又怎么能轻易打退堂鼓呢？轻易退缩也根本不是她的性格。

于是她咬咬牙，坚决把大学进行到底！

每次当她把头深深埋在棉袄外罩领子里，顶着风霜，顶着寒气，顶着北风烟雪，过街老鼠一般匆匆溜到教室溜到食堂溜到图书馆时，她都低头专注地瞅着地面，心里边轻声哼唱：过去的事情不再想，弹起吉他把歌儿唱，风中的迷茫，雨中的彷徨，今天要把它，把它遗忘……

这是电视剧《手足情》的插曲，恰合她此时的心意。旋律一次又一次在她心里盘旋，给她增加一些勇气，带来渺茫微曦的希望。但她也只敢在心底悄悄吟唱，自我解嘲抒怀，从不敢放出声儿来。

她初入大学时的形象，却是一生最糟糕的样子，丝毫不同于别人考入大学的挺拔欣喜。她是在众多打量的目光和非议的闲话里立竿见影地委顿下去，形容枯槁，肤色黯黄，头发蓬乱，眉眼之间全是忧郁。原先一头油黑发亮的发辫，剪成了过去样板戏里江水英和方海珍那样的短发"五号头"，没款没型，总是随便用木梳挠扯几下了事，越发像个上了岁数的中年妇女。她的身上永远穿着乡下带来的那件黑色旧棉袄，配上那条洗得发白的工作服裤子，一穿就穿好几个月。她的脸，她的表情，也永远暗藏在棉衣厚领子深处，仿佛那里是唯一遮风挡雨的围墙和屏障。由此，她由衷感谢北方那些漫长的冬季，可以让她尽情地用沉重的棉衣将自己裹上。

而此时同学们在干什么啊？同学们异常活跃兴奋，在揭批和肃清"四人帮"的流毒，在迎接20世纪80年代的春天，在朗诵和抄写朦胧诗，在深夜观球为男足的胜利庆祝为女排的夺冠欢呼，在郊区棋盘山水库踏青远足，在夜晚的草地上举行篝火晚会，手拉手扯成圈跳集体舞：再过二十年，我们来相会，伟大的祖国，该有多么美，天也新，地也新，春光更明媚，城市乡村处处增光辉……啊！亲爱的朋友们，创造这奇迹要靠谁？要靠我，要靠你，要靠我们80年代的新一辈……

所有的热闹，都与她无关。她躲避，她回避，她噤声，她失语，她每天就是"教室—图书馆—寝室"三点一线，埋头读书，上课，不抬眼看人，苦行僧一般，忍受着煎熬，修复创伤，同时亦储存着能量。

时间是治疗创伤的一剂良药。这个真理百试而不爽。时间能抹平过去的一切,亦能让人忘记对前程的忧戚。几个月过后,人们就把身边于小顶这个知青典型淡忘了,人们只当她是个形容晦暗的老大姐罢了(尽管她远远没有达到那么老的程度,年龄在学员之中只能算居中水平),她实在是不显山,不露水,不出奇,也不冒泡,毫无趣味。人们的好奇和兴奋本来就是有时限性的,追新逐异就是人类的本能。人们又开始叽叽喳喳,睁大眼睛,去追逐新的兴奋点。

不再是众人议论关注的中心,于小顶感到适应、自在了许多。她一头扎到书本里,贪婪地吸收着闻所未闻、见所未见的新知识,将自己大脑里的旧有程序全面革新、覆盖。进了图书馆她才知道,要学的知识太多了,自己简直就是个文化上的白痴,过去讲用说的那点东西,那些慷慨激昂冲天发誓的车轱辘话,简直都是屁话、大白话,没有什么文化含量。“我扑在书上,就像饥饿的人扑在面包上。”她把高尔基的这句名言抄写在本子里,这也是她此时的心境。她读书极其专注,一字一句,嚼烂吞咽,不是用眼睛,而是用灵魂与古今中外那些先贤先哲来接触。“把对毛主席的忠诚,融化在血液中,铭刻在脑海里,落实在行动上。”这是过去那个年代常说的誓言。现在她把它改头换面抄写在本子里:“书籍是人类进步的阶梯。我要把对书籍的热爱,融化在血液中,铭刻在脑海里,落实在行动上。”显然这是带着过去痕迹的格言,可对她那个贫瘠而僵硬的脑瓜壳来说,已经是很大的进步了。刘心武的小说《班主任》里边的谢惠敏是个中毒很深的小孩子，而她就是个中毒更深的大孩子。“小孩子”还可以救，“大孩子”就只能自救。

她的图书馆借阅证没多久就磨损得起皮模糊，不得不重换一个。她的贪婪攫取程度，也果真像在吃书。《中国通史》《世界历史》，古今中外文学名著《约翰·克利斯朵夫》《少年维特之烦恼》《简·爱》《莎士比亚戏剧集》《战争与和平》《安娜·卡列尼娜》《红楼梦》……她看到了上下五千年，看到了人类的思想情感世界那么深邃、辽阔，那么悠远、博大，也是那么优雅、迷人，远不止她在广阔天地里见到的那些坚厉与粗鄙，也远不止她出生长大的沈阳沙山小河沿地区的贫穷与困窘。一部人类的历史，就是风起云涌大开大阖的历史，每一个个体的生命历史也是同样的。面对历史上那么多优秀人物的波澜起伏的命运，她自己的这点事，又算得了什么？太简单、太贫乏了！一切，简直都好像还没有开始呢！

知识的阳光正一点一滴融化她内心的冰雪。她那裹在厚厚躯壳里的冰冷的心，也在开始一点点融化。她的心思更邈远，她的视野更开阔。她的脑筋逐渐被洗涤一新，她不再为自己的过去而自卑自责自怨自艾。她脸上逐渐返了阳气，内心也逐渐笃定坚实。

这样一个排毒的过程，足足历时三年多，几乎贯穿了她的整个大学学习过程。到了第四年，课程就基本结束，进入毕业分配前的实习阶段。从前那一套程序逐渐清除掉，头脑里已经装置进新的东西。别的同学上大学是镀金，改变命运，逃出人生苦海，她也未必不是，然而更重要的是，她在重塑自己。别人的看书学习，是记笔记，背词条，应付考试，她却是用心去理解去领会的。三年多来，她的成绩一直在全年级名列前茅。这个不多言不多语的老大姐，挤在八个人一间的女生宿舍里，与别人和睦相处，乐于关心同学，扫地、打热水之类的事情总是默默地抢着干。这与她在乡下当青年点点长时的傲慢判若两人。她的学习成绩好，一到考试之前，同学们就纷纷借她的课堂笔记去抄，常常把她自己的复习时间都侵占了，她也毫无怨言。寝室熄灯以后，她就拿着笔记本，躲在楼道厕所里，就着微弱的灯光，抢回时间复习。同学们都很受感动，彼此之间的相处一天天融洽。

于小顶默默无言，低调做人，力求避开众人的视线，苦度苦熬着她的大学时光。三年同窗生活过去，她相信大家已经逐渐把她忽视遗忘，把她过去的身份来历忘记，却不知有一双眼睛其实一直都在默默地注视着她。

那是他们年级的辅导员龚继铭，留校任教的1974年的工农兵大学生，瘦瘦高高的个子，一双大大的黑眼睛永远明亮而有神。

三年修行，三年的沉寂郁闷，等到所有的课程都结束时，也到了该她长出一口气、显点山露点水的时刻。

那是1981年12月31日，大学最后一年里的新年晚会，极其隆重、热烈。早先几年都是以各个班级为单位搞联欢，今年，在系学生会的组织下，全系100多名学生在一起，借用一个小礼堂搞集体联欢。晚餐时食堂给加了菜，每人发一张免费餐券，算是新年犒劳大家。大家都找熟人围坐一桌，将个人买的菜放上，拼成满桌子红红绿绿的样子，显得式样品种很多，很有点会餐的意思。食堂里不供应酒水，有的男生就事先从外面小铺买了些啤酒、水喝。酒过三巡,菜过五味,气氛和情绪都恰到好处。食堂也破例没有在6点半就关门,而是由着学生性子狂欢,那晚食堂服务员们收工的时间是10点,有些意犹未尽的学生就把残羹剩饭端回到宿舍里继续闹。而于小顶他们这个系的同学则在晚上7点多就收拾碗筷,借着微醺,三三两两地奔向小礼堂,先去占座占位,热切等待新年联欢会的开始。

1982年的新年果真令于小顶难忘。虽然还是冬天,料峭的冬寒中似乎有阵阵暖风拂过。国家的经济政治形势一天天好转,万物更新的气象早早地到来。他们这批天之骄子,就要奔赴各条战线的关键岗位,国家各大机关部门早早来了要人的指标,仿佛标示着每个人都前途似锦,这怎能让人不激动、骄傲、自豪?同学们的思想异常活跃,情绪分外高涨,各个班级小组事先都精心排练好了联欢会的节目。其实不用演练,经过三年的朝夕相处、各种场合的磨合碰撞遴选,哪个人在哪方面有本事有专长,早就在众人面前显摆过、表演过,同学们心中早就有数,谁还会把才能憋到现在?要说他们那一届学生也真是人才辈出,每个人都身怀绝技,吹拉弹唱,各有一套,凑在一起演出时,肯定热闹非凡,恐怕时间上要控制一下。

小礼堂里,花生、瓜子、水果、糖块摆上,装饰会场的五颜六色纸花拉上,窗户上的大红喜字贴上(不知是哪个促狭鬼干的,仿佛是搞集体结婚典礼)。桌子椅子也是围成一圈摆放,以示民主平等,中间围出一个圆形空场作为表演区,而不是像通常的礼堂演出一样分台上台下,有点央视春晚雏形的意思哩。

“咣”一声锣响，宣布联欢会开始。主持演出和报幕的是系学生会文体部部长，弓着虾米腰、满脸皱纹风霜那个大高个，会拉二胡、吹笛子，也当过知青，原先在乡下就曾是他们那个公社毛泽东思想文艺宣传队队长。一曲《扬鞭催马送粮忙》悠扬婉转，让他入学以来牢牢坐稳文体部部长宝座。回城三年多来，他的各方面气质都改回到了城里人模样，就是脸上风吹日晒的皱纹红丝一直没退掉过，他自称为“时代历史在自己脸上的深情笔录”。他的插科打诨妙语连珠，使联欢会的整个过程衔接流畅，过渡自然。有才干的人们纷纷献艺，演出高潮一浪接着一浪，阵阵欢声笑语，打破了屋外北方寒冬夜空的沉寂。

于小顶在人群不显眼的地方坐着，心思缥缈，飞向不可知处。类似这种场合，她永远是欢乐的旁观者，永远沉浸在自己的思绪里。看着同学们一个个欢蹦乱跳，听着年轻同学们的歌唱：太阳太阳像一把金梭，月亮月亮像一把银梭……军港的夜啊静悄悄，海浪把战舰轻轻地摇……她又一次走神，想的却是儿子。每逢这种年节欢乐的时刻，她都不由自主、痛彻心扉地思念自己那个留在乡下前夫手中的儿子。前几天，她实在忍不住思念，趁着期末两科考试刚考完的一点空当，偷偷跑回去想看看儿子，不承想，被他老子发现，给骂了出来。她只身一人，也不敢多跟他们纠缠，只得抹着眼泪，转身打道回府。

分别三年，她都不知儿子长成什么样了，该会走会跑，什么都会说了吧？还认不认得她这个妈妈？想到这里，她的心又一次沉浸在悲戚之中。

临近午夜,礼堂里的气氛越发热烈起来。为了充分调动大家的情绪,下一个节目是击鼓传花,传到谁,谁就出节目。这也是个传统游戏,以前遇到过鼓点在她这里停止、花儿落她手里的情况,一般她都是客气、推让,实在应承不过,也就简单朗诵两句诗打发过去,绝对不让视线焦点集中在自己身上。大家呢,也都会觉得索然无味,感觉她这个老大姐无趣,也无非就那么两把刷子,以后也就不逼她了。击鼓传花的鼓手那里,其实也有诀窍,也能作弊,总会有一个人站在旁边,给那个蒙着眼睛、背朝大家负责敲鼓的同学使暗号,等到花儿传到能唱能闹的同学手里时,就捅他一下,敲鼓手便戛然而止。这样一来,欢乐的气氛能够延续,大家也都有看头有期盼。

这一回,大学时代最后一次新年晚会的击鼓传花,又一次落到她手里戛然而止了!这回是因为名单上的事先排列的节目演得差不多,该出彩的节目都出彩,该露相的人也都露相,剩下的就是群体狂欢,逮着谁是谁,敲鼓手也就蒙着眼睛由着性子乱敲乱停,身后的人也不再给他发暗号选人。鼓声一停,红花就自由落在于小顶手里。众人也还在吃着、嗑着、笑着,并没有太在意红花的去向。于小顶拿着那朵用绸子绾成的大红花,站立起来。大红花朵火红火红的,那是系里开运动会时用的一面彩旗的面料,哪个女生拿它来绾了几绾,用曲针别上,形成一朵鲜艳的花朵。这可真是个独特的创意。小顶盯着大红花,拿在手里转了几转,忽然觉得心绪翻腾,什么东西堵在喉咙里,很想对谁说点什么。

我给大家唱首歌吧。

她突然鬼使神差地这么说。

声音很小,很容易被喧闹声淹没。主持人兼报幕的那个文体部部长却敏锐地捕捉到了,一愣,立刻“啪、啪、啪”拍了三下手,接着大声道:诸位！诸位！安静！请大家安静！我们敬爱的于朝阳大姐要给大家献歌一曲！

同学们像没听见似的,还在说说笑笑,傻呵呵不停地互相问一句:谁？谁？该轮到谁唱了？

于小顶这时已经魔鬼附身,竟一点也不矜持,也没有给众人留下足够的静气敛神安静等待的时间,她放下红花,走到场地中间,轻轻拢了拢发帘,都没有经过运气,开口就唱了起来。

茫茫九派流中国,
沉沉一线穿南北。
烟雨莽苍苍,
龟蛇锁大江。
黄鹤知何去?
剩有游人处。
把酒酹滔滔,
心潮逐浪高!

这首《菩萨蛮·黄鹤楼》,难度很大。高音两个八度,一般人不容易上去。然而她是那么轻巧、那么自然地就上去了！唱得又是那么专注、那么投入、那么忘我！这是她沉寂三年多以来的第一次开音，这是她抒发胸臆的第一次开唱！她那双大眼睛明亮而有神，她那晦暗的皮肤中透出激动而羞红的光泽。她那用一条手帕随意扎在脑后的一束马尾辫，根根发丝仿佛也有了灵性，都在美妙的灯光下随音符颤动。

小顶一开口，举座皆惊！众人都傻了，都惊呆了！他们绝没有想到，这个平素像是连话都不大会说的大姐，竟然有着如此美丽动听的歌喉！这个素日冷漠沉闷的姐姐，却还有着如此丰沛的情感！他们沉浸在她的歌声里，新同学发愣，老同学发呆。良久，他们才反应过来，等她刚一唱完，“哗哗哗”鼓掌，个别知青老同学还抹着通红的眼圈。

《菩萨蛮·黄鹤楼》是毛主席诗词歌曲，才唱完几天啊，如今又回来了！他们本想把它忘却的，连同那一整个时代的记忆，哪承想，这一提起，便一发而不可收，竟又热泪盈眶、泪湿满襟！那是他们那一代共同的青春啊！广阔天地里，蓬勃的野性的无拘无束的也是谵妄虚无的青春！乍一提起，怎能不叫人感慨唏嘘！

于小顶根本没想到，自己竟把座下一半人都唱哭了，竟把一多半人的魂儿都勾起来了！因为同学中有一多半人是老插，都是有着同样经历的上山下乡知识青年。借着酒劲，也借着闹劲儿，他们都说，太好了！太好了！他们就此一起将陈年往事翻检出来，一起红军不怕远征难万水千山只等闲，一起团结就是力量，一起赶快上山吧勇士们，我们在春天里参加游击队，一起不怕风吹雨打，乌云满天，我们的战斗生活像诗篇……

这下可好，1982 年的新年联欢会成了那一届知青大学生的怀旧盛会。他们把各种年轻时唱过的、广阔天地里唱过的歌曲全都翻检出来唱了一遍。那些小一点的同学虽没下过乡，但是这些歌曲也会哼哼，小时候听哥哥姐姐们唱过，耳熟能详，就也不由自主，加入怀旧大合唱里边来。

歌声中的眼泪、欢笑、回忆、倾诉，让他们的心五味俱全地贴到一起。他们哭哭唱唱，说说笑笑，如此纵声，尽人皆醉。原来唱歌也能醉人啊！

等到嗓音喑哑，等到一曲曲赞歌唱尽，东方泛白，已经又是一个微曦黎明。1982 年的新年就在歌声之中来到了！

2

一夜狂欢过去，于小顶又缩回到大衣棉袄领子掩护下的她那小小的安全的壳里，不声不响，又要退回以往，又想让人们就当没有她这个人一样。

然而，露出来的峥嵘，也是不能够轻易缩得回去的。即便回去，也不再是当初的颓败、胆怯，在旁人看来，却是有了卧薪尝胆的味道。他们那个辅导员在新年到来的第二天就主动找上门来，对她慰问，也是找她谈心。

辅导员龚继铭，作为 1974 年的工农兵大学生，当年那也是风光一时，在数不清的滞留乡下的知青眼里，也是展翅的凤凰，天高任鸟飞，惹来羡慕和一片非议声。龚继铭属于出身不好家庭的子女，在政治上受歧视，在知青中各方面表现一般，因为读书多，人送外号“小秀才”。没想到老天爷饿不死瞎家雀,就这么一个精瘦文弱的书生,偏偏被一位地委要员的千金看上了。龚继铭性格懦弱,有些读书人的毛病,本来心里跟那女的并没有感情,但经不起女方的穷追猛打和各种好处实力的诱惑,违心地娶了要员的女儿,从此前途一帆风顺,被推荐上了大学。上学期间,也有过短暂的光荣自豪时光。那时学制要缩短,教育要革命,过去有才学的那些老教授都被打到干校走“五七”,他们这拨学生频频出去学工支农搞实践,正经上课学习的时间没有多少,学生文化课素质普遍偏低。龚继铭这个秀才就大显身手,鹤立鸡群,成了最有学问的人。毕业以后别人社来社去,他却凭借自己的成绩留校当了教师。

按理说,熬到大学毕业留城当教师这份儿上,够光荣了吧?同去下乡的一拨人基本上还在熬日子锄大地呢!只是风水轮流转,明年不知到谁家。他还没等享到大学毕业的福,国家政策改变,开始恢复高考,新一代凭本事招考的大学生到来了!工农兵学员立刻开始郁郁不得志,被人看低了许多。在高等学府里,他那个老丈人鞭长莫及,无能为力,不能够再帮助他什么。昔日下放改造的“臭老九”们一一被召回,重新登上讲台,龚继铭从一名讲政治课的教员,被重新分配去办公室打杂,做干事,被剥夺了教课的资格。新生来了以后,他又被派去当辅导员这个苦役和闲差。

系党委书记找他谈话时,还把这项任务提升到政治的高度来对待,告诉他这是组织上对他的信任。新一代大学生,不好管,不好带,不能出一点闪失,否则影响国家改革开放解放思想的形象。

龚继铭有苦难言,除了接受任务,根本没有拒绝的份儿。他自已同样需要有一个适应形势的过程，适应从幸运儿到不招人待见者的身份落差。

好在这拨学生里，知音和同道有许多，多少打消了他的落寞和抵触。说是师生关系，其实学生里边多数是和他同一拨下乡的人，有的老三届甚至比他年龄还要大。几年时间相处下来，他跟学生彼此关系融洽，互相在各自身上得到了安慰。

从这届学生的档案里，龚继铭得知了每位的来龙去脉，知道他们都和自己一样，每个人都带了难以言说的过去和旧痕，每个人都面临着自我解毒和大脑清洗。尤其他刚一见到于小顶的档案，脑子里边就忽地一闪：是她！这可是他带的这届学生中最出名的人物了！他在当年的报纸上也曾经见过于小顶的事迹和照片。

还未见面，他就对于小顶这个特殊人物深怀忧虑和戒心，怕不好管理。及至在迎接新生的队伍里见到前来报到的于小顶时，还未见她递过新生入学通知书，他就把她一下子认出了，不是因为看过她的照片，而是因为她那独特的气质。她跟别人不一样，虽然她比别人穿得还破，穿着旧的工作服，头发比别人要蓬乱，脸色比别人还要黯黄、难看，但是，她那内心压抑的激情、暗自赎罪的态度、外表谦卑而内里十分倔强的举止、身体内被拘束住的青春活力，还是让他一下子就认出了她。仿佛一面镜子，他在于小顶身上立刻照见他自己——此时他自己，却正是另一个也在压抑之中的于小顶。于小顶的身体行为密码被他一一识破而猜透。他立时有一种隐秘的快乐，同时也为一见她就有揽镜自照的感觉而惧怕和悲哀——因为从中照见的，实在不是他的吉星高照耀武扬威的时期啊！照出的只是破落、压抑、自卑和抑郁。

以后他就格外留意起她来。

知道她当过知青点点长、扎根典型什么的，还曾在公社里做过领导工作，刚开学时，龚继铭曾有意让她担任学生干部。于小顶拒辞不受！态度如此坚决，让他万万没想到。许多学生毛遂自荐争着抢着有个当干部表现自己的机会呢。更让他没想到的是，入学几年来于小顶能一直保持如此低调、沉闷、畏缩，见人低头躲着走，仿佛决意做一个不招灾不惹祸的女学生，公开场合，就未听她发表过一句完整的言论，也从未见她做过一件出色的事情，这又与他的想象大相径庭，也令他的期望值有点落空。他怎么也无法将眼前的于小顶，跟过去报纸上那个叱咤风云、意气风发的知青典型联系起来。他得出结论：过去的报道有误，根本上是言过其实，夸大其词。这只是一个让人放心的索然无趣的女人和学生。即便她有才能，也由于过分压抑和畏缩，而将才华自行湮灭了。以后，她也不会再有建树，也就是个聊度余生吧！龚继铭几乎要放弃对她的观察，而将他的关注点，逐渐放在系里那些活泼好动的学生身上。

而于小顶在新年晚会上的初试啼音，让他震撼，让他惊诧，让他感到寻觅到知音的快乐与欣喜！那也是他的歌，是他的青春在大野地里迷茫悸动的昨天和过去，她一开口，他就和上了，和上了那份属于他们自己过去年代的旋律和节拍。他注意到她唱歌时专注的表情，她脸上放光，物我皆忘，面颊闪现红晕，美丽的大眼睛里放出光芒。他受了感染，头一次发现了她的美！虽然他与于小顶青春期的美丽无缘，她上台讲用时英姿飒爽的美丽容颜他没能赶上,没能看见,但,她那容光焕发的美的一瞬间让他捕捉到了,她那战栗压抑的心灵让他感受到了!

这个人,不可小觑!

刹那间,他竟得出这种结论。

事实证明,他的种种对人的观察都是准确的,对人的性格的捕捉、前途的预言,都是灵验的。以后于小顶的大展宏图,似乎就证明了这一点。

歌声里,一个 30 岁的饱经压抑的灵魂,遇到了一个 35 岁的郁郁不得志的知音。

两人的初次交谈,就从他赞美她的歌声、讨论他们过去都唱过的歌曲开始了。她先是感到受宠若惊,还戒备、防范,隔着礼貌而疏远的距离,有些不解地跟辅导员支应,仍然不敢拿正眼看他。有过这么一两次交谈以后,她才逐渐安下心来,第一次敢拿正眼打量自己的辅导员。没错,一个高高瘦瘦的白面书生,他是有书卷气的,神情有点抑郁,眼神一闪之中有着无限的关爱,并没有什么恶意隐藏当中。她也就松弛下来了。

渐渐地,被他的口才和才华所打动,她感到有所放松,对他有了一些崇拜,甚至,竟然一天天还亲近起来。他会讲,有才华,读书多,也比她有文化,只是这才华一直无从展现。这会儿,找到了突破口,找到了能够倾听他的人。他口若悬河,说了许多对过去现在和未来的见解,那也是她的见解。他忧国忧民,怀才不遇,悲天悯人,豪情冲天,又优柔寡断,抱有那一代人的济世情怀……这些,都迎合了她的心,将她深深打动。她不记得在三十多年的生涯中,谁离过她这么近，谁将肺腑之言说给她听，只说给她一个人听。尤其他讲解起《共产党宣言》《家庭私有制和国家的起源》《费尔巴哈和德国古典哲学的终结》《〈政治经济学批判〉导言》《1844 年经济学哲学手稿》这些马列经典来，不知胜过那个政治课老师多少倍！她呢，她也可以向他倾吐真言。他俩下乡插队身世之中基本相似的经历，使“过去”——那块心病不再成为禁脔，却成为他们相互间可以交流协商的共同点。那是不能为人言的经历，也是一块心结，如今，他们都打开了，这也是一块心病，他们互相治愈了，并能使自己和对方都正确对待。

她的心，一天天向他靠近；他的心，也一天天向她靠拢。她在他的关爱里找到再生的勇气，他在她崇拜而专注的目光中重拾自己丢失的自信和才干。

金风玉露一相逢，便胜却人间无数。

寒假过后，新的学期开始，龚继铭动用手中的权力推荐，让她去做留学生的陪读——那都是挑选政治思想好的、各方面信得过的学生才去做的工作。

那个时候，来华读书的留学生还很少。每一名留学生都住在公寓单间里，还免费配备一名中国学生当陪读，在日常生活中帮助留学生学汉语。

于小顶被安排给一名澳大利亚来的女留学生当陪读，与留学生两个人共住一个标准间，房间中卫生间、厨房功能齐全。这不仅把她从八个人一间拥挤不堪的女生房间解放出来，在时间安排上的自由度也就大了。龚继铭频繁往来看她的时候也就更自由，也可以避开众人眼神。

这可真是司马昭之心，路人皆知；路人不知，也有龚继铭、于小顶二人心知。

所以说，天下没有免费的午餐。

但是，这顿可口的午餐，却是于小顶内心企盼也乐于接受的。

龚继铭的家属和孩子还没有跟来，眼下住房问题学校还解决不了。他现在住在学校的单身教工宿舍里，老婆孩子仍然住在乡下老家。

有了相对自由的空间，于小顶的精神面貌和物质条件都得到极大的改善。她气色红润，性格也日益恢复活泼开朗。他也开始频繁造访她们这个留学生宿舍楼，以各种合理的和不合理的理由来访，反正他编造一个什么借口那个留学生老外也听不太懂。同屋那个二十七八岁的金发碧眼大姑娘安娜，也非常欢迎有这么一个中国男人前来做客。他们经常是理由充分地三人行，他们俩连同留学生三人一起烧菜做饭，一起出游，一起漫步，谈天说地，这样就能避免二人世界独处的不便和尴尬。借着安娜对中国话半通不通，他们在一起能很自然地说一些比喻、隐喻、象征、调情的话，勾起对方的情愫，交代自己的底细。他们后来根本就不用说话，一个眼神，就能勾起热望，一个手势，就能取得默契，并且掀起心中阵阵涟漪。

安娜不管这个。安娜情感外露，喜欢对龚继铭老师拉拉手、拥拥抱，还敢于当面用中国话说“你真唯（伟）大！”“我死（喜）欢你！”。

于小顶一听这话就蒙！她一边拿着留学生打掩护，当灯泡，一边也在防备着，这个过分开放的大洋妞，半真半假的撒娇发嗲可别真把龚继铭给电晕了。

——她竟然开始吃醋了！吃一个老外留学生的醋！

当她发现自己开始酸溜溜的，对留学生安娜纠缠龚继铭的动作产生不满和戒备后，她知道，自己可能是爱上他了。

女人，总是有了假想敌以后，才会对爱人有紧迫感和不安全感，才想着要尽快占牢、抓紧、据为己有。不然，她总是漫不经心，以为胜券在握，不紧不慢的呢！

正是春天，毕业前最后一个春天，却也是她和他心里的第一个春天，属于他们自己的真正的春天。他们一方面知道相聚的日子不多，得抓紧；一方面也不知该如何下嘴，具体应该怎样运作。毕竟，这是禁忌之中的感情，从他目前的已婚身份来说，是不允许的。

但也因为是禁忌之中的爱情，才有百般乐趣。

动情、战栗、渴望、期盼……从书本上看到过的所有的爱情化学反应和物理反应一一具备。

近在咫尺，他们还相互写信、写诗。路过时，他把信塞到留学生楼的信箱里，而她把回信塞到收发室大厅属于他的那个教工邮箱里。

他们那时候还都不太会写诗。但是正是朦胧诗流行的时候，他们就抄下那些诗人的名段子，相互致意。

她在图书馆看到的 1979 年第 4 期《诗刊》上，舒婷的《致橡树》，她立刻喜欢上了，像被击中了心扉，工工整整地写在信纸上抄给他：

我如果爱你——

绝不像攀援的凌霄花，

借你的高枝炫耀自己；

我如果爱你——

绝不学痴情的鸟儿，

为绿荫重复单调的歌曲……

他紧接着抄出下面的一段，复信给她：

根，紧握在地下，

叶，相触在云里。

每一阵风过，

我们都互相致意，

……

我们分担寒潮、风雷、霹雳；

我们共享雾霭、流岚、虹霓，

仿佛永远分离，

却又终身相依，

这才是伟大的爱情，

坚贞就在这里……

这是从那个严酷禁锢年代过来的一代人重生的爱情。有喜悦、誓言,有奉献,有独立、坚贞、勇敢……总之,过去年代缺乏的元素都在诗句里聚齐了。他们从来没有体验过这么浓烈的情感,心灵跟心灵撞击,默契、美好、荡漾。

他们就这样吟诵着朦胧诗,讨论着人生的路啊为什么越走越窄,哼唱着李谷一的《乡恋》,逐渐靠近,逐渐走到一起。他们虽然不再年轻,却依然如两个情窦初开的少男少女,在北方80年代初温暖细润的春雨里,在蔷薇花开的馥郁中,在丁香花开的香气里,偷偷摸摸地相爱、传信,偷偷摸摸地享受着这迟来的一切。

这迟来的青春期,发情萌动,却赛过人间一切早开的花朵。这爱情也从心灵到肉体,等待着,等待着,他们的身体和心灵像这校园里最后一个春天一样膨胀着,一天天,在诗歌的浸润下,像鼓满的帆、拉满弓的箭,只待远航,只待出击!

终于,机会来了。在那个暮春的夜晚,同屋的留学生安娜和其他外国学生结伴去杭州春游,他们在属于她的那张陪读小床上,终于突破最后一道防线,终于身心交融,合为一体。

他是来找她谈话的,讨论毕业分配志愿。这是他的例行工作,要找每个毕业生谈。那是一个百废待兴的年代,国家急需人才,大学生毕业全都是由国家包分配,多数还都能到大机关。学校根据每个毕业生的志愿、志趣,把他们放到最合适的工作岗位上去。

他来,其实也是找个由头跟她在一起,来看看她。见到宿舍里只有她一个人,他们更自由了些,更放纵了些。他建议,他们应该来个小小的仪式,庆祝她完成学业。她表示同意。于是他们翻箱倒柜地找出了平时喝剩的多半瓶葡萄酒、花生米、半包榨菜，还有几只松花蛋。她还点着炉灶开火，煮了一点面条。然后二人坐下来，举杯庆贺。这还是头一次两人一起面对面吃饭。没有了安娜那个第三者在场，还真有点紧张、激动，吃不下去，只管大口喝酒，说些词不达意的话。安娜的小录音机里，放着缠绵的小曲，是李谷一用气声唱的《乡恋》：

你的身影，你的歌声，永远印在我的心中……
明天就要来临，却难得和你相逢，
只有风儿，送去我的一片深情。

歌声软绵绵的，那种哈哧的气声，和句与句中间的停顿，有着莫名的张力和暧昧，引人遐想。配着窗外袭来的阵阵花香，还有若隐若现的野猫叫春声，他们都有些身体燥热，面颊泛红，激情难以自禁。

渐渐地，酒劲开始上头，然后，不知怎么的，他们就坐到了一起，颤抖地相拥着。可怜这么大了，双方的第一次拥抱，第一次身体接触，两人还都在发抖。是他的舌尖先触了她的嘴唇，撬开了，相触、试探、翻卷、挑逗。他毕竟是男人，再软弱，也是强悍的，一旦开始，当仁不让，一往无前！她毕竟是女人，再坚强，也是懦弱的，逆来顺受，根本不挣扎，绵软、瘫痪、等待，一切向他打开。他不知道，她也不知道，接吻原来是这般迷人！他们没有实战知识，只有书本理论，看过多少遍的书中情爱段落，读时也是心潮起伏，渴望憧憬，一旦落实到自己身上，还是不一样，还是说不出的享受，巨大的冲击力、快感，迷蒙沉醉，直上云天！

快乐把他们俩淹没了。激情也把他们俩淹没了。她不知道被一个男人爱着有这么好！她紧紧吸附住他，波澜起伏，不撒手，也不撒口。她已经感到窒息、缺氧、晕眩，仿佛他把她带到了天上，这会儿就是让她去死，去跳崖，去投海，她也会跟他去的。当他进入她的身体时，她不禁轻轻地哼了一声。他还略停了一下，问她，疼吗？她闭着眼睛，摇了摇头，心里还使劲笑，说了声傻瓜。怎么会疼！好还好不过来呢！但是她没有说，想要出口的话语，很快被快感淹没了。

他们俩正是成熟得要烂的年纪，正是压抑太久需要喷发的年纪，正是惦念许久需要倾吐的时候。他们不免就翻江倒海，死去活来……

叫作“爱情”的那个东西，这时才第一次注入这个30岁女人、这个35岁男人的脑海心田。以前活了那些年，都白活了，以前结的婚白结了，生的孩子也都白生了。

爱情的口子一开，就有如火山喷发势不可当。有了爱情滋润，她的脸色艳若桃花，他的腰杆似乎也挺直起来了。

但是他们都很小心。风化之事，一旦暴露，不是闹着玩的。尤其所谓的第三者插足，深深遭人唾弃。一星期以后，留学生回来，他就没再敢贸然到她寝室去寻欢。思念急切时，她也到他的教工宿舍去过两回。但是，筒子楼里周围来往的人多，平时邻居乱串，总是不敲门而入，他们不敢造次，只敢匆匆接个吻，说句话，然后送客。他们只能互相眼巴巴地望着,压着心头的欲火。有那么两次,实在忍不住了,他们相约天黑到离学校好几里地的公园里约会。男的骑自行车先到,女的坐车后到。他们趁着黑夜,在树丛里缠绵许久,流连了许久,用了很艰苦的姿势,紧张地交欢,但是往往不尽兴,却又不得疲惫已极也是恋恋不舍地返回学校。男的用自行车把女的带到离校门口老远的地方,把她放下,自行先进去。女的等待半晌,不见了他的人影后,才独自进入校门。

他们把青年人的恋爱过程一一走了一遍。

她越来越深地陷入对他的爱恋之中。他们有一次谈过双方关系的前景。男方已经有两个孩子,老婆在家辛辛苦苦带着,似乎没有提出离婚的理由。他确实也没想也不敢提离婚。而在小顶这方面,她也知道,自己已经不是以前那个天不怕地不怕的于小顶,自己现在是"于朝阳",眼下没有任何承受风雨的能力。这个大学,是她抛家舍业弃夫别子才来上成的,她必须先生存,拿下文凭,找到工作,其他以后再说。至于爱情,是老天爷送给她的一份额外礼物,她收不下,承不起,只能暗自惜存、珍藏着。

学校里出了几档子所谓"风化"大事,也让他们提高了警惕不敢造次。有两档子事,闹得满城风雨:一个是说校医强奸了女学生,后来又说是"诱奸",是女学生乐意的,直到惯常体检查出那个女生怀孕,事情闹大了,学校才追查起来。校医被停职,女学生属于受骗上当,回家去堕胎,然后休学一年。

另一件事情是有一个校学生会干部,也是一个知青考来的,隐瞒已婚事实,跟应届女生谈恋爱,发生了关系,还跑到外边同居。

直到最近老婆领孩子突然来探望，一下子给捉奸在床，事情才败露。学生干部提出要跟老婆离婚，老婆不干，闹得死去活来。最后学校没办法，只好给学生干部以处分，给他留了情面没说是“开除”，而让他“退学”回家了事。

学校是杀一儆百。他们是噤若寒蝉。有什么办法呢？天不遂人愿。他们也只能忍受，只能等待，只能任由感情按照它自己的逻辑、节律、节拍向前发展。

尽管他们如履薄冰，如临深渊，平时小心翼翼，恐有差池，但是，该来的危机还是来了。他的老婆有一天突然间就杀到学校里来，给了龚继铭一个措手不及。来了以后，好像事先已经把什么都打探好了似的，直接奔向于小顶的宿舍，大吵大闹，责骂她破坏他们的家庭。

好在他们没有同居也没有怀孕，关系也一直处于地下状态，面对老婆说他有婚外恋的指控，龚继铭死不承认。“死不承认”是男人对待这种事情狡辩时的一个最好选择。他老婆不甘心，四处查找取证，最后还是翻到了他们俩互赠的诗歌，作为于小顶“腐蚀拉拢辅导员搞破鞋”的证据，闹到系里。系里也没办法，说你们自己家庭里的事情，自己妥善处理吧。龚继铭仍旧不承认有什么过错，只是说师生之间的诗歌往来互赠，属于文人雅士之好，没有什么了不起的。

老婆见套不出丈夫的话来，索性开始将矛头对准于小顶，开始在清晨去食堂和教室的路上，对于小顶围追堵截，谩骂不休。大学校园里，谁受得了这个?！这要搁在以往，于小顶肯定又顺手抄起个什么，砸将过去，不把他老婆脑瓜打开瓢才怪呢！可是现在，于小顶已经不是于小顶，而是夹着尾巴做人的于朝阳，她不能回任何嘴，不能跟人有任何正面冲突，只得匆匆躲避逃掉了事。

让他老婆这么一闹，于小顶觉得丧气，心里从前那些美好全都化为乌有。等她在外边躲了两个星期回来时，得知龚继铭已经跟他老婆回家了！原来他老婆提出条件，要么，龚继铭调动工作，跟她回家去；要么，她待在这里，天天闹，把于小顶整死整臭，直到整死拉倒。

龚继铭知道老婆的脾气和能耐，无奈忍痛选择了前者，一个星期内办好了全部调动手续。他没等到于小顶回来跟她道个别、见个面，就跟老婆打道回府。

于小顶听后唏嘘，自己找到没人的地方大哭了一场。为时半年的苦恋，竟然以这种结局而告终。这可真是令她万万没有想到。龚继铭为了保全她，当然也是为了保护他自己，做出这样一个不得已的选择，又如此之迅速，也让她没有想到。她知道，在这短短的两个星期之内，他该忍多少痛、遭受多少内心自我折磨和他老婆的折磨！

她的心，也在替他隐隐作痛。

事后得知，龚继铭老婆之所以突然间来学校里闹，是因为同系的另外一个暗恋龚继铭的女生，在遭了冷遇后，使出的阴招。是她写匿名信给他老婆，说龚继铭和于小顶他们俩关系不正经搞破鞋等，才惹得龚继铭老婆怒而大闹校园。

于小顶听罢，牙根咬碎，对人世间阴暗面的认识又多了一层。

她在自己的信箱里收到了龚继铭临走时的一封信。那上面没有一句怨言,也没有别语,只有一首诗:

真的
我扑向了茫茫雪野
请相信
风与冰冷不再会凝了我的热血
汽笛撕裂了我的忧愁
哦,再见,珍重

指尖弹去了心中的惆怅
轻轻地关上眸子里的月光
就这样告别吧
沉重地挥手
却在渴望着重逢

于小顶哭了,泪水打湿了纸页上的诗句。她挥笔继续写上:

读着你写在风雪中的信仰
犹如人生最壮美的诗行
你坚信,在你的脚印中
生命和希望同步生长
就如同冰雪也不能覆压

新苗茁壮

我才知道生活是多么广阔
冬天里的爱，更会
地久天长

她心里知道，又一个里程碑式的男人离她远去了。

经过一次又一次的历练，她已经百炼成钢，成为新人，生命中已经没有多少遗憾。没有什么再能将她击垮、打败。从此，她将心无挂碍，一往无前。

到了6月底，毕业分配就结束。这次事件对她的干扰不大。于小顶因为学习成绩好，平时表现也不错，按规定，可以优先挑单位。她如愿进入国家机关，成为一名国家干部。

3

可怜那于小庄的女儿夏雪花，打记事起就没见过亲生母亲的照片，也没有人向她提起过。后来，爹死后，不光娘的印象记不住，就连爹的影子也模糊了。平常照顾她的就是奶奶和几个姑姑。她们倒不是为了关照她，而是从法律责任上没法遗弃她这个有血亲的孤儿。

夏雪花就在一片掐架打骂声中，在奶奶家所在的城郊接合部的大野地里，艰辛地长大。她爸爸妈妈曾经生活过的北陵大街那座房子,早被她爸爸活着时处理掉了。而他和再婚妻子得到的那套房,死后也被妻子变卖,妻子抱着儿子揣起钱回了乡下老家。

老夏家连失两个男丁后,生活又回到原点,生存状况一点没得到改善。她的奶奶和姑姑为此有理由将罪孽安放在她这个小孽种身上。

你这个小扫帚星、丧门星！不是因为你,我爹和我哥咋就能这么快就去了？

这是她的几个本家姑姑动不动捶打、拧掐她时常说的话。

造孽啊！自打你一生下来,我们老夏家就没得过好。你说说,你这个丫头活下来干啥？

这是她奶奶在她淘气惹祸不耐烦时常叨叨的毒嗑。

她听不懂,任由姑姑、奶奶叫骂。奶奶手里的鸡毛掸子一下一下抽在她身上,一抽就是一道印子。她也不跑,定定地站在原地,用一双愤怒的小眼死死地盯住奶奶。那心里的潜台词是:老地主婆！等我长大了,一定要报复你！

这是她从戏匣子里广播的《雷锋叔叔的故事》中听到学来的。在那万恶的旧社会,地主婆们就总是虐待穷人家的小孩,雷锋叔叔上山砍柴,有个叫徐家地主婆的就拿着镰刀连着在雷锋叔叔手背上砍了三刀！雷锋叔叔手捂伤口,在心里默默地说:等着吧,总有一天长大了,我要报仇！

挨打受骂的夏雪花也要报仇！

小时候的夏雪花,又黑又憨,长相几乎成了父母一切缺点的组合。母亲皮肤的黢黑,父亲的敦实与小眼,两人性格的混沌与粗蛮，丝毫不落地遗传在她身上，让她长得活像个小地碗子，外表一看就不招人待见。等到她稍微长大一点，身体开始拔苗抽芽似的一天天往上蹿时，她的容貌也在一天天改变，几乎是睡醒觉来就是一个样，睡醒觉来就是一个样，今天这个脸盘子像她姑，明天那个厉害劲像她奶奶，总之是处于不断变换中的儿童发育期。她的两条山羊腿一天比一天跑得欢，她的速度和力量一天比一天大，她的心肠也一天比一天磐石般坚硬，她的自卫反击战也在街巷里逐渐打响了！以前总是挨欺负的那个流鼻涕的夏雪花，如今已经敢开始欺负别人。

在她所居住的铁西区那个城郊接合部一带，她是出了名的野丫头，用自己的拳头打出一片天下。铁西区城郊接合部方圆几里地都知道有个小黑丫头叫夏雪花，没爹没妈是个孤儿，打架斗殴特别凶狠，谁没事都别惹她。除了不好意思跟她奶奶打，其他人，跟谁她都敢上去打，上去踹，上去擂！她那几个姑姑、同学、伙伴、男生女生、比她大的比她小的……没有谁她不敢打！谁若竟敢招惹她，那可从来就是张口就骂，出手就打，两个拳头是利器，十个指甲是抓钩。要想人前不受欺，拳头就得豁出去！至于她那几个挨千刀的姑姑，现在没人敢再捶打她。她们只要胆敢再掐她一下、拧她一把，她就敢扑上去血债血偿，抓得她们脸上留痕，脖子上留伤，再让她们出门穿的衣裳上沾满鸡屎和唾沫。

小学三年级，她就已经骂人不眨眼，堵着一个偷她橡皮的女生家门口骂，一直骂到人家大人听不下去，出来给她赔礼道歉；五年级的时候，她也已经打人不犯忌，曾抓起一块板砖追着一个招惹她的男生狂跑，一口气跑出三里地，愣是追到男生家门口，让板砖跟他脑袋产生实质性接触，把他脑袋打开瓢。其后果，当然是家长和老师一齐来家里告状，赔了医药费不说，还遭到她奶奶鸡毛掸子那一通毒打！那老太太也真下狠手，新仇旧恨，全集中到一根掸子棍儿上，抓住夏雪花，不管脑袋屁股，一下紧挨一下，使出老劲往上抽！简直赛过老鹰毒啄小鸡雏。那夏雪花也倔强，不哭，不闹，不喊叫，也不求饶，只是有些本能地用胳膊将脸护住，任由那竹棍子“噼啪噼啪”落下。没有人来拉，也没有人前来劝解，这种悄莫悄的施暴，周围邻居根本听不到。她那几个姑姑，则躲在旁边屋里窥视着，见小雪花挨打，都很有些复仇的快意。这个孽种犟根简直太烦人了！他们老夏家上溯几代人里就没见过有她这样的。

打完了第二天，夏雪花就发烧起不来了。她奶奶姑姑一见，还以为她是装相，就把她独自扔在一边不理。待到中午，见这孩子还躺在炕上昏睡不起来，她奶奶上去一摸，见孩子浑身滚烫，躺在那儿冷一阵热一阵直哆嗦，她奶奶心里害怕，赶紧给踅摸什么退烧药。随便翻出两片“安乃近”给塞下嘴里去，也不见好，还是烧得迷迷糊糊的，小雪花说起胡话来，身体痉挛意识迷乱之中还在口口声声叫着“奶奶”。她奶奶一听，心里一颤，霎时间老泪纵横！好像到此时她方才明白，丫头再野、再蛮，也是自己的亲骨肉，无着无落意识不清醒的时候还在喊着奶奶！可怜的孩儿啊！她在这世上没有亲人，也只有她这一个奶奶了。

奶奶哭着，抹着眼泪儿，赶紧指派几个姑姑带孩子上医院看病，打点滴退烧。

夏雪花足足烧了两天两夜。一场大病过后，夏雪花好像长大许多，瘦弱许多，也沉静许多，变得不爱说话，心事重重。她好像一下子“醒事儿”了。同时“醒事儿”的，还有她那个亲奶奶。经过这么一番折腾，老太太对小雪花的态度不再那么暴戾，好像她刚回过味儿来，眼前这位不管她接受也好不接受也好，说到底还是自己的亲孙女，是她儿子留下的根。老太太反转心思，对夏雪花一天天亲起来。祖孙生活在一起，才刚刚有一些和睦的味道，仿佛才明白彼此是分离不开的一家人。

夏雪花16岁那一年，她的奶奶突然在一天喂鸡食时中风倒地，砸塌了鸡笼子上的两根架子，醒来后就半身不遂。夏雪花的一片天忽然就塌了！无论对奶奶怎样的恨、怎样的憎，她毕竟是自己的亲奶奶。多年来相依为命的共同生活，形成一股看不见的绳索和力量，把她和这个年迈的老人紧紧地缠绕、牵绊，分不开，扯不去。这时节，她的几个姑姑都已经相继出嫁，她和奶奶一家的生活来源只是姑姑们不稳定的每月给的几块钱，外加父亲去世时厂里给的抚恤金。父亲是在工作岗位上被青工误捅了一刀，算是因公殉职，厂里给的补助比一般性的工伤要略微多一些。可就是那么一点点可怜的夺命钱，还被继母和同父异母的小弟分走了一大半，留给她和奶奶的已经没多少了。按照厂里当时的承诺，他们会负责夏冬临留下的两个孩子一直到18岁自立参加工作。

奶奶这一病，夏雪花突然成了撑门立户的掌门人。从来不曾关心料理过家事、不负责任的黑姑娘，一边上学，一边照顾着生病在床的奶奶，心事重重，日渐憔悴。眼瞅着这个衰败不堪、无着无落的家，遥望着穷不可知的凄苦生涯，夏雪花毅然做出一个大胆的决定：她决定不再念书，要参加工作挣钱养家照顾奶奶。她把这个想法跟几个姑姑一说，嫁出去的姑姑们一听，并没有表示反对，认为这也是目前实在没有办法的办法。眼下她们各自的家里也是贫寒窘困百般困难，也实在无力再继续负担这一老一小的医药费和学费。

于是，她的姑姑领着夏雪花找到了父亲生前单位，希望厂子能兑现当初答应负责抚养夏冬临遗孤的承诺。也该她们有福，那日接待她们的，恰好是夏冬临生前一个最要好的哥们儿唐志刚，他现在在厂里已经担任主管人事的副厂长。听了夏雪花姑姑把情况一说，唐志刚也止不住地唏嘘！夏冬临小兄弟的两次婚礼和一次葬礼他都参与了，过后他简直都说不出是什么难受感觉。如今，一晃，连夏冬临留下的女儿都长到了这么大！唐志刚摸了摸自己苍白的鬓角，暗暗感叹苍天哪人生啊！

这位唐伯伯非常有情有义，对夏雪花一家十分肯帮忙。他先是责成厂里行政部门，帮忙处理了夏雪花奶奶看病医疗费报销等事宜，又把夏雪花安排到厂里当工人。他还特地召开一次厂委会，组织大家深情回忆了一下十几年前因公殉职的夏冬临的英雄事迹，谈到他家里现在的困难：一家孤寡，70多岁的瘫痪老人和刚刚年满16岁的姑娘，守在城郊偏僻地带，出门看病上学啥啥全不方便。作为我厂职工的家属，又是为了厂集体利益而牺牲的劳模后代，我们该不该秉承人道主义精神，给安排工作，一管到底？话已至此，众人也提不出什么反对意见。在他的呼吁和活动下，厂里特殊照顾,不光让夏雪花上了班,而且还在沈河区城市中心离医院近的地方,给她们运作出一套住房来。

夏雪花和瘫痪在床的奶奶搬进了一室一厅的城市楼房。夏雪花也正式开始到厂里上班挣工资。家里困境立时得到了缓解。她们一家人真是对唐伯伯感激涕零!唐伯伯的热情努力、所作所为,都让夏雪花隐隐约约有个感觉:自己的父亲,生前一定非常善交、仗义豪侠,能为朋友两肋插刀不遗余力,到处都能博得好人缘。所以,才会交下唐伯伯这么铁杆的朋友。在父亲过世之后,还在念着先前的情缘,无私无怨地帮着她们的忙。

可是,父亲和自己的妈妈之间,到底是怎么回事呢?小时候,有一次她听自己后妈说漏了嘴,好像跟自己的姑姑嘀咕嘀咕地说自己的妈妈长得像妖精,是害人精,活活把她爸爸气死了,还生出小雪花这么个小妖精在身后作孽。等一看见她正在旁边偷听,两人就迅速闭嘴不再说。她曾问过自己的奶奶,自己的妈妈是怎么死的,奶奶轻描淡写告诉她说是病死的。问多了,就什么也问不出来。

当上了工人阶级,经济上可以自主自立的夏雪花,本无所谓快乐,亦无所谓忧愁。她穿上藏蓝色的工作服,戴上了大工作帽,一个标准的黑黢黢的小青工,每天按时上班、下班,上班时每天带饭盒,端大茶缸子喝茶叶末,跟工人们一起调笑,说粗口,不需要过渡,就完全融入工人阶级队伍里;回家来伺候病人,给奶奶端屎端尿,尽自己的一片孝心。月初时按时领工资,月末定时给奶奶报销医药费。她基本上过起了有规律的生活。上班挣钱,比起在学校里背书、学习、考试、受老师看管的日子可舒服多了！至少，她们全家人，她那几个姑姑，现在都对她另眼相看。熬了这么些年，她那些姑姑终于可以摆脱赡养母亲和抚养侄女的责任，眼见小的一天天长大，已经完全可以自己养活老的，她们不禁都长出了一口气。

4

大学毕业后分配到国家机关工作的于小顶也就是于朝阳，忍着内心巨大的忧伤，同时也怀着对辅导员龚继铭深深的惦念和内疚，开始了自己走上社会的新一轮拼搏过程。

辅导员甩袖这一走，倍感伤痛的还不是他，而是另一个当事人于小顶。他们俩这见不得光的爱情的戛然中止，其带来的痛楚与思念混合煎熬的延续效应，让于小顶在刚参加工作后的半年里一直不得安生。

她和辅导员再也没有联系。她多次想给他写信、打电话，多次冲动得想前去找他，问他，为什么要悄悄地不辞而别，为什么干这种傻事儿，以这种不值当的行动而舍身成全她？她认为他最起码应该先跟她商量商量，两个人的力量毕竟比一个人大，他们再想想办法，找找关系帮帮忙，肯定还会有比他返回乡下更好的出路。

其实，她是不了解他的。尽管他是她迟来的初恋情人，曾经有过充溢诗意的山盟海誓两情相悦，但是可以说，他们的恋爱仍然浮在表层，仍是表皮的摩擦和心灵里某一短小部分的相触，仍不是心灵和肉体的合二为一。他延宕的性格，他的懦弱，遇事的逃避、退缩,她一点也不清楚。她看到的是他书生的外表,忧郁的气质,内里压抑的激情,对她的宠爱,满腹经纶的诗书才气……他的一切优点,都被她无限夸张而放大,仅供自己崇拜而痴迷。

而龚继铭那个老婆才真正了解他,才真正能抓住自家男人的软肋和七寸,才跟他是同道和知己。她看准了他的缺点,照着上边下刀子,只一下,他就乖乖就范,缴械投降。他老婆也想明白了,再让自己男人待这儿,早晚要出事被女学生勾了去。她要是跟来城里团聚呢,两人也是清苦穷困,没什么好日子可过。再说她又没有什么文凭,到了城里就成了一个进城的农村妇女,简直一钱不值。以前龚继铭工农兵大学生涯快毕业那会她就提出过要他回去,龚继铭却执意要留在城里。这回,丈夫在学校出了这档子风流事,正好可以让她以此相要挟。龚继铭如果不跟她回去,再继续留在这儿,她就将大闹天宫,让他和于小顶都不得安宁;如果丈夫能乖乖地跟她回去,那么就按照她多次设想过的,在当地找个工作,一家人团聚,其乐融融,那该多么好!

主意已定,龚继铭根本没有不就范的理。不光是老婆的撒泼、自己的前途无望、在城里的郁郁不得志,让他做出调动回乡的决定;同时,更是由于对于小顶的爱,促使他也想通过自己的这么一走,而息事宁人,而保全她。

收拾行李时,龚继铭的心里也是五味杂陈。

而于小顶,只想到了龚继铭是为自己做出了牺牲这一层,并没有想到他性格懦弱的缺点上去。由此,她的感激与爱恋倍增,深深的歉疚,也同时把她的心填满了。想念他的时候,她常常痴心得泪水盈眶：如果龚继铭这辈子生活不好，那也完全是她造成的。

于小顶的思念，她的内伤，只能一个人排遣，只能一个人于无声处将伤口舔舐。

虽说是旧伤痕上又添新伤痕，可是，爱情也使她的人格完满、使她的肉体圆满了。人世间该有的都有过，该体验的都体验，她还有什么后悔不知足的？

33岁的于小顶收拾起过去，一切从零开始，争取芳华重现。她用工作中的兢兢业业辛苦劳顿来覆盖悲伤，也换来业绩，赢得信任，得到提拔。没过多久，就从普通科员提升到主任科员，开始独当一面。接着就是副处长、处长，有了实际的权力和官衔，掌控某个机关部门的要害。

现在，她的身边几乎已经没有人知道，这个精明干练的于朝阳处长，曾经有过当知青扎根典型的经历。就连全世界也没有几个人知道了。人们从她的脸上、身上，早已经找不到过去年代的痕迹。

人的长相，不光是爹妈给的，也是后天长成、是党给的。每一个时代的美女都自有不同的美丽坯子和模式，都深深打上了时代风物性情烙印。

不断强大的于小顶内心纠结的另一个情结，就是儿子的抚养权问题。这个痛，母子连心、母子断了筋脉的揪痛，更与那失恋之痛有所不同。她曾经跟原来婆家和前夫谈判撕扯过几个回合，要回过抚养权，但是儿子已经受过太多他奶奶给的蛊惑，早已不认亲，不认她这个娘。打小他就被灌输他妈妈是坏人的道理，他的那个坏妈，扔下他和他爸不要了，还领着人去打他爸，是个天底下最恶毒最黑心的女人。他长大了一定要替他爸爸报仇，长大了挣钱养活他爷他奶，立誓消灭他妈。

就在这样环境下教育出来的孩子还能有个好吗？

于小顶看着眼前这个充满陌生与敌意、说话侉腔侉调的农村孩子，她无法立刻认同这就是自己的孩子。她的心立刻就凉了。晚了！晚了！这又是一份孽债！她现在再争、再要，也要不回来那份母子情感，再要，也只是要回一个名分，尽母亲的责任；再要，也要不回孩子的心！

尽管如此，她仍然不甘心，还在做着种种艰苦努力，试图重新建立母子感情。但是，孩子刚来时在城里跟她生活不适应，在学校里受歧视，三天两头哭着闹着要找他爷爷奶奶找他爸。在央求未果的情况下，有一天竟然偷拿了抽屉里的钱自己坐火车跑回乡下去了！那时他才多大啊？也才是个小学生，自己从未单独出过远门。到了老家，让他奶奶搂在怀里这一顿大哭，“呜嗷”号着叫着奶奶的大孙子啊！可怜我大孙子受苦了啊！你那黑心的娘啊怎么忍心不管你啊！

等到于小顶发现孩子没了，急得火上房，打探得知孩子回了老家后，再去要，这回可就没那么容易了，孩子爹和爷爷奶奶都脸色铁青，指责她对孩子照顾不力，坚决不同意再把孩子接走。撕来扯去，最后只得征求孩子自己意见。哪知那倒霉孩子眼泪吧嚓，一口咬定，坚决不回他妈家去！

这回于小顶彻底没辙了！她眼望亲儿，和他父系家族的全家，心中充满了颓败情绪。她算明白了，孩子的奶奶才是孩子的妈，她自己早已经被强行开除出家庭血缘的谱系，是大灰狼和狼外婆。她已经回不去了。

几经辛苦争得的抚养权，就这样又被交了回去。她虽求得了法律上的探视权，但是，没用，每次她去乡下探望，孩子都躲，藏起来不见她。想要领回来过周末，更是没门儿。她知道，这个孩子她是彻底失去了。从离开孩子那一天开始，就已经永远宣告失去亲儿。

还好，也许是儿子继承了她身上争强好斗的基因，总算没有太没出息流落为盲流青年，孩子学习努力，考上了县城一中，最后也顺利考入一所省属普通大学。作为母亲的于小顶长出一口气。

但是，上了大学后的儿子仍跟她这个母亲形同陌路，见面连一声妈也不叫，这又未免让她郁闷，心有所失。

奋斗征程中，得与失，到底怎样平衡？

5

夏雪花在无知无妄的工厂生涯中，默默地傻度着自己的青春年华。有一天，她到另外一个车间送货，无意中听到几个老师傅在背后嘀咕：这就是夏冬临的闺女？像！长得真像！看那小样儿，长得一点都不像她妈，全随了她爸。可惜！可惜！她妈，那可真叫个美人坯子！

夏雪花一听就蒙了。待她想回头走近再听清楚些时，他们却倏地闭嘴不提。

她的好奇心，终于被激起。

16岁的女孩夏小禾也就是夏雪花，受青春期的好奇和意志力的驱使，鬼使神差、坚忍不拔地开始了自己寻母的历程。她没有跟奶奶姑姑她们说，倒不是不敢，而是知道说了也没用，如果去问她们的话，那也仍旧是什么都问不出来，白费劲不说，还会遭她们唠叨。她撇开了这一过程，决意要自己干！一个人凭借自己的力量，开始四处悄悄打探自己亲生母亲的来历。

她找啊找，千打听万打探，终于从厂里一个不相干的女师傅嘴里探听到，十三年前，这个厂里有个主任夏冬临，被媳妇的娘家人给告了，当时他大姨子还到厂里来闹得够呛，说是他害死了媳妇。最后还惊动了公安局解剖尸体。

那后来呢？夏雪花按住“咚咚”的心跳，急切地问。

后来？谁知道呢！这么多年过去，谁还记得那些老皇历！女师傅不在意地说。

夏雪花明白了，自己在这座城市里还有一家骨血之亲，她母亲家的亲人们都在离自己不远的地方。她父亲和母亲之间，曾经发生过不可思议的事情。

她开始了自己更加隐秘而焦急的寻找。思来想去，一想这事暗地里找还真不行，知情人不多，寻找起来十分困难，还得明问。现在除了她的奶奶姑姑家人以外，最能知道底细的，那就要算是她的伯伯唐志刚。

终于，她还是揣着冒昧，带着不安，战战兢兢地打听到唐志刚那里。她唐伯伯一听她的来意,眼圈立刻就红了,哽咽着说:孩子,自打见到你,我就想到,早晚会有这么一天啊……

唐伯伯就带着哽咽,带着感叹,给夏雪花讲述了她家庭的来龙去脉,她自己的身世,母亲的去世,老于家的怀疑,老于家和老夏家因此结下的冤仇,她父亲的遇刺、爷爷的猝死……把个夏雪花听的啊,一阵一阵涕泪横流,哭不噤声。那叫一个百感交集,心里不是滋味。夏雪花真不知道,她还有着这么难言的过去,还有着这么平凡而艰辛的身世!

她的心灵被深深地撞击了。死水微澜,久久不能平静。经过几个长夜的辗转难眠,几个长夜的泪水湿襟,她终于做出决定,要去找寻老于家那一家人,找寻自己在这个城市里那一方的骨血之亲。

寻找仍旧是在隐秘地进行着。多少年过去,人们都经过了大面积的迁徙,家庭住址有了变化,工作单位一改再改,甚至有些人连名字都改了,偌大的城市里,找起一个人来,还是相当困难。夏雪花费尽千般周折,历尽万般辛苦,甚至连她姥姥家原先居住地的派出所都打听到了,也没有什么音讯。小河沿地区那些贫民屋早已经拆迁,姥姥去世,她的小舅小姨也都结婚成家出去单过,姥姥那个家早已经没了。世事沧桑,将过去抹平得连一点痕迹都没剩下,除了芜杂的记忆和心头的创伤还在,并且如同鲜血梅花,历经严冬摧磨却越发凄寒耀眼。

夏雪花毫不气馁,找寻亲人其实也是打寻身世的愿望像一根针,支棱八翘地别在她的心上,扎得她寝食难安。愿望未遂,终难休歇。经过几番拐弯抹角侦察打探，最终打听到了她那个如今已经改名叫“于朝阳”的大姨的工作单位。在某一天的下午，夏雪花终于用颤抖的手，打通了大姨于小顶的电话。电话线的那头，她大姨于小顶此时正在上班，处于午睡刚醒的迷迷瞪瞪阶段。她抓起电话，一听那头电话里说：大姨，我是夏雪花……大姨的心脏部位立时“咚咚”狂跳，当时眼泪“唰”地一下就下来了。

来了！还是终于来了！大姨脑子里登时一片空白。

千年的冤种、孽根，终于长大成人，终于找回来了！

大姨一时什么话都说不出来。

夏雪花说：大姨，我想跟你见个面。

她大姨说：好……

第二天，两个人如约在一家茶楼里见了面。一见面，互为陌生的两个人，却奇怪地感受到眉眼之间那相同的痕迹，相互嗅到相同的血缘气息！

血缘，有时真是个神奇的玩意儿！哺乳动物们依靠它寻找到生命的缘起，以及相同基因密码之间的密切关联。

于小顶大姨一看眼前这个又黑又胖的小眼睛丫头，心说，完了！这孩子真给毁了！一看就是他们老夏家人，连一点像小庄的样儿都没有。

夏雪花一看眼前这个高大挺拔、美丽端庄的大姨，心也“咚咚”跳得不行，先是自卑得低了一层。

大姨先张开怀抱，迎接自己这个失散了十三年的外甥女。

外甥女扑到大姨怀中，泣不成声，连声叫着：大姨，呜呜呜……

大姨……

她大姨也泣不成声，紧紧搂着她，拍着她的背，唤着：小雪花……好孩子……

相见无言，唯有泪千行。

待擦干眼泪，坐定之后，两个人仍一时没有话说，只是怔怔地互相望着。

她大姨从书包里拿出一张她母亲的照片递给她。

夏雪花接过一看，心口像是猛地被谁抽了一鞭子，一阵麻，一阵抖，针刺似的疼。眼泪"唰唰"流了下来，止也止不住。

她端详来端详去，开口的第一句话竟是：

大姨，我是不是我妈亲生的？

嗓音憨憨的，粗粗的。

大姨听到她的发问，不由得又悲从中来！

她抹了一把泪说：

傻孩子，你出生时大姨就在你妈身边。

那我为什么跟妈妈长得一点都不像？

大姨心痛。她也不知该怎样回答。看着夏雪花，就想起自己留在乡下那个孩子，不管怎么说吧，那孩子一路摔摔打打、历经爹妈之间无休止的争夺抚养权鏖战，但是毕竟还算有个好的结局，上了大学。而眼前这个粗粗憨憨、长相难看的外甥女，却连初中也没能上完。大姨既心痛又有点无可奈何。

大姨告诉她，她出生时是早产，在医院保温箱里放了一个星期。大姨说，生她时，她妈妈难产，先顺生后剖腹，差点送了命。

夏雪花瞪着亮晶晶的泪眼，专注地听大姨说着，像听着前生的事情。

临走，大姨给她留下一些旧物。那是一个用旧布面包袱皮的包裹，里边装的都是于小庄生前使用过的东西。当年于小庄死后，夏冬临从家里给清理拾掇出来包好，原本是放在于小庄的尸体旁边，预备推到火葬场里一起烧掉的。谁料想，就在于小庄遗体推进焚尸炉火化的那一刹，大姨鬼使神差，伸手在最后一刻拼力抢下了那个包裹，并且一直留了下来，直留到现在，这么多年的迁徙颠簸都没有丢弃。好像冥冥之中就知道，这个信物多年之后，要送给于小庄的女儿做念想。

夏雪花回到家，趁着奶奶在里屋熟睡，自己一个人在外屋打开包裹。母亲做姑娘时用过的发夹、穿过的衣服、戴过的头巾，母亲的相册、下乡时的日记、抄写的苏联和朝鲜歌曲，母亲画下来的钩针图案，全是那种网格状图纸，用一个点一个点的标记连接……一切一切，全都那么精心、细致，显露出一个做姑娘的人才有的悠久耐心和对生活的千般热爱万般痴迷。

看着母亲遗留下来的这些美好器物，夏雪花的眼泪一串又一串的流成行。她照着镜子，仿照照片上的模样，梳起母亲当年的辫子，试穿起母亲当年的衣服。拉开拉锁，把自己的身体，费力地镶进母亲的衣裙里，那腰、那屁股都显出来。血缘的气息，扑面而至。

她像是把她自己重新放进母亲的身体里，对着镜子，含泪叫了一声“妈——”

她憨憨地、粗重地，又试着叫了一声“妈——”

多少年生疏的声音！

她哭着，连续不断地叫着：妈，妈，妈——

好像就是这一声声“妈”，把自己叫醒了，把混沌的岁月给叫醒了。

她再一次约见大姨，央求大姨给她讲妈妈的故事。大姨就耐心地给她讲起，她妈妈小时候如何美丽、聪明、淘气、不听话，在家里总挨她姥姥揍。她妈妈如何不到年纪就跟着上山下乡。她妈妈能歌善舞，爱说爱笑。她妈妈生她时遭的罪。她妈妈如何娇惯、疼爱她，小时候生病，她妈妈整夜整夜不睡觉守着她。大姨有一次抱她，不小心将一个花生豆噎着她嗓子眼，她妈妈那一通不乐意啊，当时就和大姨闹翻了。

大姨唯独将她妈妈和她爸爸的婚姻省略不讲，将于家夏家两家的恩仇也略去不讲，讲给夏雪花听的都是一些有关她妈妈在世时的美好的事情。

夏雪花静静地听着，边听边泪流成行。

一个人，不是无缘无故来到这世界上的。

冉冉升起的亲情，堵塞了她的毛孔，嗓子眼哽咽得难受。她变得安静、忧郁，心事重重。

有一天，她又去单位找大姨，对大姨说：我不想整天当工人了。大姨你帮我找个好一点的工作吧。

大姨听了，潸然泪下，忙用手帕揩了揩眼角说：行啊。可是，孩子呀，找好工作得有文凭啊！你的初中毕业证肯定不顶用。

大姨找人给她补课，通过考试进了文秘大专班。三年的学费，大姨也答应给夏雪花供。

36

于小顶没有想到，多年之后，她与那个龚继铭的再次相见，却是这样一个情形。

她这个党政干部，看似磐石般坚硬的铁娘子，内心却怀念着大学校园里浪漫美好的情愫。她的记忆自我保护机制，本来已让她每告别一个过去，都要使自己强制性地忘记，彻底洗脑、刷新，然后装入新的程序，在生活中大踏步地向前。然而，龚继铭的一个电话，却勾起了她脑海深处最为柔软的那部分回忆，让她那种表面上的坚强瞬间土崩瓦解。

龚继铭说他刚打听到于小顶也就是于朝阳的地址，才知道她已经升任市政府部门工作，他正好出差，路过这里，想看看她。

她想问他从哪儿来到哪儿去。

她还想问这么多年他为什么没有主动跟她联系。

她想问他是如何打听到她的。

这些都没来得及问，也无须问。似乎，这么些年，心底里还有一片寂寞的地方在等待着，在盼望着，就是在盼着他这么一个来电，盼着他的一个相见。只要他一召唤，她就去；只要他一呼唤，她就走。

他说，他在这里只待两天。他知道于小顶忙，看看她什么时间能有空见面，主要根据她的时间来定。

于小顶心里一动:他还是那么懂得关心人、疼爱人,跟她说话,从来都用商量口气,而且历来以她为主。

往事的魂儿又被勾起。她恨不能立刻就见到他,但是一想白天还有两个会,走不开,于是忙不迭地说:有空,有空。今天下班以后吧。

连她自己都感觉有点失态。一股巴巴的上竿子劲。

他说他住在万豪酒店1508房间,要不,晚上就在那儿见?

于小顶的心一动:万豪酒店那可是本市不多的五星级酒店之一。他如今可以住在那里?况且,还约着要在那里见面……

一抹绯红不经意地爬在了她的脸上。

见面之前,她都不得安生,心里像爬了蚂蚁,奇奇痒痒的。毕业以后,除了个别知己,许多同学都失去了联系。如今,他从哪里冒出来的?变化成什么样子了?

这个折磨纠缠了她一整天的问题,直到在酒店房间见了面那一时刻,才揭开了谜底。

临来之前,她还特地提前下班回了趟家,梳洗打扮,左一件右一件地挑选衣服,内衣也挑来挑去,换成她所有衣服中能选出来的性感款式,然后精心试妆,预备着要把自己献给他。

激情暗中涌动。这在她,已属不易。继龚继铭以后,她的情感世界就再也没有为任何人打开。

她褪下了带垫肩的板板正正的职业装,换上柔软的羊毛针织外套和裙装,并轻打腮红,轻点绛唇。扔掉公文包,找出平素从来不用的LV手袋,搭在腕上,踩上高跟鞋,摇摇曳曳,奔赴约会地点。

五星级酒店到底不比一般,夜色未降,就已经是各处华灯初上。灯影里的美人,也分外妩媚神秘。

于小顶带着“咚咚”乱跳的心,上了电梯,到了十五层楼。逐一看着房间号,终于找到属于他的房间。她停下来,稍稍屏了一口气,然后伸手按响了门铃。

铃声响过三四个长短之后,就听里边一边喊着“来了,来了”,房门一边应声打开。一张似曾熟悉又陌生的脸庞露了出来,一边说着“抱歉抱歉,我正在接一个电话”,一边伸手做了一个里边请的姿势。接着就转给她一个侧脸和一个躬身而立的姿势。

于小顶原本以为多年情人的再次见面,怎么着也要有那么几秒钟的定格,互相打量、凝望,然后再执手相看泪眼,竟无语凝噎,千言万语,只化作扑到对方怀里紧紧搂抱着的那一刻温存!不承想,却是眼前这种状态,商务人士见面似的。无奈,她只好顺着他请的手势,迈步进门。

落座下来,那个龚继铭还是不给她仔细打量、抒怀的工夫,就见他在眼前来来去去,咋咋呼呼,忙忙乱乱,嘴不得闲,手不得闲,脚也不得闲,忙不迭地说:你看你看,让你大老远赶来,怪过意不去的,应该我去看你才是。你看你喝点什么?是茶还是咖啡?要不来点茶吧?我自己带来的,明前茶,我给你沏一杯。

嘴里这样念叨着,那边手里就忙着刷杯子、倒水,干这干那。似是很忙,其实是没事找事。让人根本猜不透他这是掩饰自己的过分紧张啊,还是因为做惯了待人接物这一套,做着一些习以为常的动作。

到了这时候，不知怎的，于小顶反倒不紧张了。她只能趁他瞎忙乎的空当瞟上他几眼，心说：这么多年了，这人，怎么一点变化都没有啊？

也真是的，除了将过去穿的中式服装换成了黑色西装打领带，别的，从发式、肥瘦到肤色，龚继铭一点没变。

有些男人就是这样，从30岁开始就定型，一直到五六十岁，都不会有大变。尤其是染发剂的普遍使用，更是将人们的实际年龄很好地遮盖。

龚继铭就是那一种人。

人无变化，却也无趣，一见面，就接续上昨天，连个感叹似水年华的借口都没有。

但是，不对！他还是变了！整个的风格、气质、与人相处的方式，都变了！他那一双大大的眼睛里，过去让她感觉是那么秀美、深情、欲说还休，如今却看上去如此倦怠、空洞而又无内容。尤其他眼神那种闪闪烁烁、游移飘忽，总是从她身上一闪而过，就是不肯有一刻的聚焦停留，似是不肯或不敢拿正眼瞅她。这一点最让她不满意。

她也是个见过世面的人，早已经阅人无数，历练江湖。一个正经的大男人，怎么会有这种眼神？说话时不会专注视人，这种人应该是个什么类型？戏子？演员？充其量是个有着表演型人格障碍的人。

他过去那优雅的气质、忧郁的谈吐、忧国忧民的情怀哪里去了？过去他们就是相对无言，只脉脉含情地看着，相互也能读懂。

眼前的他，就是一个忙叨，烦乱，话痨，拿话语把整个时间、空间填满了，根本不给她一点空隙。他说：怎么样你？还行吧？这些年，还一个人？你一个人过日子怎么能行？得找个人，找个人搭伴。

他又说：吃饭没？肯定还没吃。没吃，走，咱们下楼，我请你。

他接着说：想吃什么？吃海鲜，还是湘菜？这家酒店的海鲜挺不错，厨子也是从大连那边调过来的。

于小顶感觉到窒息、压抑。她待不下去了。一切跟她想的完全不一样。失望感充斥了全身。她本来不想再滞留，可是，内心里一丝隐隐约约的期待和不甘，还是让她劝慰住自己，想，也许是刚一见面紧张、陌生，他是用这些无用的废话掩饰自己的心情，也许他其实也跟自己一样，有所期待，有所眷恋。也许，待会儿，停顿一会儿，就会好的。

她只好跟着他下楼。到了二层的中式餐厅，专门拣个不起眼的地方坐下。临落座前，她还警惕地扫了一眼周围，看看有没有熟人。

他要上包间，她还是坚持就在大堂。一男一女，包间里如果让谁遇上，就说不清。大堂里，至少还有几分光明正大不怕见人的意味。

即便在饭桌上，二人对坐，他也不肯拿正眼看她，一会儿晃过头去喊服务员张罗点菜，一会儿盯着酒水单子咋咋呼呼布酒，除了嘴巴还不得闲在冲着她的方向唠唠叨叨外，眼神总是一滑、一闪，就迅即从她脸上掠开去，着陆在别处，比方说酒杯上、墙壁装饰画上、身边的绿植叶子上、越过她头顶的一处虚无缥缈的虚空上，嘴里同时“叽叽呱呱”，唾液横飞：

我吧，那啥，早就下海了，到南方做生意。公司总部在深圳，在各地还有分公司。儿女们也大了，到外地上了大学。老伴不愿跟我去，离不开老家。这些年我们也就这么分开过着，挺好的。现在咱可不像过去了，都想得开了，啥也不愁。

你们那届学生都混得不错，毕业以后有几个还跟我有来往。

哎，你怎么不动筷子？来吧，吃，吃。别客气。来来来，我敬你一杯。我干了，你随意。

那啥，我吧，这次回来，是听说这边在招商引资，打造北方工业走廊。是一个挺不错的投资机会，在土地出让和税收方面都有优惠政策。我是先回来看看。

我听说你在政府部门工作，正好分管这一摊。就通过好几个学生辗转要到你的手机号。我就想着，要见见你，叙叙旧，也看到时候能不能请你从中给牵个线搭个桥。不会让你白帮忙。我那个公司做工业产品还是有实力的。

……

因为他一个人说得太多，话太稠、太密，把她的耳膜灌满了，把她的大脑也给灌疲倦了。这半天，她都没捞着说话的机会。到这会儿，她也干脆就不想说了。什么话也说不出来。有那么一会儿，她的思绪也飘向了别处，心说只可惜了五星级酒店里这等上好的红酒，这么橘黄色的暖意的灯光，这么缠绵低回的音乐，这么暧昧的气氛。音响真不错，回声共鸣也很好，就是现如今的市面上的音乐好俗气哟，净放流行歌曲，不是怨妇吟就是失恋曲。歌舞升平的岁月，只有没事找事、诉说闲愁这些小酸曲才能打动人心。

他的话语就夹杂在这些流行歌词里，夹在这些灯光和红酒里，断断续续，磕磕绊绊，有讨好，有巴结，抑或还有倾诉？叙旧？不知道。她只知道，话不投机半句多。到后来，他说什么她都听不见了，倒是张韶涵《隐形的翅膀》那缠绵悱恻的歌词声声入耳：

每一次　都在徘徊孤单中坚强

每一次　就算很受伤也不闪泪光

我知道　我一直有双隐形的翅膀

带我飞　飞过绝望

……

重温旧梦，就是失去旧梦。面对眼前这个分外陌生的男人，她知道，一切都算彻底结束了。过去一直觉得是未曾了却的一段情，现在终于了断。没有什么遗憾，也不再有牵挂。她也不再欠他什么。他也更不欠她。如果不是他们的那场相遇，他们各自的命运或许就不会是现在这个样子。不，不对！如果他们不曾相遇，他们各自该朝哪个方向努力，还会是朝哪个方向努力。只不过，那场意外变故，加速了各自努力的进程。是他们各自的性格决定了命运，而不是其他，不是历史，不是他人，更不是他们彼此。历史和环境只是给个人的信仰实现提供了一个外部条件，最终决定命运的，还是自己内心的道德定律和个人的生活理想。怀揣着什么样的理想，就是去奋斗争取什么样的命运。即便达不到，只要曾经努力奋斗追求过了，人生就不会觉得枉然。

想到这里，她坦然了，也充分感到释然。兄弟，再见啦！这回是真的再见，各走各的路啦！

从此分两地，各自保平安。

生活和命运，就是这么残酷着向前，再向前。

她的情感闸门，从此也彻底紧封。

……

是她先主动起身说告别。她简单跟他握了握手，说了几句感谢之类的客套话。然后，她拒绝了他的相送，起身，踩着很细很细的高跟鞋，大踏步地飞奔出餐厅。音乐在身后还“吱扭吱扭”地响着。那个叫张韶涵的台湾时尚大眼美女，知道什么叫“飞过绝望”？

第九章　野百合也有春天

1

三年的大学校园生活，让夏雪花也就是夏小禾判若两人，脱胎换骨。她沉默、忧郁、自闭，不愿意跟人来往。她似乎咬着牙，较着劲，在默默期待着什么；又似乎，无所期待，只是在静静享受生活本身，体会生命中一天天的变化。

本不喜欢学习的她，如今好像身体里的什么东西被激活了，父亲的机灵、母亲的聪慧开始起作用，只要稍微用一点点功，就门门考得不错。

也许是母亲在冥冥之中保佑着她，帮助着她。夏小禾长得越来越有女人味儿，没来由地，就瘦了下去，瘦得突然，不可遏止，身体窄成了一小条。眉眼之间，也是万种风情。

此时恰逢林忆莲、梁家辉什么的那种小眼流行，她的小眼，袅娜身态，肌肤的小麦色，全都成为时髦。

有人说她像阮玲玉，也有人说像周璇，反正都是命苦命薄的人。跟这个时代那些漂亮张扬、咄咄逼人的女孩子完全两样。

业余时间，同学们男男女女成群结队参加周末大食堂的舞会，合伙去唱卡拉OK,去街上泡酒吧、蹦迪厅,她从来不跟着去,没有钱,也不合群,融不进去。经济上的拮据,以及沉重的家庭负担,都让她内心里沉沉甸甸,似乎有千钧重担放不下。每周两次,她悄悄在麦当劳打工挣生活费,周末她必须回家照顾瘫痪在床的奶奶,给她老人家端屎端尿洗衣擦身尽孝心。平时不在家的时候,都是几个姑姑轮流伺候着。姑姑们对此似乎颇有怨言。尽管她们从小对夏小禾连打带骂瞧不上眼,到了这会子,夏小禾辛辛苦苦长大可以赚钱养家了,她们竟理所当然觉着就应该是夏小禾负责给她奶奶养老。侄女儿放着好好的能拿工资的厂子不上,偏要上什么大学,姑姑们都觉得夏小禾上这个大学有点多余。有意见归有意见,但是她们也只能是背后嘀咕几句。她们知道小禾背后如今有她那个大姨撑腰。今非昔比,随着她大姨官位的升高,大姨再也不是那个任凭姑姑们在学校门口破口大骂的大姨,大姨如今是市政府官员,一句话就可以拿捏她们全家的命运,万万得罪不起。

夏小禾就困锁在解不开的重重牢笼里,默默地读书,在书中排遣,在书中寻找着生活的真谛和自己生存下去的理由。同时她也必须争取拿到奖学金以维持家用。

跟她大姨当年的刻苦读书的内容不同,夏小禾不喜欢虚构类文学作品,什么诗歌小说类东西都不入她的法眼。她最喜欢读的是人物传记,从那么多出身寒微而又成了大气候的名人身上获得勇气和激励。作为70后的一代人,她也跟同龄人一样追星,喜欢当粉丝,然而她跟别人不一样的是,她对明星八卦新闻感兴趣的部分,不是明星们现在的荣耀,开的什么车、挣了多少钱、有了多少绯闻，而是他们在未成名之前，或落魄之时所遭逢的苦难，以及他们是怎样化险为夷、逆境中挣扎、东山再起。李嘉诚、克林顿、比尔·盖茨以及张曼玉、梁家辉、刘德华……这些人物成了她的偶像。她记住的不光是他们的宏伟业绩，更有他们的苦出身、单亲家庭成长经历、遇到坎坷就拼命挺过去，乌云拨散、否极泰来……她开始喜欢起雷锋，因为雷锋跟她一样是孤儿，比她有更苦的出身，然而人家找到了一条适合自己的生存发展道路。他能成为几代人学习的榜样，从生存哲学的角度上说，是有充分理由的。

如此这般孜孜不倦地读书思考，让她内心强大，主意正，凡事都有自己的看法，在同龄人的那一代娇弱的独生子女群中显得有点特立独行。虽然她在众人面前沉默寡言，但是内心世界已经一天天变得丰富，她的心，也从无望的自卑中一天天变得欢快。她知道，像她这样家庭出身的人，像她这样贫寒的家庭环境，没有任何资本可以跟周围同学比富、比长相、比吃穿，能比的，只有才智，只有学习成绩，只有将来的好工作和更大的事业发展。

夏小禾在沉默中历练，同时也在沉默中娇艳，如同一枝山谷里寂寞的野百合，在静悄悄地等待着属于自己的春天。

仿佛如同一场梦
我们如此短暂的相逢
你像一阵春风轻轻柔柔吹入我心中

那是谁的歌声？是台湾的那个孟庭苇吧？

多么好的名字,《野百合也有春天》!仿佛是专门写给她唱的,是专门唱给她听的。柔柔嗲嗲的歌声洞开了她的心扉,春风化雨、香气扑面。她的神态更安静,腰条更纤细,成绩更骄人。她外表呈现给世人的这一切,都使自己有本钱成为周围男同学竞相追逐的目标。

爱情就在北方怡人的春风中初次来临了!

初恋对象是那个傻大个儿男生张兴宇,班级里的学习班长,篮球场上的高中锋,晃晃悠悠,个头有一米八以上。夏小禾一米六五的个儿,看着他都有点费劲,说话都须仰起头。张兴宇有着一双很漂亮的圆眼睛,浑身充满书卷气,可惜严重近视,眼镜片度数很高,却又非常爱玩,喜欢运动,一上场就得把眼镜腿用松紧带绑在后脑勺上,拼抢碰撞时总有点碍事,似乎脸面和眉骨总处于危险之中,他自己却浑然不觉,依旧带球传球抢得欢。每次跟外班比赛,女生给他们当啦啦队时,夏小禾在边上看着他眼镜腿的松紧带就总想偷偷地笑。

他们俩的真正结缘,却是在同学们集体到他家给他过生日之后。班级里家境好的同学之间请客送礼之风很盛,平时谁过了生日、谁得了什么奖学金、谁拿了个竞赛奖,大家都会互相请个客吃个饭。平时这些豪华奢侈活动夏小禾基本上不参加,最初总是以各种借口推托。到后来同学们都知道她不合群,很傲,也就不再邀请她,不带她玩。其实他们哪里知道夏小禾心中那份自卑的苦楚!

这次张兴宇过生日时夏小禾没想到自己也在被邀请之列。她想了一下,也许是由于在篮球比赛时,自己在旁边加油鼓劲的喊声比较大，让他一下子记住了吧？春天心情好、底气足，喊起来嗓门也比较给劲，“呜呜嗷嗷”忘乎所以，尤其见了张兴宇最后时刻一个三分投入篮，将比分转败为胜时，班里同学简直乐得已经疯了！蹦着高地叫、跳，互相拍打、拥抱，蜂拥过去搂抱住张兴宇，试图把他抛起来。后来终于因为他个头太大不好抬而作罢。夏小禾记得她好像也抱了他。但是当时那种情况下，完全是一时兴起，十分情绪化，过后也就忘了。没想到，那么多前去拥抱欢呼的同学张兴宇都没记住，却偏偏记住了她。用他跟夏小禾好了以后告诉她的话说：我一直以为你不会笑呢，咱班男生背后都叫你冰美人，那天我还是头一次见到你笑得那么好看，抱着我的小细胳膊好像一掐就断呢。

美人一笑，倾国倾城。

夏小禾这回没有拒绝他的邀请，跟着一帮同学走进了张兴宇的家。他家坐落在另一座高校里，父母都是大学老师，他的父亲研究古典文学，母亲是教外语的。夏小禾这是平生第一次走进一个知识分子家庭，第一次见到了一个人的家里竟然藏书如此丰厚，书房里铺天盖地地摆了满架满橱的书！简直不次于他们学校的图书馆哪！夏小禾心情激动，由衷感叹。同学们都在厨房客厅里喧闹着摆桌椅做饭，夏小禾一个人待在书房里，在满壁巨大的书橱前流连，抬头仰视默念着那一本本巨著的名字。

张兴宇这时在她身后走了进来，见夏小禾那样专注地仰头观望，心里不禁怦然一动！他没有打搅她，在她身后默默地伫立，深情凝视这个倩影。良久，夏小禾好像感觉到了什么，一回头，见张兴宇正痴痴地站在身后对她望着。她一时竟也脑子里几分空白，竟也就那么无辜地凝眸与他直直对望。

这个过程其实只不过持续了十几秒钟,或者三两分钟?对他俩而言,却简直像有一辈子那么长!

当一对男女互相凝望对方的时间超出普通的分钟长度时,双方的心里都会不由得“怦怦”地跳,两个人的脸都“唰”地红了。叫作爱情的那个东西由此奋不顾身地产生!

这是爱情的基本和绝对不二法则,屡试不爽!

不信?你试试!

以后的事情就顺理成章。

这是夏小禾的初恋,也是张兴宇的初恋,完全是摸着石头过河,一切都是战战兢兢充满未知的喜悦和甜蜜。他们偷偷摸摸约会、散步,偷偷摸摸进饭店、逛公园。尽管完全可以像别的恋爱的同学一样公开和声张,但是他们还是喜欢这样,怀着一点点不可告人的小儿女幸福。这是夏小禾自有记忆以来接触最深、靠得最近的第一个男人。所有有关男人的想象,都寄托在了张兴宇身上。张兴宇则属于那种阳光男孩一类,娇生惯养的独生子,从校门到校门,没有任何社会经验,也是淳朴的白纸一张。两个人一起懵懵懂懂地撞开了青春之门。

夏小禾牵着张兴宇的手,徜徉、漫步在夏季傍晚杨柳依依的小河沿的湖水旁,走在她的母亲曾经谈情说爱的道路上。如果树能说话,水能开花,这里的一花一草一树一湖该给她讲多少母亲的故事啊!母亲于小庄跟解放军排长高积云、母亲跟电工班长夏冬临的故事……母亲于小庄曾在这条洒满浓荫的道路上驻足、漫步过许多次。这里的老树沧桑、这里的湖水微澜记住了于小庄她最初的爱情心动和耳语。如今，她那苦命的女儿夏小禾也来了！同样也牵着她的爱人的手！

地下有知的母亲啊，请给你的女儿托福吧！

夏小禾和张兴宇的身体紧紧地挨着，贪婪地嗅着彼此身上散发出来的白天被阳光烘烤出的甜甜的汗味。他们毫无目的，走啊走啊，凭借一颗熊熊燃烧着的心，能将这湖水走到干涸，能将这长夜走到天亮！

他们终于心照不宣地走到路边阴影下，躲过了那一盏盏路灯、夜的眼，走进湖边茂密的树丛里。夏夜的微风吹来，泛起舒爽的凉意。他们激动紧张地面对面站着，竟一时无语，也不知道下一步该做什么，就那么傻站着。站在张兴宇面前，夏小禾显得十分娇小，她的头才刚刚能抵得住张兴宇的下巴。平视过去，也只能看见他细长的脖子部位和衬衫上的纽扣。夏小禾不知是故意淘气还是怎么着，伸出手去，把玩起他脖子下边的第一颗纽扣来。也许这样可以缓释一下紧张心理，也许是正好顺手，这枚纽扣在她触手可及的位置，这样拧来拧去地玩起来比较舒服。那个傻张兴宇也不知道该怎样动作，就任她来来回回地在他胸前扯动、拉动、转着、拧着，顽强虐待着他那颗纽扣，每拽一次，都像拨着了他的心弦，“嘣”的一声。他好像觉着自己的脑袋要爆炸了。他终于忍受不住，伸出手去，一把将夏小禾环抱搂在胸前！

这样一搂，两人的身体一贴上，才算有了着落，才算有了踏实感。夏小禾的头抵着他的下巴一动不动，张兴宇的下巴硌着她的头也一动不动，两人的身体严丝合缝地紧紧贴靠在一起，彼此都能感觉到对方胸膛里那种急遽的心跳。

就这样紧张激动地僵持了有一会儿，等到心跳减缓，张兴宇这才开始做第二个动作。他终于可以收起一直箍在夏小禾腰上的双臂，用双手来捧起夏小禾伏在他胸膛上的脸。夏小禾就势把脸抬起，跟他在黑暗中对视着。落在彼此眼里的脸庞，都是那么年轻皎洁如满月！她感觉到对方的脸压了上来，然后听到了他的咻咻的鼻息，然后感受到嘴唇，他的嘴唇，磕磕绊绊，软软的，干巴巴，焦渴，干裂，一路下滑，顺着她的脸颊、鼻梁，最后落实到她的嘴唇上。然后就停滞了。夏小禾微微张开了嘴。接着就是两个人的牙齿互相碰上，哆嗦，激动，“咯咯”作响……

初吻留给夏小禾的记忆，就是咻咻的鼻息和牙齿相撞的“咯咯”作响。

沉浸在热恋中的这一对年轻人，像一对青春的嫩竹，也好比是两个玩伴，按时按节地发芽、开花、嬉戏。他们暂时忘记自己的来路和去处，忘记了也从来没有想起过两人其实是不同的，一个是温室的水仙，而另一个只是山野里的百合。他们只管享受青春荷尔蒙的激情和快感，同时也体会青春的焦虑和躁动带给身心的鼓胀。

他们自己虽然忘记了，不懂得也不在意对方的出身和门第，而他们的长辈父母大人们是对这个问题万万忽视不得的。等到事情上升到实质性阶段，张兴宇告诉父母自己交了一个女朋友，并准备领来家里见面时，张兴宇的父母却说什么也不同意。

什么？孤儿?！张兴宇的母亲一听就炸了！她尖着嗓子训斥

儿子:这个时代哪还有什么孤儿? 怎么偏偏就让你给赶上? 孤儿命多苦! 不行! 别妨了你自己! 我告诉你,你不许带她家来,不许再跟她交往。

张兴宇没想到母亲的反应这样大。他嗫嚅地说:她长得漂亮,学习成绩也好,对我也好……

没等他说完,母亲就坚决地打断他:行了吧! 这种女孩子我见得多了,就是想缠住你,攀附上我们这种人家,觉得我们家有钱、有地位。学习好长得好看的女孩子多了去了,条件比她好的也有的是,你干吗偏找她? 不行! 我说不行就不行! 我告诉你啊,你就是带她来家,我也不认!

张兴宇无奈,又把期待的目光投向父亲,希望父亲能替他说说话。没想到,父亲一开口,就打消了他所有念想。他的父亲,那个古典文学教授,也推了推架在鼻梁上的眼镜,说:你妈说得对。我们家也并不是一定要求就要门当户对,但是,一个人的成长环境对她将来的性格形成有巨大的影响。像你说的这种女孩子,肯定会有巨大的心理创伤,孤儿脾气多半会乖戾、古怪,将来,你们的日子是难以过得幸福的。我和你妈也都是为你着想。

从小到大没有违背过父母意愿的张兴宇,这时眼泪都要急下来了,他头一次产生了抗拒心理,唯唯诺诺地申辩说:她真是个好女孩,不信,你们先见见她,见见她再说……

单纯的大男孩张兴宇,还满心以为她心目中最完美最漂亮的姑娘夏小禾,只要让父母一见到她面,两位老人家就能跟他一样,被夏小禾的美丽所打动。殊不知父母又不是孩子,考虑问题哪里会跟他一样单纯！母亲斩钉截铁，一点不给他留后路，嘎嘣溜脆一句话：你啊，就死了这条心吧！

张兴宇又急，又气，又无奈，只能躲到自己房间里大哭一场。

通常说来，这个年龄段的小青年，恋爱遇到父母家庭反对时，只能出现两种结局：第一种是生性懦弱、对父母言听计从的，就会以孝为先，牺牲自己的爱情保全孝心。这种多半都是没有真正长大、独立成人的孩子，还没有在心理上断乳，对父母家庭多有依附。第二种是心理独立、自立性强的，就会产生叛逆心理，父母越反对，越会激起他们的豪情，坚决要把爱情进行到底！这种人，虽然可以逞一时之强，可以不顾家人反对跟爱人结成秦晋之好，但是，得不到父母家人祝福的婚姻，总归要出问题。这一巨大的隐患在以后漫长的婚姻生涯中，会时不时跳将出来作祟，早晚要成为导火索，致使婚姻分崩离析！

张兴宇显然是属于前一类。这个没长大的男孩子，遇到困难后他退缩了，他选择了逃避，选择了退让。当他吞吞吐吐把家里不同意他们交往的结果告诉夏小禾时，夏小禾刚开始还是略有点沮丧，满心想着，接下来张兴宇会说出海誓山盟要跟她相爱到底的话。不料，这个缺心眼的大男孩，接下来竟然把他母亲对她这个孤儿身份的贬低，一句不落原原本本地告诉她。夏小禾的自尊心一下子就垮了，眼泪“哗”地一下就流了出来。

这还是她头一次从他人的嘴中听到这种话，听到他人对自己的评价，很受刺激，很伤感情。以前她也自卑，但那是自己的内心想法，从未向他人倾诉，且一直将来历和身份深深隐藏着。跟张兴宇恋爱这一年多以后,她差不多已经把自己孤儿身份忘了,心灵获得空前的充盈和满足,觉得自己拥有了世界上最帅的男孩子的爱,自己是跟别人平起平坐,是一样的人,一点不比别人缺少什么。

这次张兴宇妈妈的谗言又提醒了她,又强调了一下她卑微的身份,又把她往自卑的道路上推了回去。

她擦了擦眼泪,一时无语。通红着眼圈,凝视着眼前的张兴宇,问:那么你呢? 你是怎么想?

张兴宇停了一下,慢吞吞地说:我们家,从小……都是我妈当家,一切都是她说了算。其实,我也……不知道怎么办……

她知道了。不用再问了。这种时候,张兴宇既没有安慰她,也没有表示决心要跟她好下去。其意早已不言自明。那么还有什么好说的呢?

自卑转眼间转为自尊和自傲。她狠狠地擦了一把眼泪,说:你走吧。

张兴宇说:你……你真的没事?

她说:没事。你走吧。

张兴宇磨磨蹭蹭,似是不忍离去般,一步三回头地走了。眼见得张兴宇身影消失在校园深处,夏小禾的眼泪这时才像开闸的洪水般疯狂而出。她索性蹲下身去放声大哭! 这里正是校园学子湖边的蔷薇丛深处,夏季夜晚的金色蔷薇散发着馥郁的香气。苹果花也在远处妖娆绽放,紫苜蓿枝条在夜的剪影里优美摇曳。远处划过知更鸟的叫声,浓密的白桦林中有着一对对恋人的喁喁耳语。夏小禾却蹲在这里哭啊哭啊,哭得昏天黑地,直哭到月亮隐没到了云层，直哭到远处传来宿舍熄灯铃敲响的声音。

她擦了一把眼泪，站了起来，知道自己必须走了。到了晚上十一点，就会有查夜巡逻的校工出现，她不能无限度地在校园里待下去。想了一想，她走出了校园，在门口拦车，打了一辆“的士”去了她打工的那家麦当劳附近的“金色年华”迪厅。她知道那里晚间是整宿开放的。如果有男士带着，女人可以免票。她在门口徘徊了一下，见有男人往里进，便上前随意搭讪道：先生，我可以跟您一块进去吗？

那个陌生男人道：小姐，我正求之不得！

她在那里整整跳了一个晚上。在震耳欲聋的音乐里，在DJ领舞发飙的狂态中，她混入舞池的人群里，不停地扭，不停地跳。那个陌生男人好像一直跟在身边，很年轻，长相不赖，在对她献殷勤，给她买酒水，递饮料。她毫不领情，给就喝，不要白不要，但只喝现开封的易拉罐饮料。她才不会让他给下蒙汗药骗了呢！喝够了，又蹦下池去，只管跳，只管跳，只管跳。他根本没机会靠近她。

直到早上6点天光放亮，她才神情疲惫，浑身像散了架似的，打车回家。家里二姑刚服侍奶奶吃完饭，一开门见是小禾回来了，感到奇怪，问她什么，她也不说，只是倒头昏睡。

直到傍晚醒来，重返学校时，她已经从脑海里、从身体里把那个失恋程序情绪彻底删除了。

从此跟张兴宇咫尺天涯，形同路人。

她失恋失得磊磊落落，光明正大。（至少她自己是这么想。）倒是那个张兴宇，一见到她就躲，好像耗子见了猫。她心里说，好！

那是因为你内心有愧。你对不起我。

初恋留下的唯一财富和经验就是自卑。还有战战兢兢的初吻。

清除创伤还有一个有效方式，就是用一个新的程序覆盖旧程序。

夏小禾几乎马不停蹄就陷入第二次恋爱中。追求她的第二个男生是警校的，程大刚，是她的初中同学，一直对她有好感。夏小禾决定回应他的好意。那个男孩受宠若惊，欣喜若狂，给点阳光就灿烂。他不知如何才能讨得夏小禾的欢心，还没跟她相处几次，就忙着来家帮助往楼上搬煤气罐、抱大白菜，蹬平板车领着奶奶上医院。在她们这个缺少男人的家庭里，像这样有蛮力气的男人似乎很需要。

程大刚的家在郊区于洪区。而夏小禾她现在是有貌、有房、有省城户口。这些都令程大刚羡慕。现在，是夏小禾占据主动了。她觉得自己似乎变成了先前的张兴宇，而程大刚，则幻化成为先前的夏小禾。

在两人位置的想象式置换里，夏小禾体会着种种微妙的心境变化。

尽管男孩不停来家献殷勤，奶奶和姑姑仍然合力反对，她们说他的职业有危险。在家人的阻拦中，她体会到了无奈、孝顺和自我幸福的不能两全，似乎也触摸到了一点先前张兴宇的感觉。

她告诉程大刚，家里边不同意。她从小是由奶奶姑姑她们给养大的，她不能拂逆她们，惹她们伤心。

程大刚听了,脸上的肌肉十分扭曲。从对方痛苦的脸上,夏小禾看见了自己当初的痛苦。

虽然于心不忍,但是她没办法。

这次恋爱无疾而终。

第二次恋爱留下的感觉是纠正了第一次的自卑。夏小禾头一次对自己的相貌产生了自信,还有自己现在的家庭条件,也通过警校男生的夸赞而产生了自豪。

等到她三年以后毕业找工作时,仍然孑然一身。但是,她收获的是内心的平衡。每逢孤独寂寥之时,常有那首幽幽怨怨而又让人内心笃定的“野百合”在耳边响起:

仿佛如同一场梦
我们如此短暂的相逢
你像一阵春风轻轻柔柔吹入我心中
而今何处是你往日的笑容
记忆中那样熟悉的笑容
你可知道我爱你想你怨你念你
深情永不变
难道你不曾回头想想
昨日的誓言

这歌成了她的护身符。是唱给张兴宇吗?她不知道。

2

夏小禾学的是文秘专业，还是回了电厂。不过这回不是当工人，而是进了高层办公室上班，一跃而成了典型的白领。

这时节东北的几大电网已经联合转制并轨成电业集团。沈阳城灯红酒绿，香风熏人。万豪酒店希尔顿酒楼拔地而起，高速路、立交桥一条条一座座兴建，桃仙机场，新北站，家乐福、沃尔玛连锁商场纷纷建立，一个商品经济的新时代到来了。夏小禾分配到集团公司上班。一开始，做的是最低级的职员，那种看门的秘书，坐在办公楼前台，主要负责来人登记、打电话、分发信件。其实这就是过去收发室老头的那个职位。现在的公司写字楼都讲排场，设置运营如同酒店一般，将传达室设在大堂内。守门的小姐如同大堂领班。

把美女摆放在大堂，也不是没有道理的。同样是那一身简单的职业套装，穿在美女身上，就是不一样，别有一番动人的情致和风韵。夏小禾身着黑色小翻领西装，里边衬出白色丝质飘带，一条黑色薄呢超短裙，两条秀美纤细的长腿，小小的脚踝下边，是一双黑色半高跟小羊皮鞋。一头乌溜溜的长发全都绾到脑后去，结成一个圆滑的髻。她眉目清秀，脸蛋不施胭脂而红，嘴唇不点唇膏而润，双眸含笑，柳眉弯弯。每天早上她都是第一个来到单位，收拾好自己的几案后，恭恭敬敬地垂手侍立在门口，见到每位老总来，都要迎上问候一声：武总好！徐总好！张总好！甫一开口，简直滴珠漱玉，清丽婉转。公司里那些中年高管不禁都耳根一爽，忍不住要扭头多看她一眼。这一看，又是一个眼前一亮！简直就是人面桃花，娉婷仙子啊！他们就微微颔首，又假装对她视而不见，突然间就打起口哨，雄赳赳地奔赴自己的楼层。脚步霎时间都轻快许多。

很快，公司高管都注意到了门口新来了一个漂亮姑娘。

夏小禾也是一个用心之人。她知道，即便这是个守门的位置，也是得来不易，她必须好好干，才能对得起大姨，也才能早日争取出人头地。虽然职位低微，大门口这里却是公司咽喉要道，每天都可以看见集团高层领导进进出出。这个聪明姑娘，就在这种简单的登记造册、迎来送往、分发信函的过程中，她熟记了每个领导的名号，混熟了他们的秘书，也了解了集团公司的建制、办公室的分布格局。她在每一个环节上都十分小心谨慎，虚心好学，努力做到业务精熟。

一般来说，美女本已是人间尤物，老天爷已经对她们额外垂顾，运气总会比一般人要好。假如她再稍微有点智商，外加用心略专，那简直就会所向披靡、无往而不胜，要星星连月亮都会一起来，整个地球都会围绕她们转动。只可惜人世间多半美女都“恃美傲世”，小富即安，大脑平滑，都只才发挥了她们才智的一半，就匆匆撒手人寰与幸福作别。可惜啊可惜！

那夏小禾一介平民，野草之根，风吹雨打，历尽了人间苦楚，深知自己没有任何资本可以轻易安身立命，唯有努力、用功，才能超过别人赢取幸福。为此她一直如履薄冰，如临深渊，坚忍不拔，顽强生长，努力向上，只期待着否极泰来的那一天。

也算老天有眼。命运的改变，源于一次偶然的机会。集团老总武殿新一次开会，接见西北来的客人。他自己的秘书临时不在，接待处的人也出门，只有几个男下属陪同。夏小禾上楼进总裁办公室去送一个快件时，他们已经要起身出发了。武殿新当时随便问了一句：小夏，会喝酒吗？

她一时不知该怎样回答，不敢肯定也不敢否定，只是含混不清地“嗯”了一声。

那好。收拾一下，跟我走。武殿新说。

夏小禾那晚放倒了一桌子人。他们集团也跟西北电网谈成一笔大单。

喝酒，有何难？从小，夏小禾就被爷爷用筷子蘸酒逗她，看她那辣得龇牙咧嘴的样子，爷爷就会高兴得大笑。渐渐地，她就适应了，还有点成瘾。曾经，她在那铁西区一带跟坏孩子们厮混，常偷出家里的酒，一瓶一瓶对嘴吹，玩儿似的，然后就一起烂醉，“呼呼”大睡，最后是被各家大人寻味找来挨个儿给揍醒。

她当然不知道，母亲于小庄，当年在广阔天地里，是怎样练出一副喝烈性酒的好肠胃！她把那个基因，一点一点编进她生命的密码里。母亲，总在命运的关键时刻，悄悄护佑着她，给她以胆量和能力。

但是这回，似乎被灌得狠了点。可能是上大学好久不练的缘故，酒量有所下降。也是因为她还不懂得这种应酬敬酒的规矩，更不懂得有偷奸耍滑少喝酒的技巧在里边，喝得实在是太实诚了。

一上来，她先是按武总裁的要求，跟客人们打通关，“咚咚咚咚”，敬上一圈诸位领导。之后，对方五六个人来了兴致，一见美女这么能喝，全都兴奋起来，每个人都轮流五次三番来敬她酒。这种多人敬一人的群起而攻之的喝酒形式，没有人不被灌倒下的。况且夏小禾又是那么腼腆、害羞、实在，人让喝就喝，一点都不会说他们嘴里那么多赖皮赖脸的敬酒说辞，她只会说一句“我喝完，您随意”，然后一口干掉。众人的气焰更加高昂，越发抓住这个唯一的美女碰杯不放。到后来连总裁武殿新都看不下去了，也对夏小禾产生了隐隐的担心。他果断而及时地提出酒宴结束，建议请诸位再接着去沐足唱歌，换个地方再喝。众人这才心有不甘地起立。武殿新这时悄悄嘱咐身边一个处长护送夏小禾回家。

夏小禾其实已经醉了，但还是忍着，没有当众出丑。直到处长的车送她到家后，她才一头扎进卫生间，疯狂呕吐，酩酊大醉，那叫一个人事不醒！正好是三姑在家里帮助服侍奶奶，见她醉成这样，忙着帮她洗脸、擦身。小禾却什么也不知道，死睡死睡的，一直到第二天中午才醒。

醒了之后，三姑才告诉她，有一个什么姓武的男人给家里打过电话，问她的情况怎么样了，还嘱咐她多休息。夏小禾一听就毛了，慌忙起来，穿起衣裙要去上班，同时也想，自己上午没来得及请假，总裁亲自来电话过问，八成也有责怪的意思在里边吧！

虽然身体还有些打晃，但她还是坚持梳妆打扮，简单喝了几口粥，换上一套粉红色的职业套装，光鲜一新，像没事人一样，打车去了单位。

到了单位前台一看,平时跟她换班的那位阿姨也没有来,可能是来不及通知吧。是门口的保安临时代替了自己的职责。她感到内疚,忙道了谢,理了理台面上那些信件,然后想了想,直接打电话给武殿新办公室,说:武总我来了。抱歉我今天迟到。

武总说:哦。好。他的语气仍然很平淡。又说,我这里有封快件。你来我办公室取一下。

夏小禾说:好。

她赶忙又整了整衣襟,径直上了三楼。她敲了敲门,听到里边说请进。夏小禾轻轻推开门迈步进去。见武殿新正在伏案写着什么,见她进来,抬起头,示意说:坐吧。

夏小禾规规矩矩并拢双腿坐到大班台对面的长沙发上。等了几秒钟,武殿新才从案几上抬起头来,眼神先是直直盯了她几下,像是刚知道她进来,也像是被她粉嫩的春装晃了眼,看得有几分痴。夏小禾在她的注视下有点不安起来,扭了扭身子,说:武总……

武殿新这才如梦方醒地说:哦,休息好了吗?昨天回去没事吧?

夏小禾仍旧有点不安和局促地说:嗯,还好,没事。谢谢武总关心!

武殿新一边说着,一边踱步走到饮水机旁,拿纸杯接了一杯水,然后走过来,把水杯递给她,看着她,一边说了句:傻孩子……

夏小禾慌忙站起身来,伸出双手去接。只这一句"傻孩子",却忽然让她不动了!像是定身大法,一下子就把她钉在原地,手里保持接杯子的动作,右手扶沿,左手托杯底,而武殿新的右手也未及从杯子上抽回,他们就形成这么个像是执手相看的姿势,夏小禾傻傻地看着眼前这位武老总,大脑缺氧,一片空白,忽然之间,眼泪不知怎么"吧嗒吧嗒"就掉了下来。

武殿新可能也有点蒙,一边说:傻孩子,哭什么……一边伸出手去,用手指刮了刮她脸蛋上的泪珠。那动作充满怜爱,却又像娇纵小孩子的任性。

这下子,夏小禾的眼泪"噼里啪啦"掉得更凶了。她忽然抓住了武殿新的手,就势把脸埋在他的大手里"嗡嗡嘤嘤"地抽泣起来。

武殿新一时也有点无措,任由她哭了几秒,也没将手抽回。掉完了几滴眼泪,夏小禾自己缓过劲来,觉出了自己的失态,忙放掉总裁的手,用手背擦着眼睛,慌忙说:对不起,武总,对不起,我、我……

武殿新宽大为怀地在她肩上拍了拍:没事,没事啊!让一个小姑娘家喝那么多酒,实在是让你受委屈!我要批评他们接待工作没做到位……

夏小禾一边擦眼泪,一边慌忙解释:不是,不是,武总,我,我……

武殿新说:好啦好啦!见到你没事,我也就放心了。去吧。回去工作吧。

夏小禾只得告辞出来。走到楼下,才想起要取的信件武总并没有给他。刚要打电话去问,又一闪念:也许根本就没有什么信件,他只是想看我一眼吧?

这么一想，忽然之间，心“怦怦”乱跳，刹那间涌起无限幸福！

傻孩子，傻孩子……那种怜爱的声音又响在耳畔。她不禁暗自回味，不经意间脸色绯红。

人世间，有几个经得起这么叫?!

只一句，她便软了，化了，乖乖缴械，心底投诚！

那是家长呼唤子女的声音，也是父亲关爱女儿的声音。这辈子，长这么大，她有听到过吗？她有看到过吗？那种眼神、那种声音，像父亲一样的慈爱，像家长一样的关怀！

她未免痴痴的，一个人坐在那里发呆。

武殿新送走她后，不免也有点发愣。他心说这孩子，怎么回事？如此情绪化？不懂。桌上电话铃声很快就把他的思绪转移过去。纷繁的事物牵扯着，马上他就把这件事忘了。

3

老总武殿新日理万机，很快就把这点小事忘了。夏小禾这边却心里放不下。

她开始关注起这个总裁武殿新。

夏小禾私下里也去翻查档案，调查过武殿新的底细，得知这个武殿新武总也是老三届毕业生，后来考上了清华。算了一下年龄，他竟然和夏小禾的母亲于小庄同一年出生。夏小禾在心里唏嘘：人的命运竟会如此不同！母亲早已经长眠于地下，入土为安；而眼下这位，正意气风发，驰骋于江湖官场。据说他因为家庭出身不好，“文革”结束后考大学时政审屡不被通过，也是几经折腾耽搁了两年才被录取。这个人，有胆识，具有企业家的魄力及政治家的手腕，原先在东北总电厂当厂长，集团一成立，就委他以重任，来当一把手。都说他还可以再继续往上走，去水利电力部任职。

由衷的敬佩和无限的喜欢冉冉升起在夏小禾这个丫头的心中。

她想着法儿地靠近他、接触他，想看一看他眉宇之间智慧的闪动，听一听他胸腔有力的共鸣，欣赏他那劈将下去挥斥方遒的手势，哪怕就是什么都不干，只在旁边看着他也好，只要一看见他，心理上就会产生巨大的崇拜和满足感。

为了什么？就为了他“傻孩子”那一句话吗？有时候她也在心里暗暗问自己。难道自己这么贱，就能被一句话轻易打倒？为着一句话就喜欢上一个如自己父亲一样大岁数的人？

可是，话又说回来，人要是被枪子儿击中，不也就是那么一瞬间、一下子，不也就是那么一小点弹孔吗？

在自己二十几年苦难的人生经历中，是不是就缺少那句父亲般的爱怜关怀的话？

想到这里，夏小禾原谅了自己，并为自己的暗恋行动找到了充分的理由。

由于她的努力、敬业，很快就从大堂提升到办公厅，先是做文秘工作，后来发现夏小禾能喝酒这个特长后，又把她调到了招待处，已经离老总们越来越近了。这里本来就是迎来送往伺候人的地方，经过不断的历练，夏小禾天天耳濡目染，待人接物的水平飞速提高。谦逊、得体、低调是她的美德，酒量大、酒风好是她的制胜法宝。跟那些咋咋呼呼飞扬跋扈、暗藏心机生怕吃亏的女孩子不同，夏小禾凡是遇到需要挺身而出、需要堵枪眼、需要替领导挡酒卖力什么的时刻，都非常舍得豁出去自己，任劳任怨，在所不惜。工作过一段时间之后，夏小禾在领导和同事中的口碑甚佳，甚至就连她们处里那个正在闹更年期的女主任，也对她挑不出什么来，凡有什么重大接待活动，也愿意领她一起去。在夏小禾调来之前，招待办已经被这个女主任折腾、整走了无数个年轻姑娘。

夏小禾边学边练，在社会这个大染缸中逐渐熏染得一身人间烟火色，原先那点单纯稚嫩早已不见踪影。提升为招待办副主任的她，现在已经磨炼得完全称职，给领导挡酒敬茶，样样做得滴水不漏。最重要的，是她现在能够频频出现在总裁武殿新的身边，近距离地接触他，这让她心里涌起甜蜜的欢喜和愉悦。她可以在重要的酒席宴上陪侍在老总身边，也可以在宴后陪同总裁一行一同去歌厅桑拿那些娱乐场所小憩。到了那里她总要亲自递给他一杯水、一块热毛巾，给他点燃一支香烟。有时，在半明半暗的 KTV 包房，趁着人们到了以后都先去洗手间解手的当口，她有几分钟的时间和总裁单独留在包厢深处，她便会试探着，半蹲半跪地服侍，亲自给酒意浓醺已经半躺半陷在沙发的总裁脸上擦上一把热毛巾。总裁这时就双眼微闭，也不说什么，任由着她运作。她一点点试探，假装无意地解开他领口第一枚纽扣，将热乎乎的手巾伸向下边。那里不经意露出他发达的胸毛，看一眼就让她耳热心跳！她手里几乎抓不住毛巾，但还是涨红着脸，将小手战战兢兢地伸将下去,隔着热毛巾,在那些黑黢黢的毛发里摩挲。听得总裁似乎舒服得哼了两声,她的心跳急遽加快,正想再做更深入的探索,不料,身后门响,几个随从解手完毕走了进来。她才不得不暂时放弃,停止了动作。

至少,到现在,有一点她敢肯定,那就是:总裁没有拒绝。总裁是不讨厌她的。

也许,总裁还在期盼着她?

这么一想,她更觉得自己是贱骨头到底了。

可是,她又无法遏止自己的这种"贱"。并且,以她的执拗天性,她知道自己肯定是要把这件事情做出个什么结局来的。

终于,机会有了。那是到西部电力集团回访出差之际。武殿新带的一行人中除了几个贴身下属,再就是夏小禾。武殿新带上她是有充分理由的,认为她一个人现在可以顶两个用,第一,文秘这部分业务她很熟,笔记本电脑随身带着,她可以随时替他提取整理资料;第二,跟西部彪悍的人们喝酒,非得有得力的人不可。夏小禾的酒量他已经见识过多次,还非她不成。武殿新几乎已经习惯于她在身边侍应。

既然老总说要带着,别人也就没什么话说。西部那些人,就是那次曾经灌醉过夏小禾的那个单位。这些人一见面,他们当中有几个还能认出她来,说,哟嗬!这不是长得像电影明星周璇那个美女吗?酒量深,不见底,上次把我们几个兄弟都给喝趴下了,厉害!厉害啊!佩服佩服!武总,你这手下可都是精兵强将啊!

武殿新就"呵呵呵"地笑,心里被说得十分受用。

相同的招待场景又重现。一样的觥筹交错，一样的你来我往，敬酒干杯。西部的同志们还想着像上次一样，集体主攻夏小禾美女一个。他们哪知，飞速成长的今日之夏小禾，早已非昨日的夏小禾。酒桌上的套路她玩得飞转，“叭叭叭叭”敬酒挡酒的词儿一套一套的，该喝的喝，不该喝的不喝，兵来将挡，水来土掩，将集中冲着自己来的那些焦点一一化解，把喝酒的压力一一平分，让劝酒的每个人都喝倒下趴下。

她还有自己万不得已的一招：如果感觉不行的话，就在席间勤跑卫生间，采取催吐法，将喝进去的酒迅速吐出来。然后回来，以利再战。这种办法，也是屡试不爽，最后肯定是赢家。但是这招属于下下策，不轻易用，很伤身，次数多了容易造成胃回流。

酒过七巡，菜过五味，夏小禾仍保持着足够的兴奋和清醒。再看双方，西北和东北的实诚人都喝得差不多了。盛情难却，就连武殿新都喝得醉意连连。饭后主人又张罗着请大家去洗浴中心洗洗桑拿按按摩，众人都积极响应，只有武殿新推说今天喝得太多，想先回去休息。众人也没勉强。夏小禾一看自己一个女人，跟众多男士到陌生地方去娱乐也多有不便，她便知趣地提出自己就不去了，要回酒店休息。

况且她还醉翁之意不在酒，眼里还总盯着老总武殿新呢！

于是兵分两路，一路送众人去桑拿房，一辆车送武总和夏小禾回酒店。司机把他们送到后，在酒店门前道了声晚安便离去。夏小禾搀扶着武总回房间。在一个陌生的环境里，周围没有一个熟人认得他俩，武殿新似乎真有点不胜酒力，将全身重量倾斜在夏小禾挎着他的那只臂膊上。夏小禾也感觉到了这一点，将他更紧地搀扶着。他们如此心照不宣。到了16层，先找到武殿新的房间。那是一间豪华行政房，巨大的客厅，里边沙发、茶几、电脑一应俱全，里间是宽敞的卧室，满眼横陈着的是一张巨大的双人床。

夏小禾帮着扭亮台灯和落地灯，服侍着武殿新在宽大的沙发上坐下，先给他接了一杯温水放旁边，接着又习惯性地走进卫生间，拧了一条热毛巾，出来，依然半蹲半跪在武殿新跟前，小心地用毛巾在他的脸上、额头上轻轻擦拭。一股温暖的热流浮上面颊，武殿新又舒适得鼻音“哼哼”了几声。万籁俱寂的豪华套间，他“哼哼”的声音被无限放大，声声入耳，刺激得夏小禾的心狂跳！她一边紧张地察言观色，揣摩他的表情，一边又试探着解开他衣领下的第一颗纽扣，将热毛巾轻轻探了进去。他可以说没有什么表情，也可以说是万分沉醉，微闭双眼，眉头略蹙，鼻息在有力地翕动。夏小禾心里紧张极了，她又试探着手往下送，慌乱地解开他的第二颗纽扣。巨大的荷尔蒙气息夹着酒气兜头扑面，夏小禾一下子就被打晕了！她终于忍不住，把脸伏上去，头埋着他的胸口贪婪地嗅着，酥酥痒痒的感觉，把武殿新逗弄得难以自持，他再也矜持不下去了，鼻子里粗重地哼了一声，睁开眼来，一把就将夏小禾拥揽入怀，顺势抱到腿上，嘴里说了一声：傻孩子……

完了！就这一声，立刻就让夏小禾没了，酥了，化了。仿佛立刻成水，瘫到他的腿上。她将自己的一切都交付出去，奉献给他。

4

他们终于到了一起。她充满了幸福，充满了成就感。她不知自己何德何能，能将这么伟大的老总据为己有，一揽入怀！

有了初一，就有十五。他们的关系，像解冻后的冰河，“哗哗哗”，一帆顺水，向前流去。跟所有热恋的人一样，他们频频地幽会、做爱，对彼此的身体有着无休止的渴求。她喜欢被他抱着的感觉，被他宠着、哄着。虽是跟自己父母一般年纪的人，他很会调个情弄个景。相比之下，她前两次恋爱的那俩毛头小伙儿生瓜蛋子，简直不值得一提。他的硬撅撅的胡须蹭着她的脸，酥酥痒痒的难受或好受，总惹得她情不自禁。

每当事毕，他喘气休息的时刻，他就会抱着她小小的光滑的身子，嘀嘀咕咕，说着一些枕边的话。集团里的或者外面江湖上的一些人和事。有些她不懂，有些她听得懂。慢慢地，她也就全懂了。上下左右，人际关系怎么处，怎么打理，都是大学问，都有大文章。在这方面，她很有悟性，有足够的智慧。她已经完全按照他的想法来思考问题。

他可以说是她进入社会以后真正意义上的第一个导师。

是他把她打造成一个女人。

又是他把她迅速练成一个老人。

偶尔，想厮守终身的念头一经出现，就被他无情地掐灭。他告诉她，你若乖一点，不惹麻烦，好处就大大的，就能宠着你。若惹麻烦,搅得鸡犬不宁,老婆哭孩子叫,挡了晋升的道,当心我整死你。

她知道尽管他是假装开玩笑说,但说的是真的,也的确是事实。自己确实就是他手里的一只蚊子、一只蚂蚁,一拍就死。

她也终于明白,自己其实寻找的不是情人,也不是爱人,而是父亲。大姨将母爱弥补给了她。现在,总裁来偿父爱。

她也必须学会知恩图报,滴水不漏。

他们的磨合达到了默契程度。他们互相利用,互有所求,谁也不会给谁捣乱。公开场合,他们在人前一本正经,一致对外,正气凛然。关起门来,就是另一番浓情蜜意,如胶似漆。

总裁向来很谨慎,了解男女之事的凶险,知道到处都是圈套和陷阱,所以不会轻易下笊篱。再有天大的欲望,在仕途面前,也都降为其次,没有什么不可忍的。再说,十几年前,他也是因为耐不住寂寞,曾经跟大学里的初恋情人有过一腿,结果不知怎么,被糟糠之妻发现,开始跟他大闹。那位初恋情人也是较劲儿,偷了人家老公,还真敢跟人家原配媳妇对打,扬言把他让出来,她要跟他结婚。他心里那个气呀,心说自己压根没说过要跟老婆离婚,又哪曾说过想要娶那个女人?可倒好,媳妇和初恋情人两个,针尖对麦芒,好一通天翻地覆地闹!打,打,打,从家里一直打到单位里去。若不是当年的老厂长替他扛着,压下这件事情,他在那时候就被降职了,哪里还会有今天!那以后,他就万分小心,凡是见到那种厉害茬子,或者歇斯底里的女人,一律不去招惹,很是过了一段平平稳稳、安定的日子。

这回,遇到这个新来的丫头夏小禾,看她百般殷勤地逗引他,他先不予回应，不知她是怎么个意思和来路。时间久了，见她还真有股初生牛犊的劲，百折不挠，围着他转不放手，他就觉得好玩。顺便一查，知她没什么来路，出生平民底层，专科学校里一个普通的毕业生而已。别的不说，在安全指数上，至少，她应该是绝对洁净、安全、可靠、无风险的。他这才听之任之，有所回应。只是没想到，这一次的红杏出墙，比预想的还要好！遇到的小丫头是个处女还不说，跟年轻人在一起，自己也不知不觉变得年轻，力大无穷，好像又回到了刚刚结婚时的状态，每次不做个两三次都不罢休，连他自己都感到不可思议。同时他也深深感喟：古人说的“采阴补阳”不是没有道理的。

而夏小禾呢？她躺在这个男人怀里，有了充分的安全感，同时也得到了物质上的便利。说是因情而来，为情而去，彼此什么都不求，但是一旦她提出什么要求，只要是在职权范围内的，武殿新老总能不百依百顺尽量满足她吗？况且，她也根本不用直接跟武殿新提什么要求，她只要透露出她的一点心思，他的手下人就悄悄给她办了。这种事情都是心照不宣。头儿们谁跟谁好、哪个男的跟哪个女的怎么样，周围手下人岂有不知道的道理？夏小禾充分掌握了这个规律，利用自己本身的职务和与武殿新的暧昧关系，在系统内玩得转，获取了巨大利益。你就说那电力系统最后一次福利分房时，集团公司里给她换了大房子，象征性地交了一点点增添面积的房款补差。集团还给她那同父异母的倒霉弟弟在沈阳安排工作，帮她那几个落魄下岗失业的姑姑家的孩子们一一安顿生活——这些，都成了夏小禾的事，其实，也间接是总裁的事。没有总裁在她身后依托，她呼风唤雨，凭什么？

现在她是老夏家全家人的主心骨。她说什么就是什么，她说怎么做就怎么做，没人敢说一个“不”字，没有一个人敢吭气的。

5

她做的这些事，为家里的这些建树，老夏家人都额手相庆，暗自感叹，一致夸奖小禾这丫头的大学没白上，你奶奶从小到大没有白疼你，如今可终于得济了！

听说了夏小禾这些所谓“能干”的事情后，只有一个人心里有所疑惑，那就是她的大姨于小顶，也就是如今市府主管工业的副局长于朝阳。自从供养夏小禾上大学后，通过大姨的牵引连线，小禾跟她的几个小姨舅舅也恢复了来往。逢年过节，一大家族人常凑在一起吃顿团圆饭。毕业上班工作以后，夏小禾也没忘了大姨的恩，有时候星期天节假日小禾也常到大姨家里看看，一起说说话聊聊天。眼见着小禾茁壮成长，工作稳定，人也一天天成熟，大姨心里也感到宽慰。

可是，最近听她念叨起她办的几件大事情，包括分到大房子、给弟弟和姑姑家孩子找工作什么的，怎么看，都不像她一个参加工作没多久的小孩所能为的。大姨问她是不是有什么人在从中帮助。小禾却什么都不说，一口咬定全是自己给办的，那些帮她办事的人也曾经有求于她，如今是来还她的人情。

大姨也是过来人，什么山什么水没见过？她觉得事情绝对没有那么简单。她隐隐约约地觉得这里有问题。对这个外甥女刚刚放下的一颗心,立时又悬了起来。大姨见从小禾这里问不出什么,也就不再追究。过后,她找到了一个可靠之人,让他去悄悄打听,电力集团公司这个夏小禾是个什么情况。派人去秘查时,她并没有告知小禾是自己的亲外甥女。

去打探的人回来禀报说,集团公司接待处副主任夏小禾,参加工作时间不长,提升很快,业务能力不错,群众中的口碑也挺好,就是……

来禀报的那位科级干部看着于局长的脸色,欲言又止。

于小顶紧盯着来人说:就是什么?你快说。

来人说:就是……就是有人反映,她跟武殿新的关系暧昧,极有可能是武殿新包养的小蜜。

哪个武殿新?

就是电力集团公司那个总裁。

哦……

于小顶哦了一声,脸色有些变了,却仍作没事人一样,摆手道:好。知道了。你出去吧。

来人一走,于小顶一下子就僵在椅子上。

没想到啊!这个外甥女夏小禾,自己费尽心力补偿她、供养她,替自己妹妹还债,想让她的女儿将来能自食其力、有出息。没想到啊没想到,她还是走上了歪路,放着阳关道不走,偏偏去走独木桥,偏偏去给人做个什么小!

这么说,事情就很清楚了。她所做的这一切,都是那个武殿新在做后盾。

那个武殿新，她认识，开会的时候碰到过，老大不小的岁数，半大老头子了，有家有口的人，怎么能来祸害自己这刚刚20岁出头的外甥女?！再说这小禾，也是好糊涂啊！该恋爱的年纪，放着好好的小伙子不去找，不去谈，偏偏摽上一个老头干什么？

不行！她这个当大姨的，不能眼看着不管。

大姨打电话，约夏小禾出来，晚上到家里吃饭。小禾爽快地答应了。她根本没想到大姨是来问她这件事情的。大姨做了满满一桌子菜，娘儿俩边吃边聊，说的都是一些无关紧要的寒暄话，两人吃得都挺香。看吃得差不离了，大姨这才言归正传，开口问道：小禾呀，大姨听到了一点传言，你今天能不能实话跟大姨说？

夏小禾心里一惊，她本能地感觉到大姨是要问武殿新的事儿。她还装傻，说：大姨，你听到了什么？我什么时候不跟大姨说实话啦？

大姨说：那好，我也不跟你绕弯子了，你今天跟大姨说实话，你跟那个武殿新，到底是怎么回事？

小禾脸不变色心不跳，说：没什么呀！就是工作关系，我这个招待办副主任，可不就是伺候集团公司里几位头儿的嘛！

大姨说：是吗？你跟他真的没什么吗？那么你办的那些分房子、找工作的事情，也没用他帮你的忙？

小禾说：您说的就是这个呀？这么点小事，哪里用得着他帮忙呢！再说，公司分给我房子那是应分的，超出部分的面积我是花了钱的，别人也一样分了。至于帮我弟弟他们找工作，集团下属分厂总有空位置吧？他们也都有求我办事的时候吧？安置一个工人名额也不是什么大不了的事情。

大姨见她言之凿凿，连一点撒谎脸红的迹象都没有，大姨也就无可奈何，也不便于往深了追究。大姨也只能是从正面开导教育她说：小禾呀，大姨相信你是个好孩子，有能力处理好自己的事情。咱们做人，就是要行得正，走得直，要自强、自立，堂堂正正一辈子，穷，就要穷得有志气；富，也要富得有根基，无论任何时候，都不要依附别人，更不要做那些将来让自己后悔的事情。

小禾说：我明白，大姨。我会按照你的话去做。

一场谈话，就这样不了了之。

大姨心里悲戚，知道完了，这丫头到社会上已经学得油滑，阳奉阴违，说谎一点不带磕巴的。自己当初介绍她进集团公司，到底是害了她，还是成全了她呢？

大姨心里替外甥女深深地忧戚。

这件事情，堵在心里，一直放不下。出于母性的担忧，大姨觉得，不管怎么说，小禾就是再学坏，她也是自己的亲外甥女，将来万一出了事，自己也不能说就眼看着不管。眼下，自己还是有必要替她建起一个安全阀。

没几天，正好工业口有一个高层会议。市府大楼会议室里，在人们相互握手寒暄的当口，副局长于朝阳握了握电力集团总裁武殿新的手，似是不经意地说：武总，最近得意啊！别人都在亏损、叫穷，唯有你们这电老大效益不错嘛。

武殿新笑意盈盈地说：那还要多亏于局长的鼎力支持。

于朝阳局长说：支持谈不上，市里的工业还要靠你们出成绩哪！哦，对了，我的那个外甥女夏小禾，就在你们集团公司里做事，武总还要多多关照啰！

武殿新心里一惊，脸上却是一如既往的笑意，说：哦，是吗？那可是鄙公司的福分哪！没的说，有什么事情，于局尽管吩咐就是。

于局长说：哦，好的，好的。

说罢，两个人一如常态，又转身分别跟旁边的人握手寒暄。

武殿新此时握着别人的手，嘴里说着一些惯常的打哈哈的话，心里边却激起了惊天波澜！

怎么搞的？！他暗自叫苦。没听说夏小禾有这么一位姨啊！是吉兆还是凶兆？于朝阳她既然点出这件事情了，肯定就是听说到了什么。是谁告诉她的？难道是小禾？不可能！他跟小禾有约，无论对谁，无论发生什么事，刀搁在脖子上，也不能承认两人之间的关系。只要死不承认，一切就都有救，一旦承认，两个人就都玩儿完。不管是政治生命还是家庭。他要是倒了，小禾当然也就捞不着什么好处。

这些道理，都清清楚楚地给小禾讲了，她也答应了。难道，她会毁约吗？

不像。以他对小禾的了解，这孩子不像那么多事的人，知道哪多哪少。

那么，她大姨今天说这些话是什么意思？她这风声是从哪里闻到的？她这话里话外的意思，是真要我关照夏小禾，还是在要挟、告诫我，我和小禾的事，别以为谁也不知道，她已经拿捏住了我的把柄，并且现在就是在以娘家人的身份为夏小禾壮胆？或者是想让我给她私人提供更大的好处？她需要什么？钱？房子？

武殿新的脑子急遽转动，想要尽快得出一个结论来。不管怎么说吧，这对武殿新来说，都不是个好事情。原先，这世界上，还没有谁拿住他把柄的呢！就连夏小禾，也只是他手里的一只小蝼蚁。突然间冒出来这么一个大姨，意义就完全不一样了，如今他倒成了她大姨手里的一只蝼蚁。当然，她这个大姨是不会把他怎么样的，折腾他，就会连累到她外甥女。

问题是，别扭。好好的事情，一直自己占主动，突然受制于人，难免落下心理阴影。

左思右想，也想不周全。目前的万全之策，他决定还是先疏远一下夏小禾。

这次开会回去以后，果然，他大概连续有一个月都没有理睬夏小禾，不是说工作忙，就是说身体累。平时在办公室里也避着她，躲着她。

夏小禾那里一无所知，无缘无故被冷落，有点沉不住气了。她打电话追着问武殿新：这到底是为什么？为什么不理睬我？

开始武殿新还推说是忙，没时间。到后来，被她缠着逼问得没办法，于是就问她：你是不是有个大姨在市政府工作？

夏小禾一听，全明白了！肯定是大姨背着自己问了武殿新什么，说不定还说了一些难听的话。

爱情让小禾昏了头脑，她放下电话，二话不说，就急匆匆地赶到大姨办公室去，把大姨吓了一跳，还以为家里又出了什么事情了呢！大姨赶紧打发走来汇报工作的人员，招呼小禾坐。

小禾说：我不坐，我就这么站着说。大姨，你跟武殿新说了什么了？

大姨说：小禾，你就是为这事来的吗？

小禾说：大姨，我跟你说过我都是凭自己的能力办的事，真的跟武殿新一点关系都没有。

大姨说：我也没说你和武殿新有关系啊。我只是那天开会见到他，告诉他你是我的外甥女，请他多关照而已。

小禾说：大姨，我知道你一直为我好，现在，我已经长大了，已经是成年人，我能处理好自己的事情，以后，我的事，你就别管了。

大姨一听，明白她已经不可救药，自己真是无力再管了。再管下去，不仅费力不讨好，也许还适得其反。

大姨说：好。你走吧。我不管你。你也就当没有我这个大姨。

大姨的脸色冷冷的，像她处理任何一个手下不称职的干部一样。

夏小禾原本那张气呼呼的小狐狸脸，在这张铁娘子脸面前突然间软了下去，不堪一击地突然变软了。她说：大姨，我……

大姨说：走吧。不要说了。从今往后对外再也不许提起我的名字。

夏小禾只好灰溜溜地出来，一路抹着眼泪。

她不知道，大姨也在她身后长吁短叹，泪光盈盈。

6

夏小禾又折回到了集团公司。已经是傍晚,快到下班时间。她盯着武殿新的办公室,眼见一拨人出来一拨人进去的,走马灯一样,忙个没完。好不容易,看见最后进去的一拨人出来了。她二话没说,假装拿了文件夹,进得屋去,堵在他门口,开口就问他为什么不理她。武殿新忙着收拾桌上的材料,头也不抬地说:最近忙。实在没时间。你还有事吗?我马上还要出去有个应酬。

夏小禾急了,扑上前去,靠近了质问他:为什么?为什么?我哪点做得不好?你说呀!你说呀!就因为我大姨?我今天已经去问过她了,她说她对你没说什么,只是让你多关照我。我让她今后别管我的事情。我已经跟我大姨彻底断交……

武殿新听到这儿,一惊,说:什么?乱弹琴!

又说:走!你跟我走,出去,上车!

武殿新把司机打发走,自己亲自驱车,来到夏小禾的新家,也是他们俩的爱巢。还在原先的老屋时,夏小禾的奶奶就已经去世了。夏小禾如今是个多么机灵、世故的人,单位新分的房子一到手,她便转手倒卖,然后买下市郊幽远位置的这一处住房,豪华装修。没别的,就是为避开众人,以后跟武殿新幽会方便。

武殿新熟门熟路,一前一后跟着夏小禾进屋。夏小禾终于又迎来了亲人,百感交集,又想扑上去吊在他脖子上撒娇,武殿新掰开她的手,说:去,坐下,倒杯水,先说说话。

夏小禾乖乖地下来，从饮水机里接上两杯水，然后就面对面跟武殿新对坐在门厅里的餐桌前，听武殿新总裁的谆谆教诲：

我跟你说，小禾，你不能胡闹！知道我为什么要疏远你吗？就因为你有了这么个大姨，事情的性质就复杂了。咱们俩人的事情，是单纯的你情我愿的感情上的事，但是现在，明显地掺杂了其他因素。

小禾委屈而又不解地说：那有什么复杂的？她又不是别人，她只不过是我大姨。

武殿新说：是啊，就因为她是你大姨，她看到自己外甥女被我这个老头子给拐带走，心里会怎么想？你说她是会支持啊，还是会反对？

夏小禾噘嘴说：……肯定……当然是反对……

武殿新说：那好。你明知道她会反对，你还非要把话捅破了，还要到她那里去闹。你说，这样一来，你大姨心里能没气吗？她一有气，肯定对我不利，对我们公司不利，会处处给我出难题。你说，我这里要是不好了，你能好得了吗？

小禾说：……这个，我没想到。

武殿新说：你没想到，没想到就不要去胡闹嘛！你今天到你大姨那里一闹，你大姨肯定以为是我唆使的。而且还要断绝什么关系，那血缘关系能随便断绝得了吗？

小禾说：我……我也不是故意的。我……我就是看你总不理我，人家心里着急嘛！

武殿新说：着急也不能干蠢事。

小禾急得眼泪都快要下来了，说：那……那你说该怎么办哪！

武殿新思忖着说：怎么办？来的路上我想好了，现在，咱们必须化不利为有利，这样吧，明天，咱们就请你大姨吃顿饭，给她消消气，压压火。

小禾说：咱们？

武殿新说：对。咱们。再加上手下那几个心腹。集团公司宴请一下市府主管部门领导，联络一下感情，也没有什么不可以的嘛。

小禾说：那我算什么？我怎么能和你们坐在一起？

武殿新说：必须得有你啊！你是主角啊！我们是刚刚得知你是于朝阳局长的外甥女，有你这样一个高层领导子弟在鄙公司任职，真是蓬荜生辉求之不得啊！

小禾一下子破涕为笑，说：去你的！可真有你的！

武殿新说：就是不知道你大姨会不会给这个面子？

夏小禾说：这好办，我大姨的工作我去做。

武殿新说：哎，这还差不多。这才像我培养调教出来的姑娘。记住，大姨永远是大姨，在大姨面前可以说点软乎话，多检讨，多认错。你这个大姨，万万不可得罪。

夏小禾说：知道啦！我明天一早就去办。

武殿新说：明天？别明天，今天晚上就给大姨先认错道个歉。

夏小禾说：今天？今天晚上没空。我不让你走。

说着，又扑上来，吊在他脖子上撒娇，小舌头又在他脸上一通乱舔乱胡噜。

武殿新受不住了，忙告饶地说：好好好，小祖宗，不走就不走。你也得让我先吃点东西吧？……

第二天的晚宴，果然如事先策划的那样，夏小禾和她大姨成了主角，而集团公司的众人在武殿新的带领下，借着夏小禾的缘由，阿谀奉承她大姨。场面上一派其乐融融、皆大欢喜。她大姨也明知道是怎么回事，但是这个面子她不能不给，她不能不去。本来她昨天已经被小禾的态度激怒，气愤至极，回头一想，就把这笔账全都算到姓武的那老头子身上，心说一定是他给小禾吃了什么迷魂药，才致使自己外甥女这样不管不顾与自己反目成仇。想到这里，她可真是义愤填膺！等着吧，会有办法收拾他们的！

大姨气得胸口疼，一整夜都没睡好。她的身边已经没有什么亲人了，自己的儿子那么六亲不认，有他也就跟没有一个样；而这个一手培养起来的外甥女小禾的背叛，更是直戳她的心窝子。这一宿，她辗转反侧，噩梦连篇。天亮以后，夏小禾就打电话来向大姨道歉。她大姨不理。于朝阳到了单位，一看小禾竟然抱着鲜花等在那里，又是哭鼻子，又是撒娇的，说大姨要是不原谅她，不答应她，她今天就赖在这儿不走了。大姨先是被她的眼泪弄得心软，接着又被她缠得烦，于是赶紧答应了她晚上去赴宴的邀请，急忙打发掉了事。见小禾走远，她又长叹了一声：唉！这都是孽债啊！养了孩子，一辈子就要操没完没了的心！自己那个死鬼妹妹如今在地下躲清静，她不知道她留下的这个后代，有多么难担待！孩子想怎么走，路都是她自己选的，如今拉也拉不回。她这个当大姨的，也只能是尽绵薄之力，尽量往好的方面促成。只要外甥女别过分吃亏受罪，别让老人们看着糟心，唉，得让也就让一码吧！

等到酒过三巡，菜过五味，气氛逐渐热烈起来。那个武殿新，也是使出浑身解数，平时不怎么亲自说辞、调笑，今天也很主动，从敬酒到主持，全都一人兼了。本来他跟夏小禾这种上不得台面的事情，如今这么一整，竟是个化险为夷，让他摆布得一派冠冕堂皇，极有来头说法。而且还利用这个市政府官员的大姨为他的安全系数又加了一层砝码。

周围陪吃陪喝的几个心腹，也都心照不宣，跟着起哄、架秧子。整个晚宴，都洋溢着天地一家亲的祥和气氛。双方都算仁至义尽。

夏小禾嘻嘻哈哈地说笑着，努力在两边当中和着稀泥，同时也在想：他们这么做，真是为了我吗？武殿新是为我吗？主要还是为了他自己吧！至少，他平定、疏通了这一脉关系，从不利变为有利。而大姨，又能从中获得什么呢？啥也没有。她就纯粹是为了我才来的啊！

夏小禾能感觉到大姨和武殿新之间微妙的紧张关系。她对武殿新的为人处世功夫增加了佩服，也为大姨如此的高傲姿态感到骄傲和自豪！她还是头一次跟大姨同处于一个交际场所，大姨的风度风采她头一次领略到。这已经不是那个温柔和蔼如母亲的家里的大姨，这是一个铁腕强悍的市府官员。她也看得出，大姨和武殿新才是一代人，也是一类人。他们才真正构成对手，互相将对方一眼望穿，针尖对麦芒，在一串串的空洞谈笑、无谓寒暄、不动声色、虚与委蛇中，既剑拔弩张，又化干戈为玉帛。即便像武殿新那样一个在自己眼里总是叱咤风云、一锤定乾坤的人，如今在市政府的副局长大姨面前，也得低下身姿，说上一些矮话。而大姨在谦和随意之中，却绵藏着巨大的居高临下的傲慢。

到底是什么东西能令人在他人面前牛皮硬气呢？是官位，权势，金钱，还是一个人的人格本身？而“人格”这个东西又用什么标准化尺子去衡量？

通过这件事情的历练，夏小禾已经开始真正思考人生和世道。

7

接到通知说，原先浑河岸边那一片坟地要平了，要求厂里把夏冬临的坟迁走。厂里跟夏小禾商量，迁到西边回龙岗那边墓地。夏小禾提出索性在那里买一块墓地，把父母合葬，再把爷爷奶奶的坟也迁到一起。老夏家一家先人的坟都单摆浮搁在各处，现在，她要出面把她的先人们安放在一起。

厂里赞叹她的仁义孝顺。她工作过的那个厂子早已经归属到集团下边，他们也知道如今夏小禾在集团公司里的地位。所以现在他们再跟她说话，都有点讨好、巴结的意味。她说怎么做就得怎么做，需要什么就提供什么。

迁坟的一应事务都是厂里出人出车帮忙干的，夏小禾和几个姑姑只是在一旁指挥当顾问。当年，母亲、爷爷、爸爸入殓下葬时都没有让她去，那时她还太小，大人们怕惊吓到孩子。这回，她把这过程补齐了。见了那些重新挖起的骨灰盒，她的内心空荡荡的，空得整个人都剩下一层壳子。

迁坟之后没多久,夏小禾半夜睡觉总是做噩梦,总是梦见那个照片上的母亲在喊:我不跟他在一起!我不跟他在一个房子里!我要回家!我要回去!

夏小禾腾地醒来,惊出一身冷汗。她找到大姨,把事情跟大姨一说,大姨红了眼圈:作孽啊!看来是他们上一辈子的架没有打完,下一辈子还要继续打。

我想把妈妈的坟迁到姥姥家坟地里去。夏小禾说。我想让妈妈回家。

大姨说:那能行吗?老夏家能同意吗?哪有过了门子的儿媳妇把坟又迁回娘家坟地里的?

夏小禾说:老夏家的事情我做主。我说行就行。

那口气,是不容置疑的。无形之中,也完全是总裁的气度和语气。

大姨说:你又是去找那个武殿新吧?

大姨说的话里头似乎有几分鄙夷。

夏小禾感到有几分不高兴。但她还是忍着,不想触怒大姨。

找他干吗?我自己办。

她的话语里充满自信,似乎还故意假装出几分不屑。

大姨回去跟于家几个舅舅和姨商量了一下。大家都唏嘘感叹说:这孩子!命大,命苦,有出息。小庄这回在九泉之下可以瞑目了。

果然,给母亲迁坟的事情都由夏小禾一个人来操办。她不要老夏家任何人在场,也确实根本用不着惊动武殿新。她只是调动来原先厂子里的一干人马,简单利落把事做完了。

于小庄的新坟,就落户在老于家坟地,挨着她父亲母亲和两个哥哥的坟。

从此以后,夏小禾的梦果然安静,母亲再不来扰她。

……

尾　　声

两年以后，武殿新调到公司总部去做官。夏小禾下决心脱离跟他的关系，离开了他的所辖部门，只身一人到北大光华学院去读MBA学位。

趁着这次清明节回老家给母亲扫墓的机会，她又约上武殿新，跟他来一个最后的告别。之后她将远赴重洋，到无限的远方，去国外继续学习深造。

武殿新能够陪她到墓地，让她有那么一瞬间心生感动，但转而她又将这种情绪迅速甩掉。人生就是单行道，绝没有回头的道理。那些陪她一路走来的男人、女人、亲人、恋人、仇人，都是她生命里程上的一段段路标和界碑，经过了，就过去了，只有缅怀，断无回过头来再重新一一确认的道理。

他们赶在雨天人少的时候，穿过重重枯树夹道，来到东陵墓地。

夏小禾一笔一画将母亲碑上的字迹描完。她站起身，将小板刷和油漆交还给守陵大婶。

武殿新抽出两张钞票，递给站着的那位有着鹰隼一般眼睛的守陵人：

老人家，多行好事，请帮忙照顾好这几座坟。

鹰隼眼忙点头作揖道：哎，哎！你放心吧！好人一生有好报！好人一生平安！

守陵大婶又培了一锹土，弯腰下去把百合花正了正。

夏小禾蓦地想起，她今年也是29岁，正好是母亲去世的年龄。这里边躺着一个跟自己同样大的女人。她因死而永生，自己却因生而要不断体会死亡。

29岁，对于死者多么短暂，对于生者，却又多么漫长！好像她活着的过程，29年的生命，就是不断给亲人送葬的过程。

她朝母亲的墓碑，深深鞠了一躬。

等到再抬望眼，见一路枯树。她的心，仿佛已经有1000岁了。

——完——

2006年7月9日一稿

2007年3月5日二稿